엄마, 단둘이 여행 갈래?

PHOTO ESSAY

일러두기

– 이 책은 JTBC 〈엄마, 단둘이 여행 갈래?〉 방영분의 대사 및 현장 사진을 바탕으로 편집되었습니다.

– 이 책은 FSC 인증 종이를 사용했으며 친환경 잉크를 사용해 인쇄했습니다.

– 책의 판매 인세 중 일부는 기부됩니다.

엄마, 🎗 단둘이 여행 갈래?

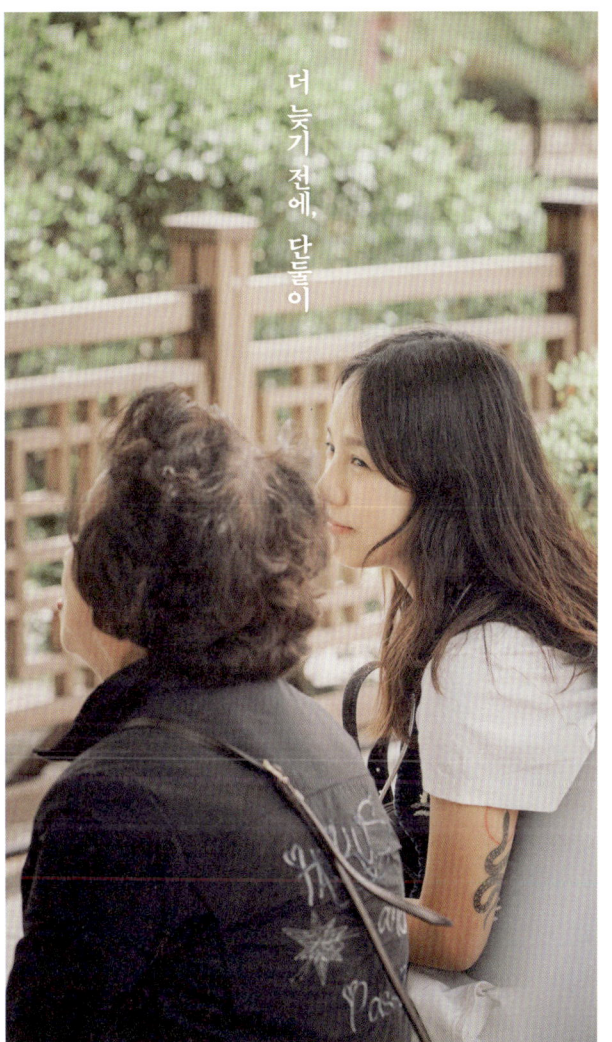

더 늦기 전에, 단둘이

PHOTO ESSAY

Studio SLAM, SLL 지음

STUDIO : ODR

단둘이 친구처럼,
여행이라니 얼마나 좋아?

'물리적인 거리가 중요한가. 마음이 중요하지.'
— 라고만 생각했었습니다.

하지만 가까이서 본 엄마의 하얀 머리와 깊은 주름, 익숙한
듯 다른 냄새, 손의 온기, 눈에 보이지는 않아도 둘 사이를
오가는 기류.
아주 가까워야지만 느껴지는 것들이 있었습니다.

함께 일어나고 먹고 걷고 자고 하는 일,
그것들의 힘은 생각보다 많이 컸습니다.

잠깐잠깐의 만남으로는 연결되기 어려웠던 우리의 끈이 최
소 며칠은 함께 먹고 자고 한 뒤에야 다시 조금씩 연결되는
기분이었습니다.

끈이 연결되어야 건너가고 건너오고 하겠지요.
'오랜 세월 소통의 부재가 단 며칠 만에 회복되겠어?'
— 그것도 맞아요. 완전히 회복되긴 어렵겠지요.

하지만 그 며칠이 없었다면 엄마가 더 늙어가는 것, 엄마가
곁에 없게 되는 날도, 별로 슬픈지도 모르는 바보 멍청이가
되었을 것 같습니다.

아주 사적인 것이 아주 공적인 것이 될 수도 있다는 것을 느
꼈습니다.
제가 아파할 때 함께 아파해 주시고 제가 반성할 때 함께 돌
아봐 주시고 제가 위로받을 때 함께 위로받아 주셔서 감사
합니다.

이효리 드림

차례

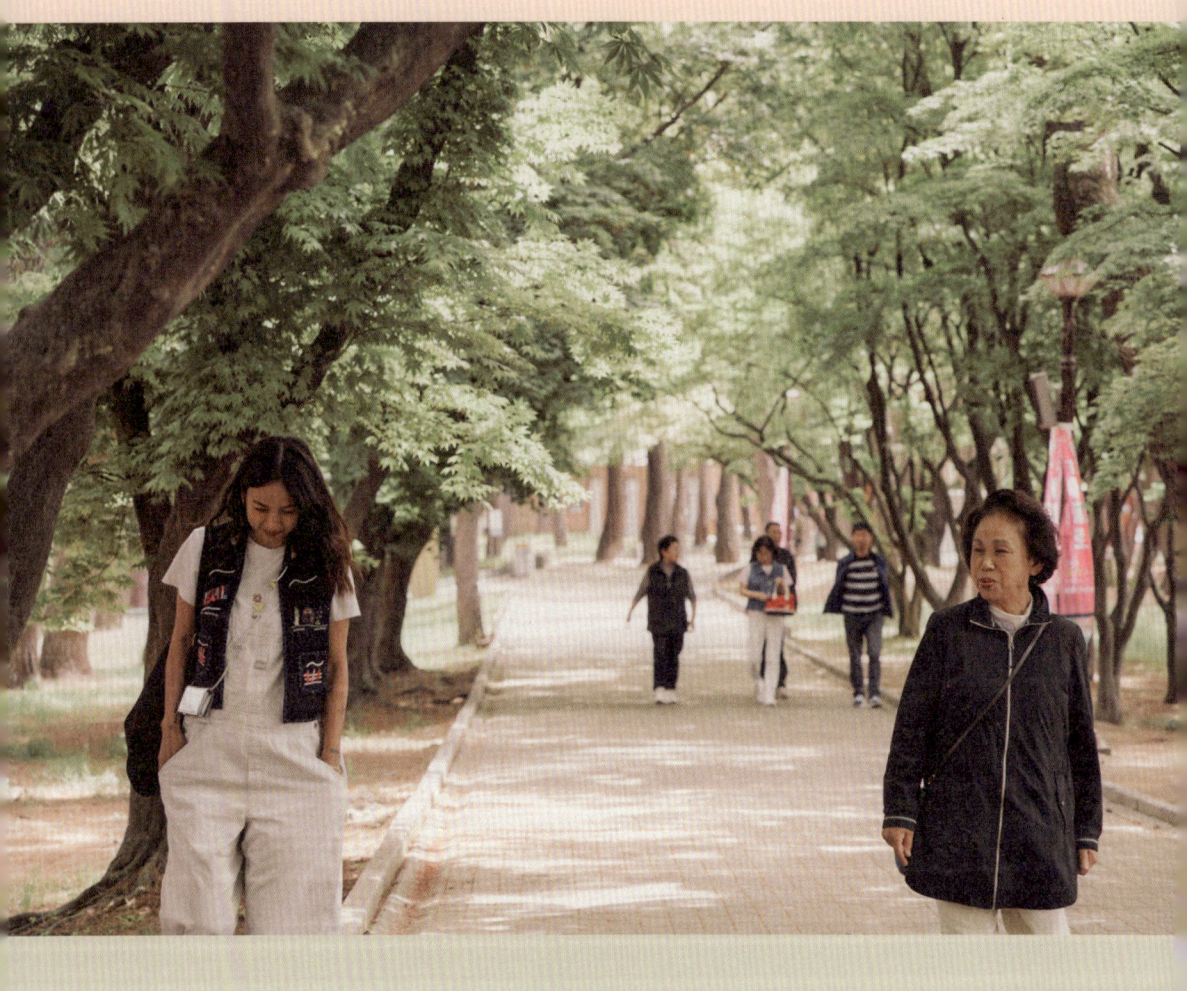

Part 1

약속해,

화내지 않기

"오늘 살짝 화장해서 예쁘네?"

"맨얼굴이 더 예쁘다고 해야 되는 거 아니야?"

"아니야."

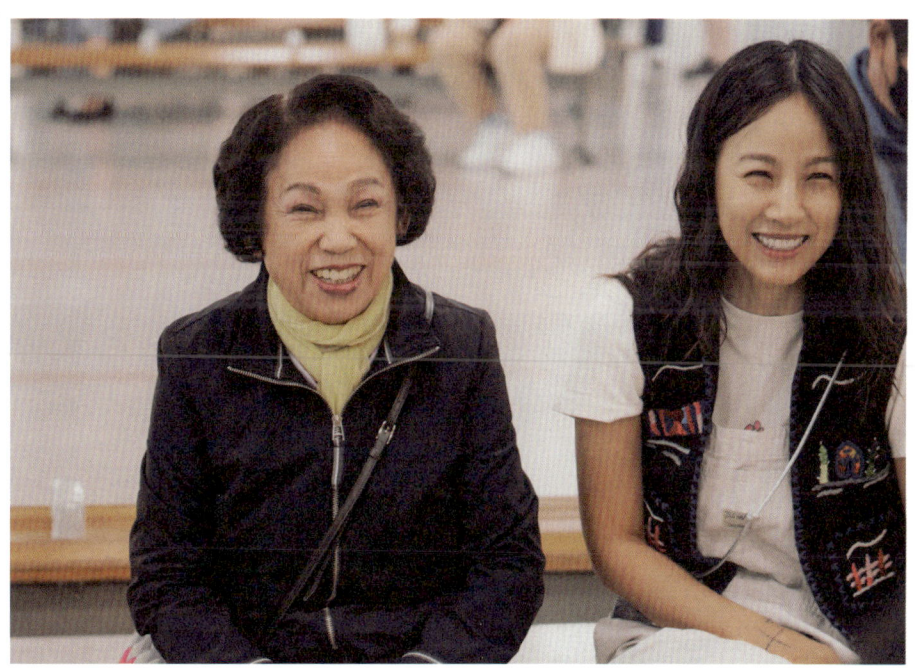

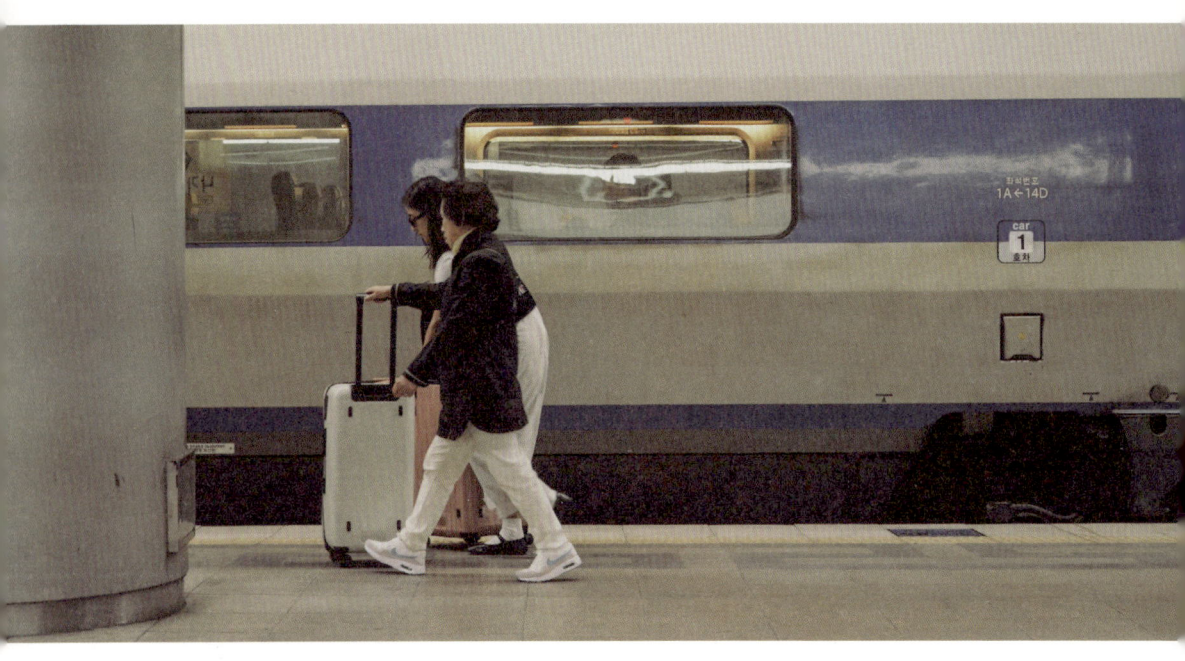

"엄마는 이래라저래라 안 하는 편이긴 해."

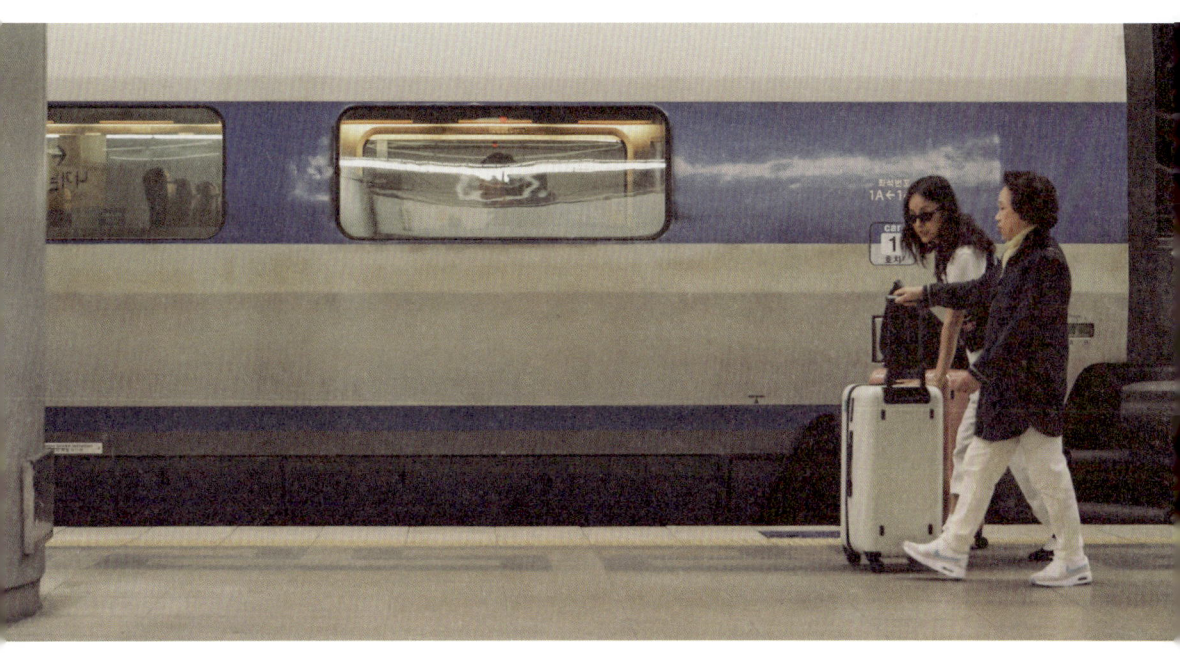

"이래라저래라 하면 네가 받아주기나 하냐?"

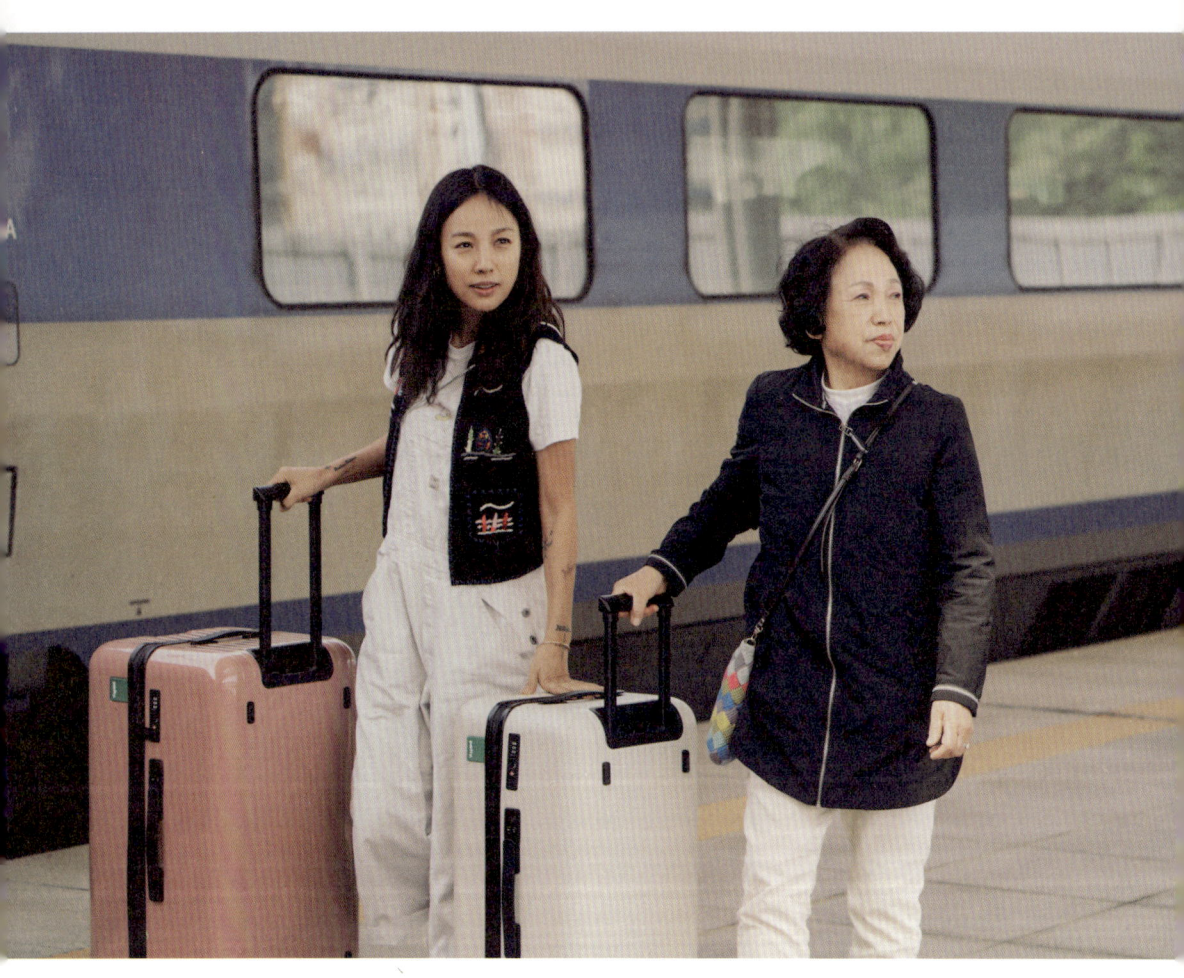

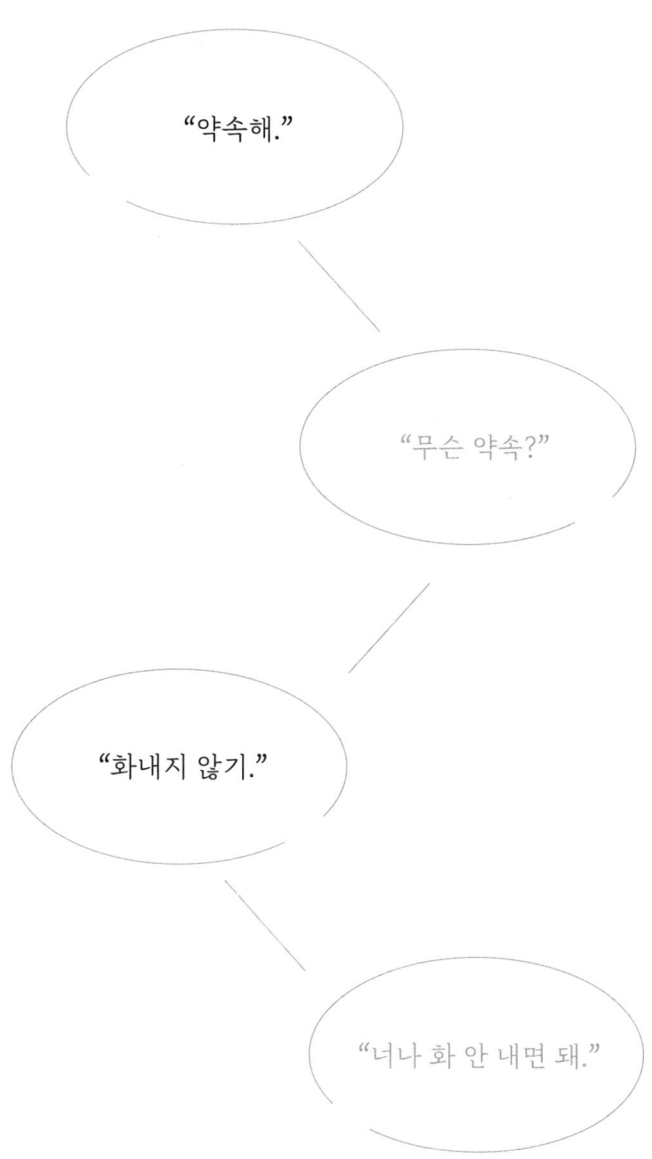

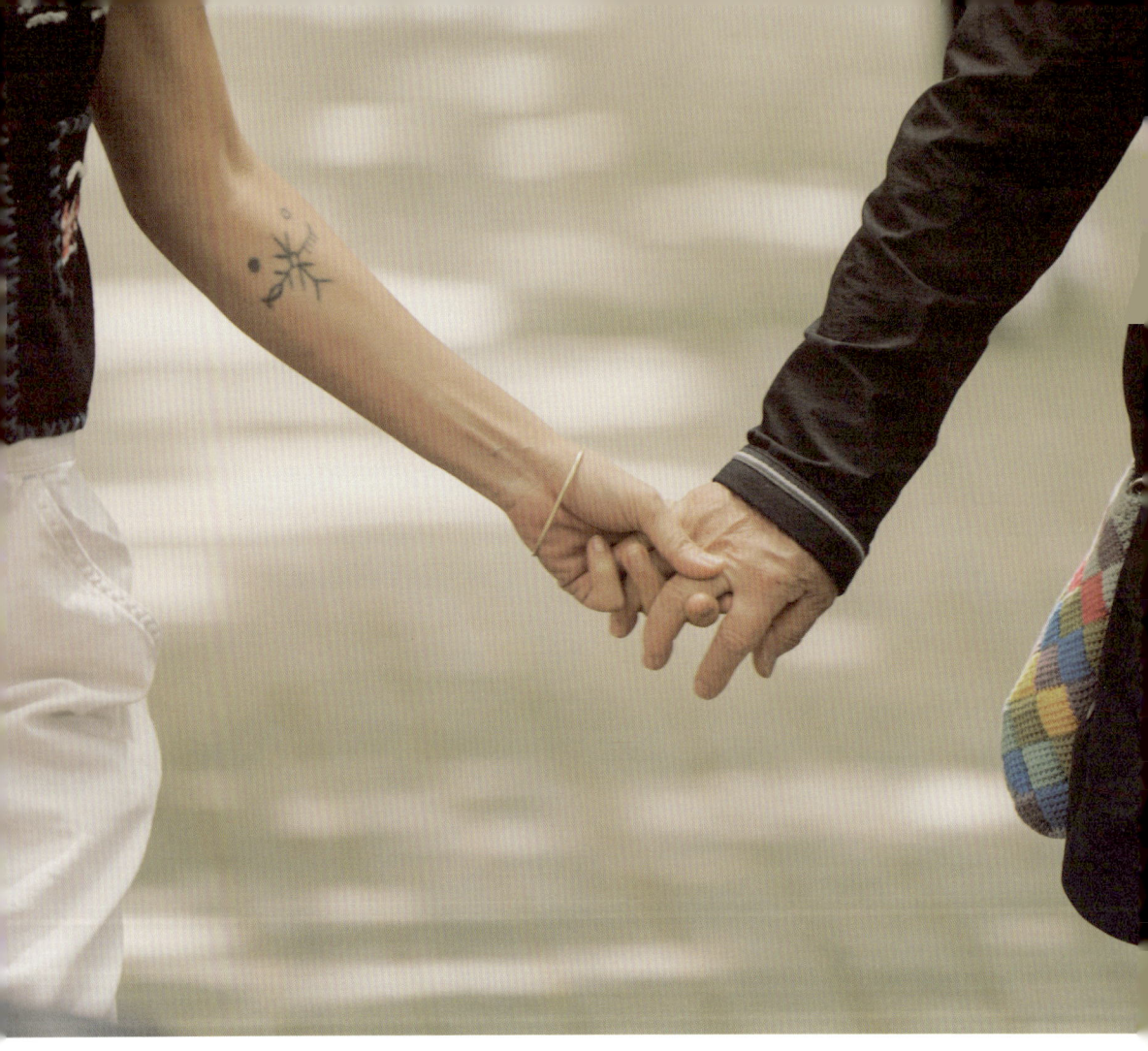

모든 순간이 특별한 난생처음 단둘이 여행

인생은 어차피 소풍이라잖아.

소풍처럼 살다가 바람같이 사라지는 거야, 엄마는.

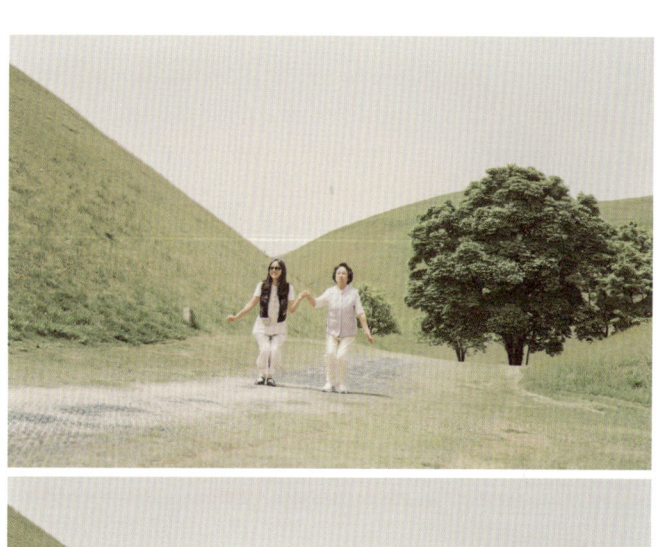

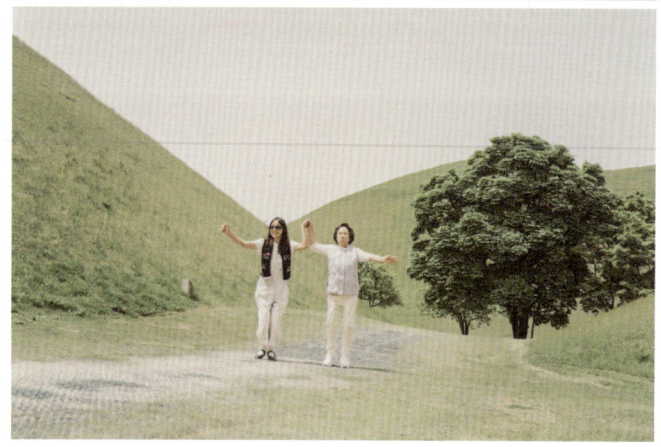

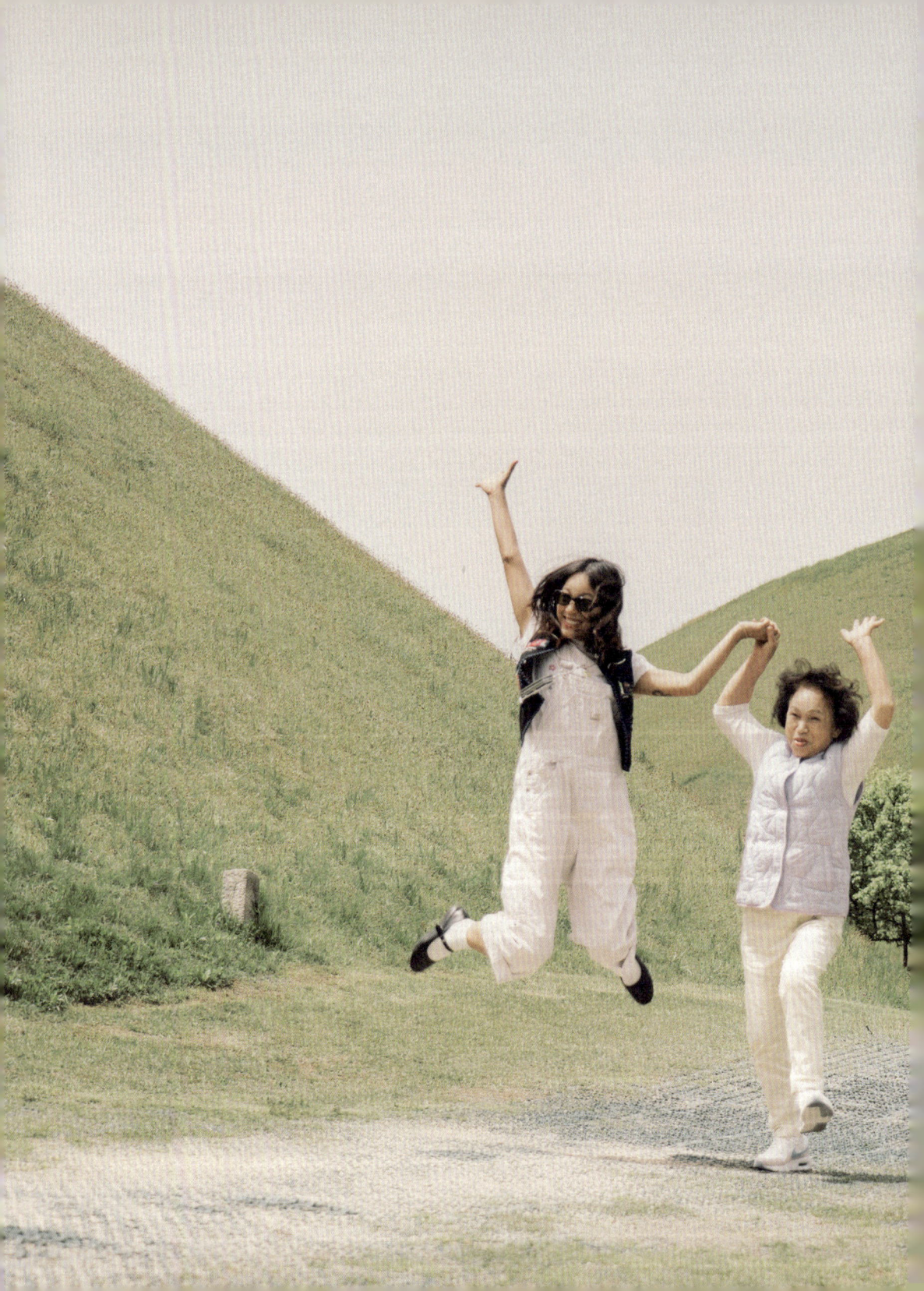

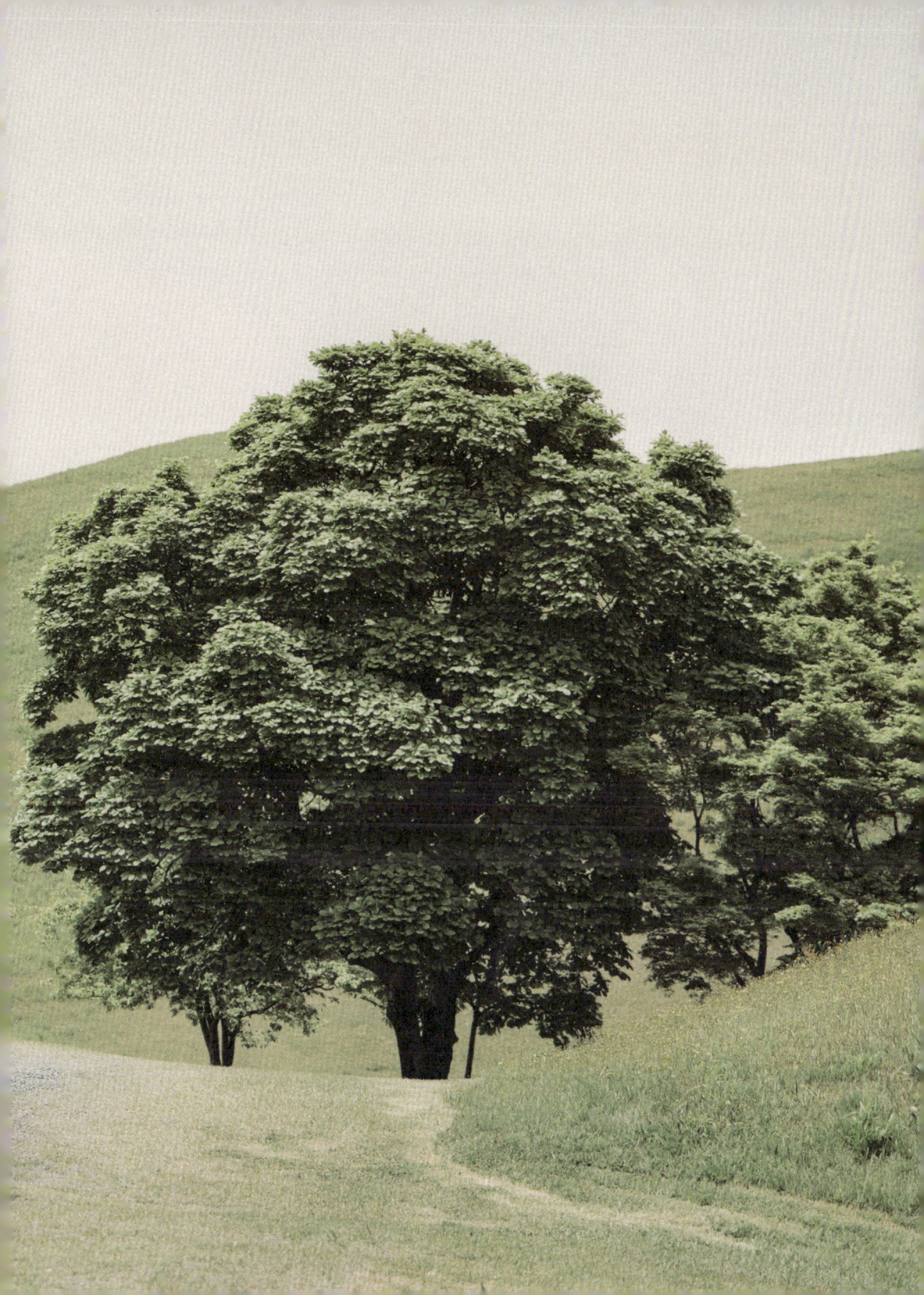

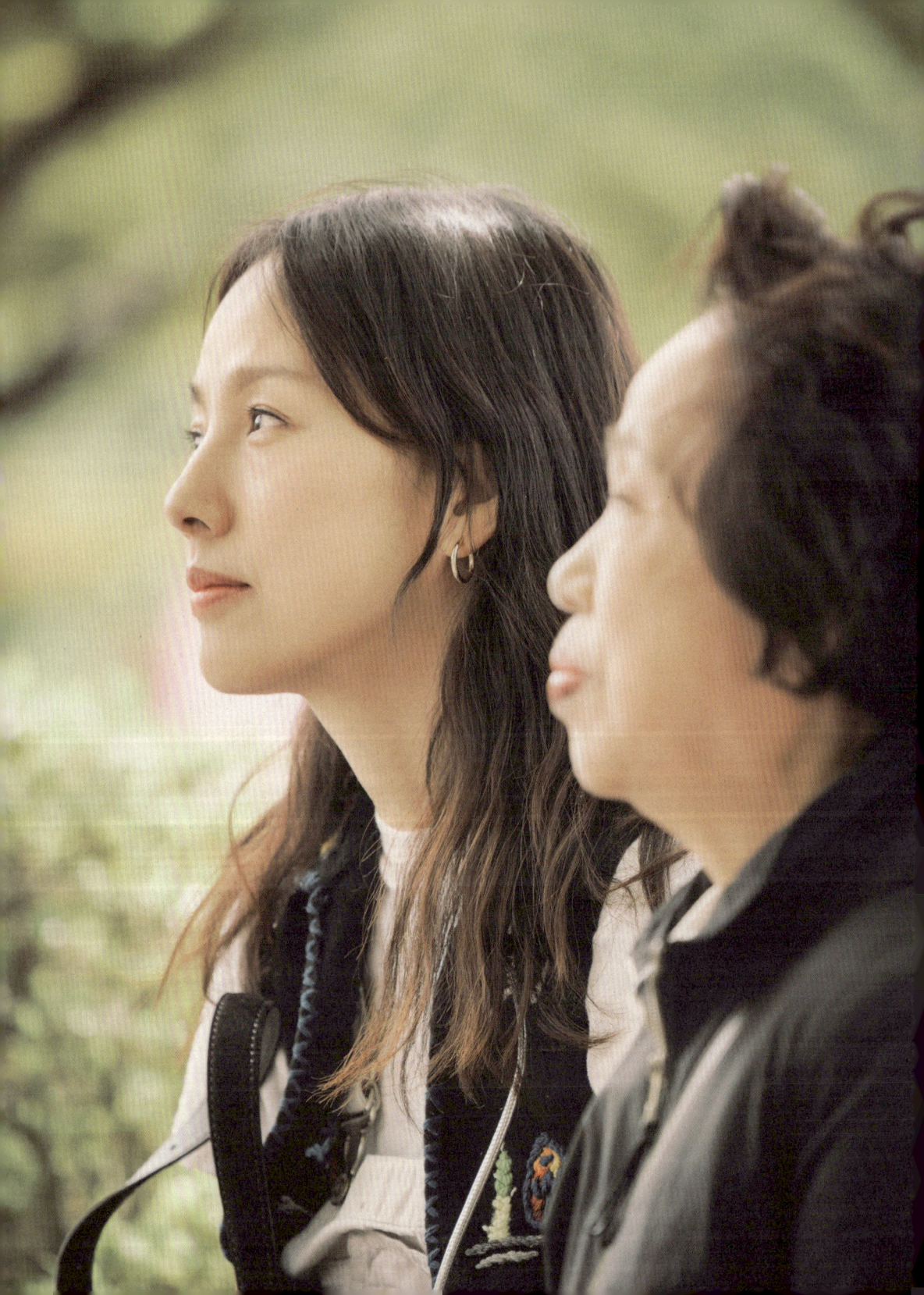

"사람들이 저렇게 나 알아보면 어때, 엄마?"

"좋지 엄마는. 유명한 딸을 둬서."

"불편하지 않아? 행동이 자연스럽기가 어렵잖아."

"괜찮아."

"이제 익숙해졌어?"

"의식하지 말고 가. 그냥 자연스럽게."

"어떻게 의식을 안 해."

"아이, 그런 소리 하지 마. 아, 노란 꽃 너무 예쁘다!"

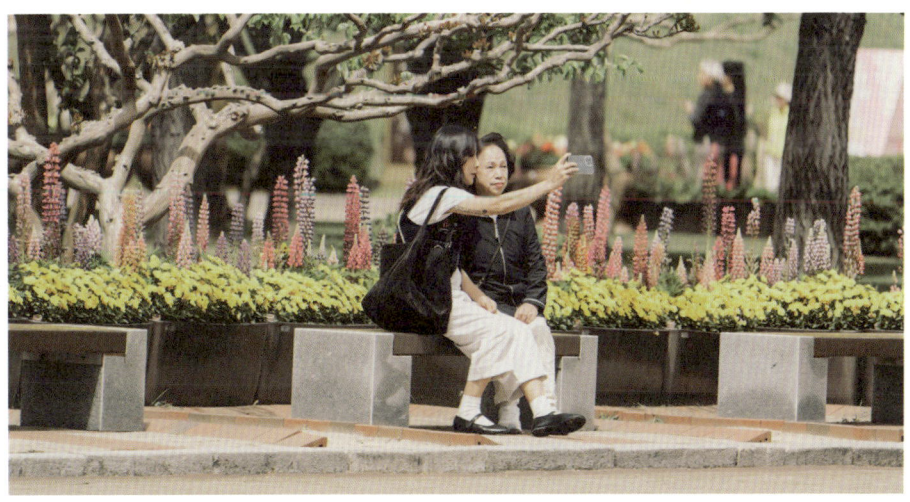

"등이 왜 이렇게 구부정해졌어, 엄마?"
"나이가 그런 나이잖아."

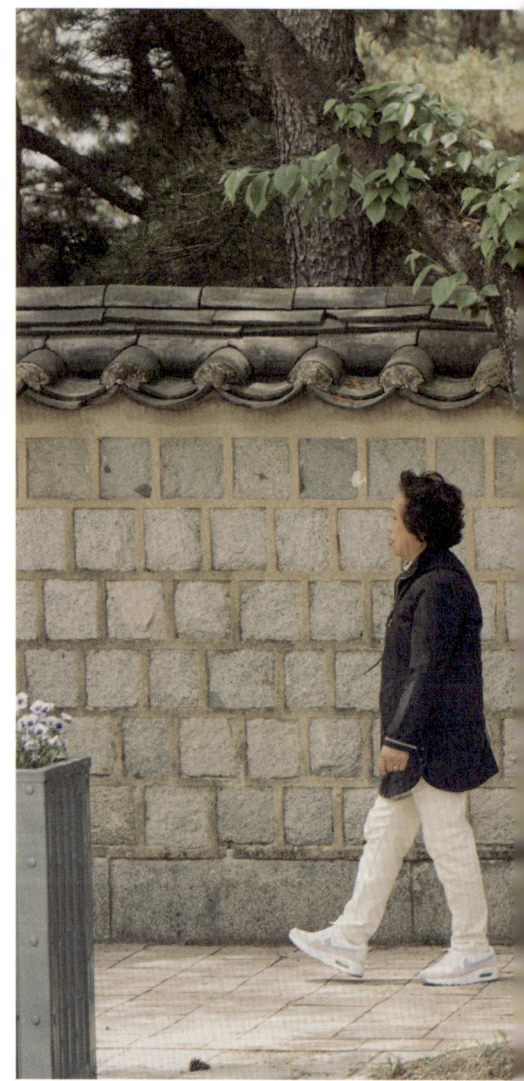

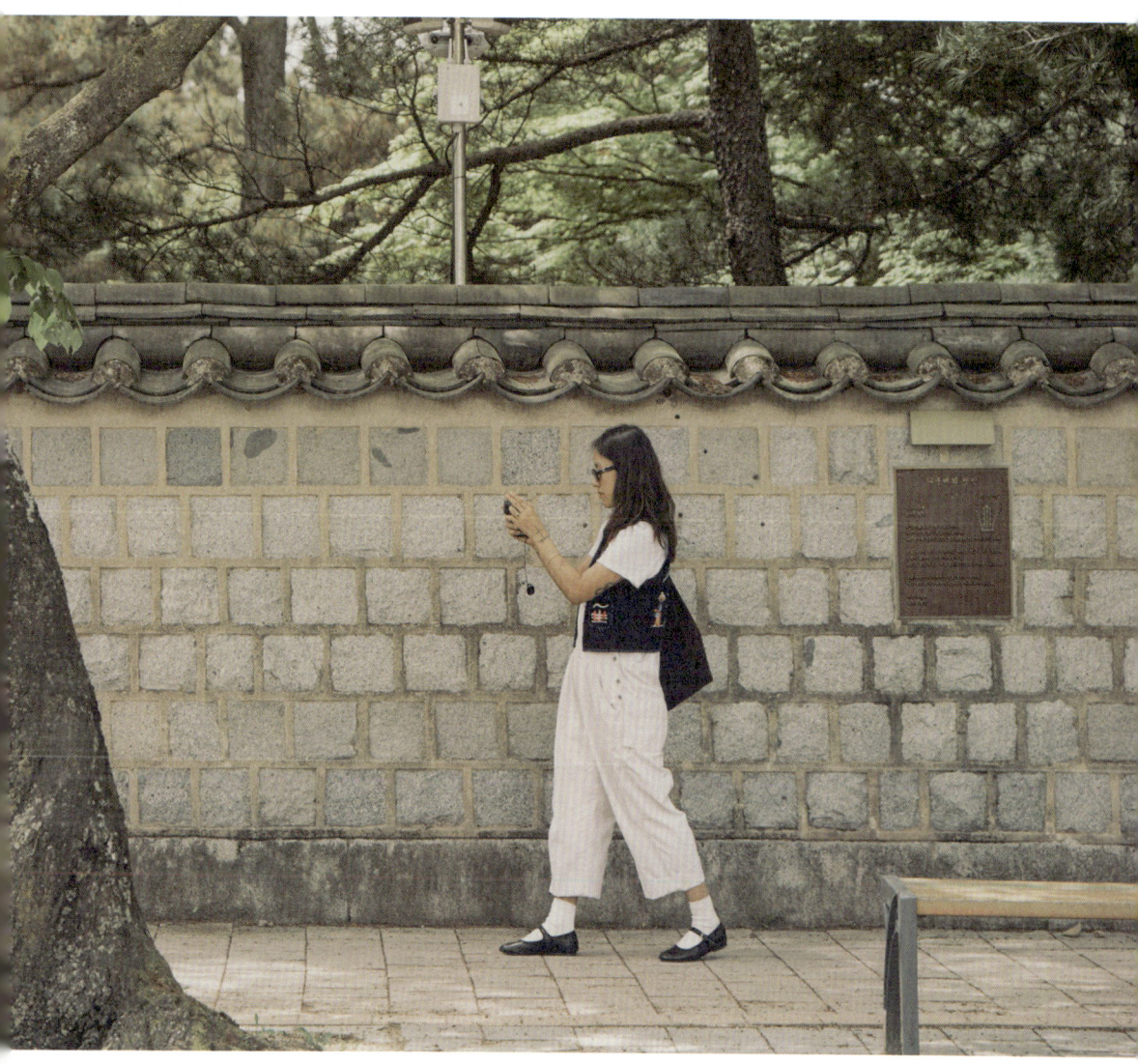

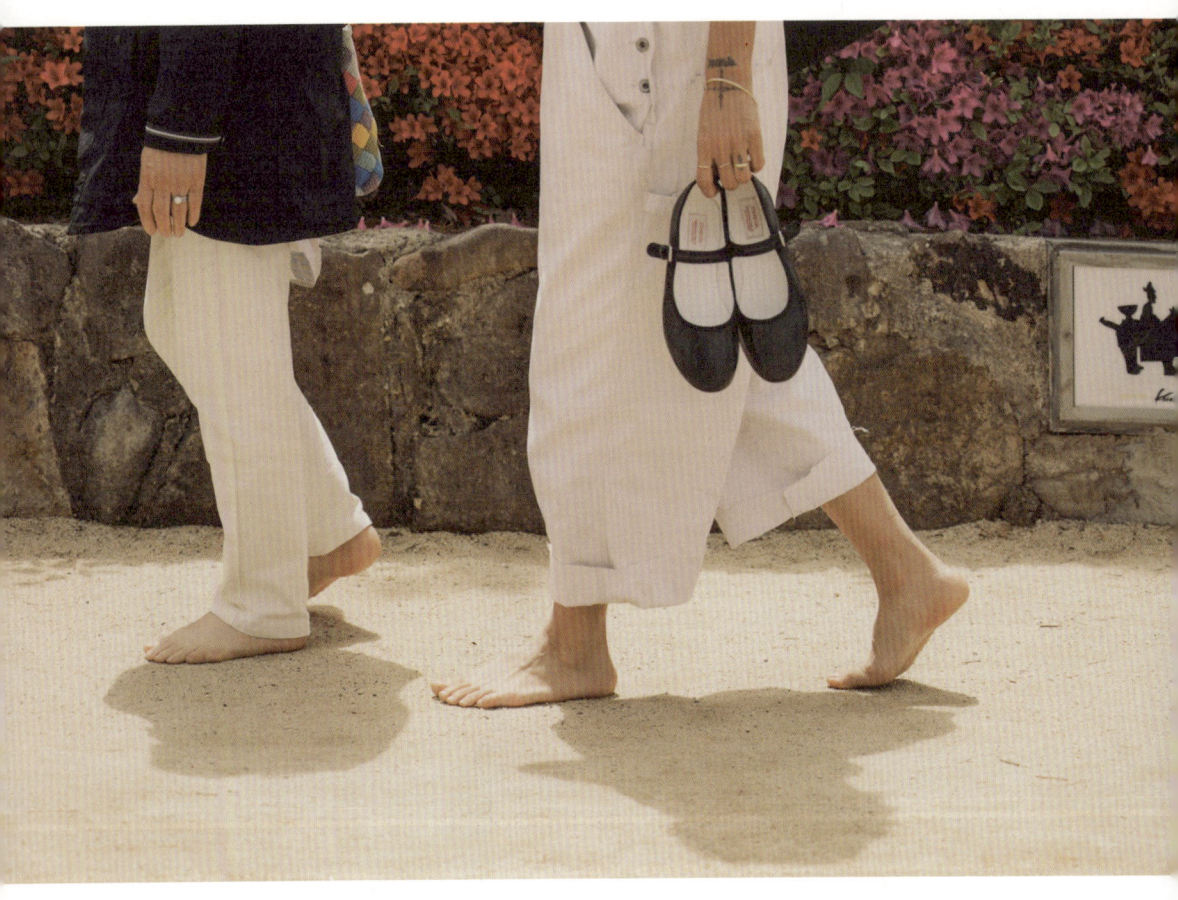

"진짜 더 나이 먹으면 이렇게 걷는 여행 못 하겠다."

"엄마도 약간 팔자걸음 있네? 나돈데."

"늙었지 나도?"

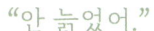

"안 늙었어."

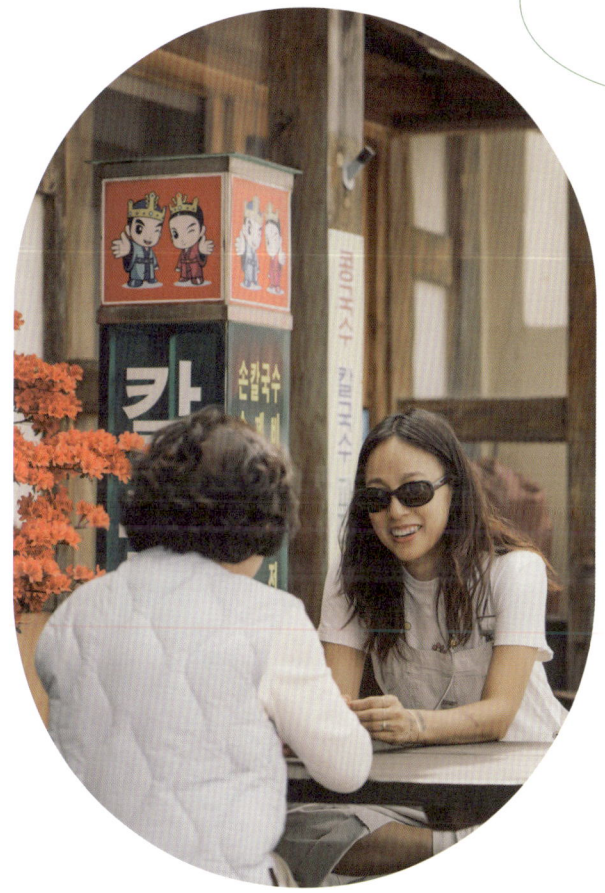

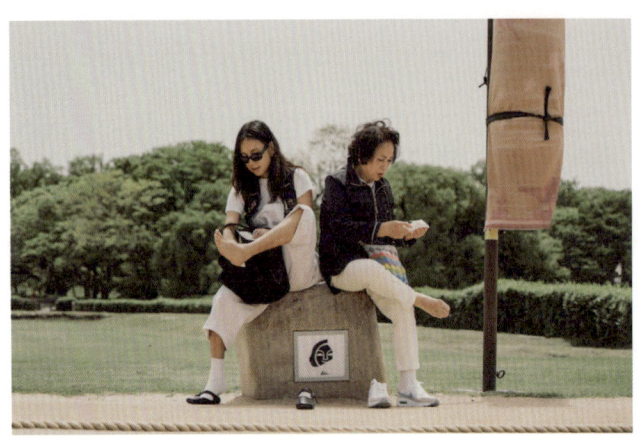

"너 여기 까만 점 있어?"

"몰랐어?"

"몰랐어."

"낳아놓고도 몰라?"

"내가 점까지 낳았나?"

"엄마 흰머리 염색해야 되겠다."

"네가 해줘."

"내가 해줄까? 빨간색으로 해보자."

"아이, 됐네요."

"안 해본 걸 시도해 봐."

"용기가 없어, 자신이 없어."

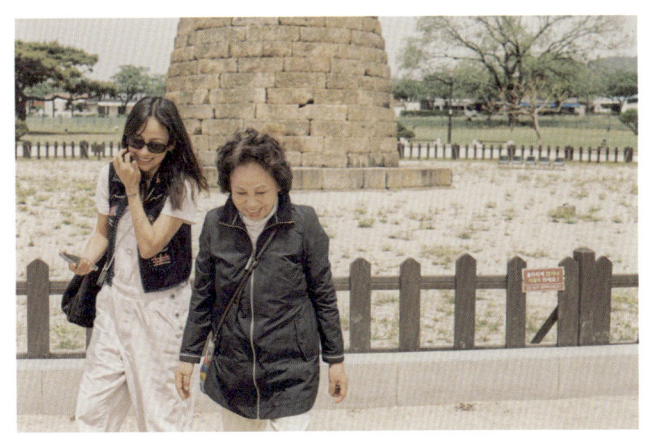

"첨성대가 하나도 안 나왔잖아."

"네 키에 가려서 그렇잖아."

"그럼 각도를 틀어야지, 엄마."

"지가 거기 섰으니까 그렇지."

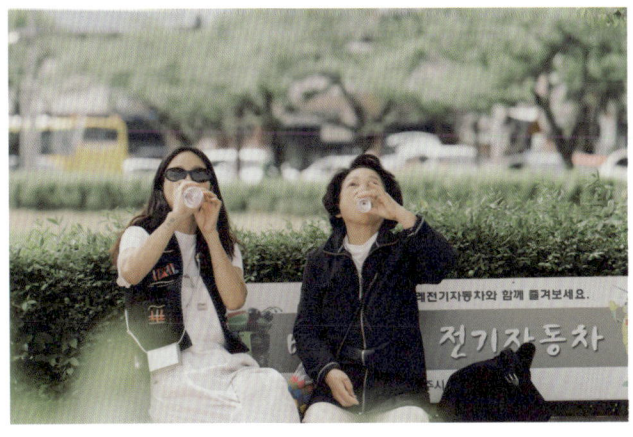

우리가 고등학교 때 만났으면

이런 친구였을까?

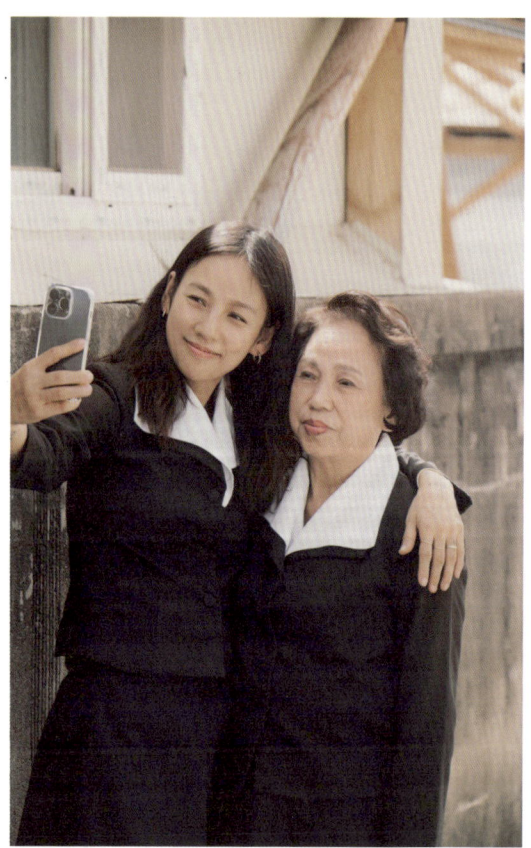

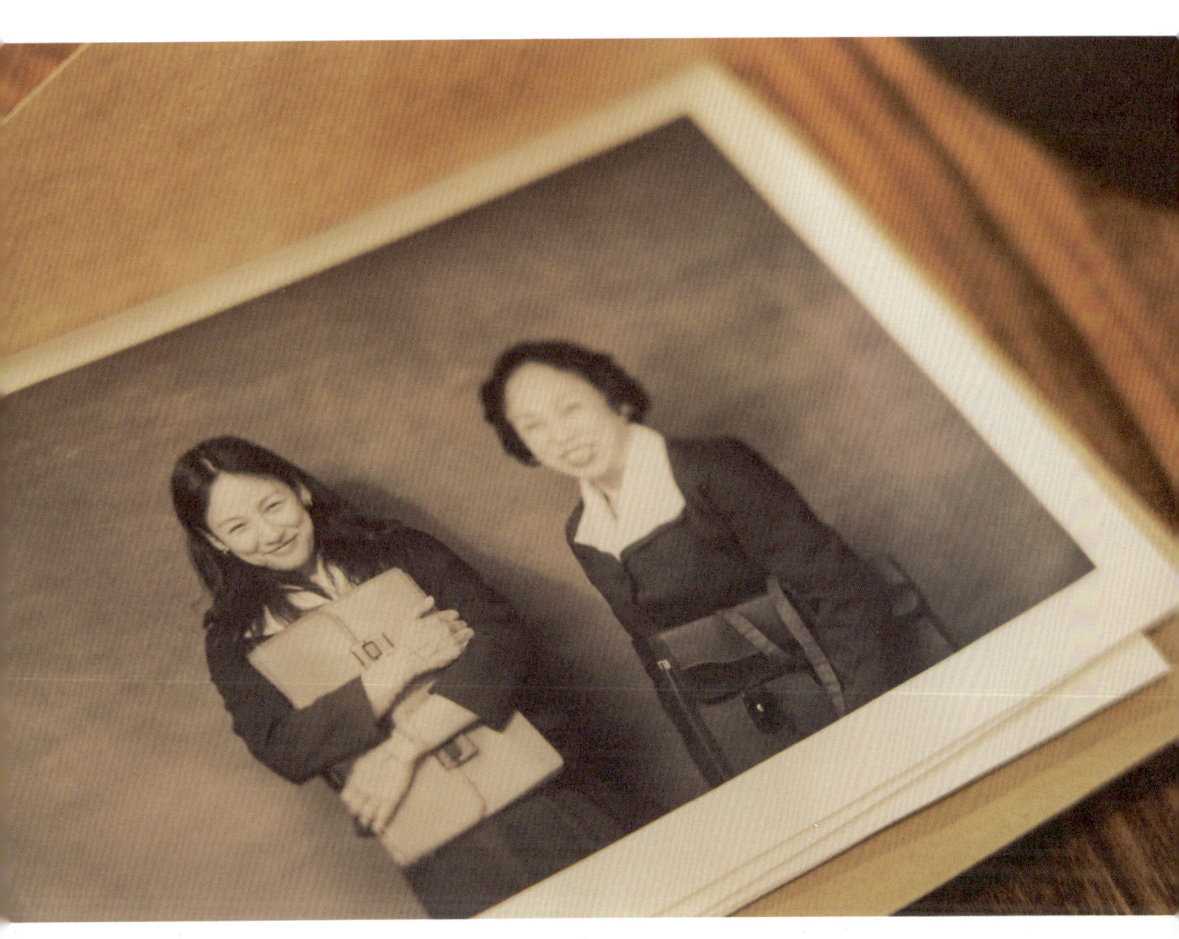

"소녀 같으신데요?"

"나도 소녀로 돌아간 기분이다."

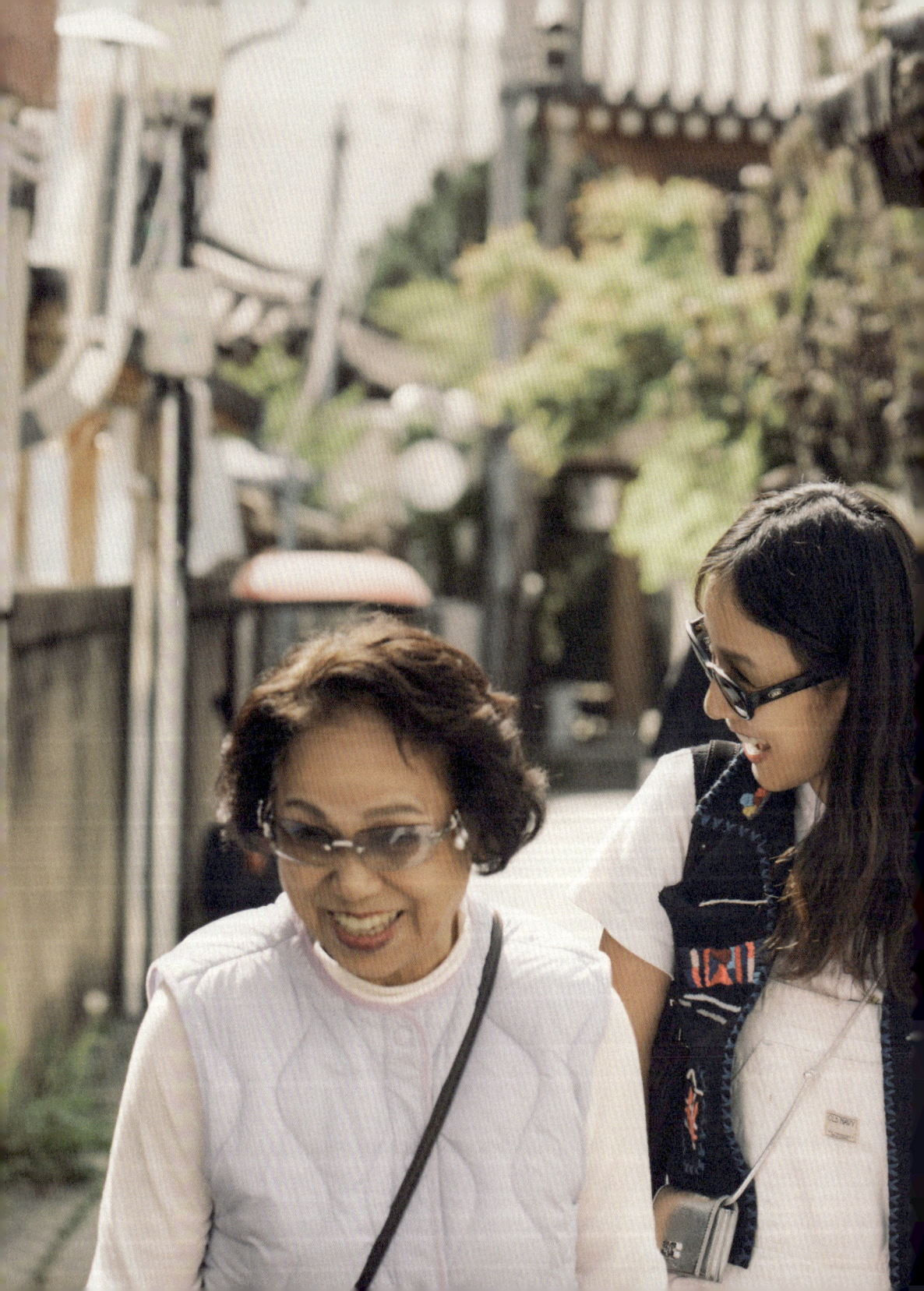

자신의 모습이 맘에 들지 않아요?
사랑하도록 해봐요.
우리 모두가 다 늙잖아요.

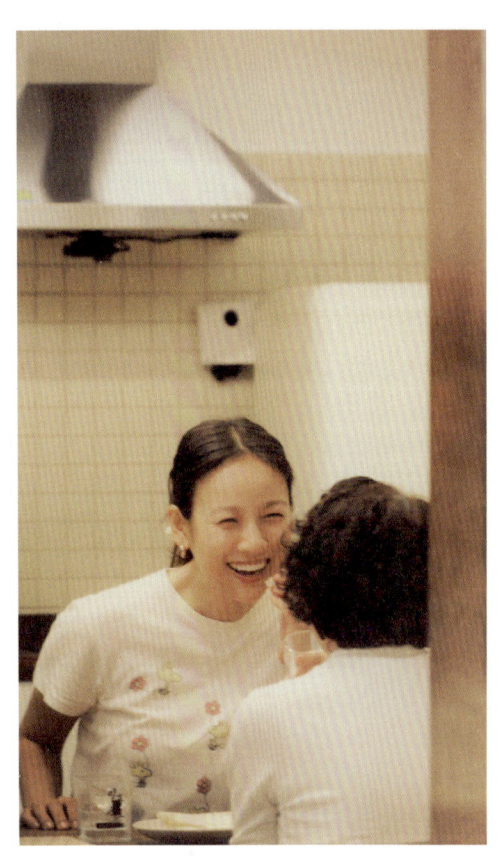

"좋은 얘기만 하자."

"좋은 얘기 나쁜 얘기가 어디 있어.
다 지난 얘기지."

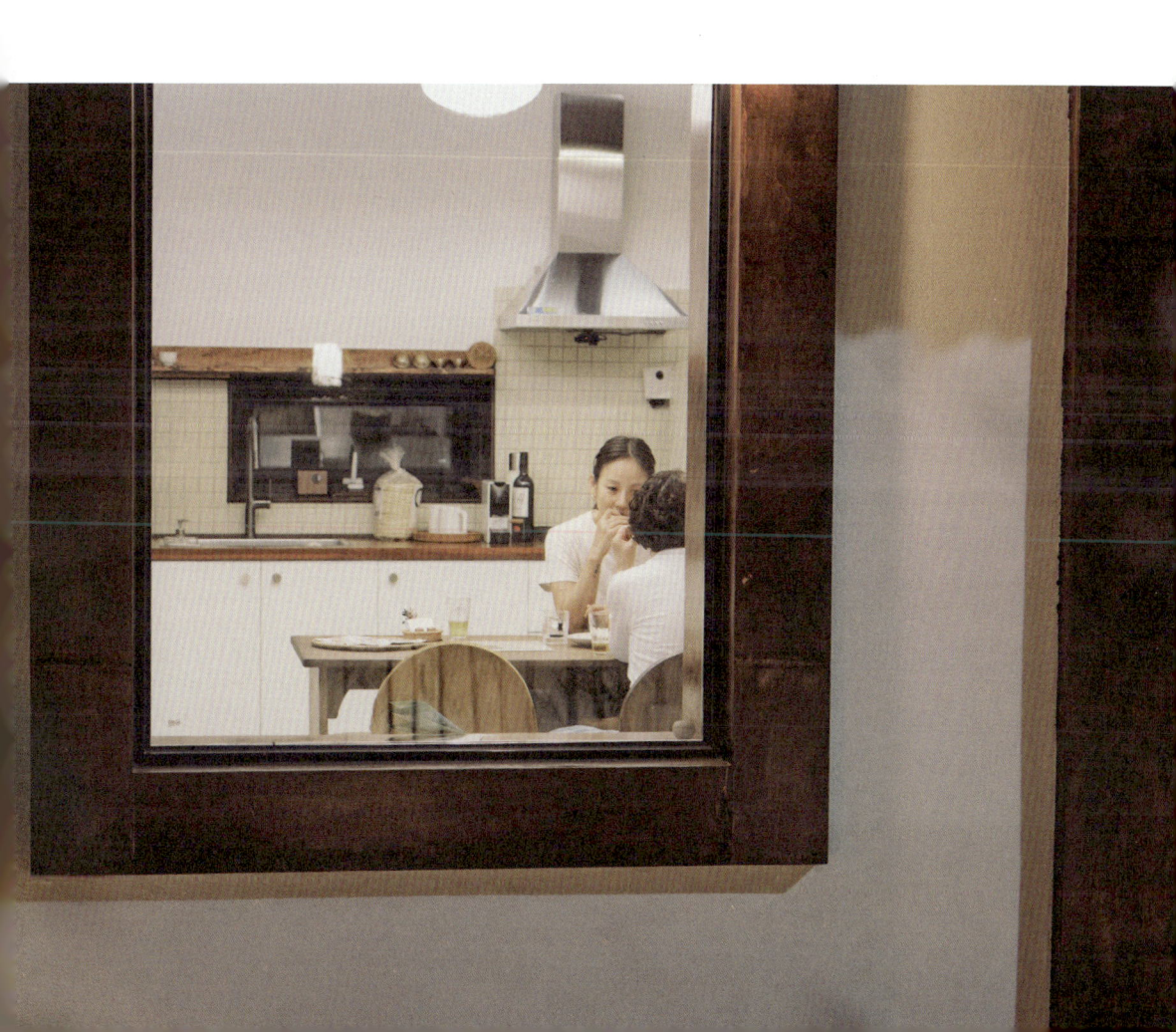

너는 뭐든지
너 하고 싶은 대로 다 하고
후회 없이 살아.

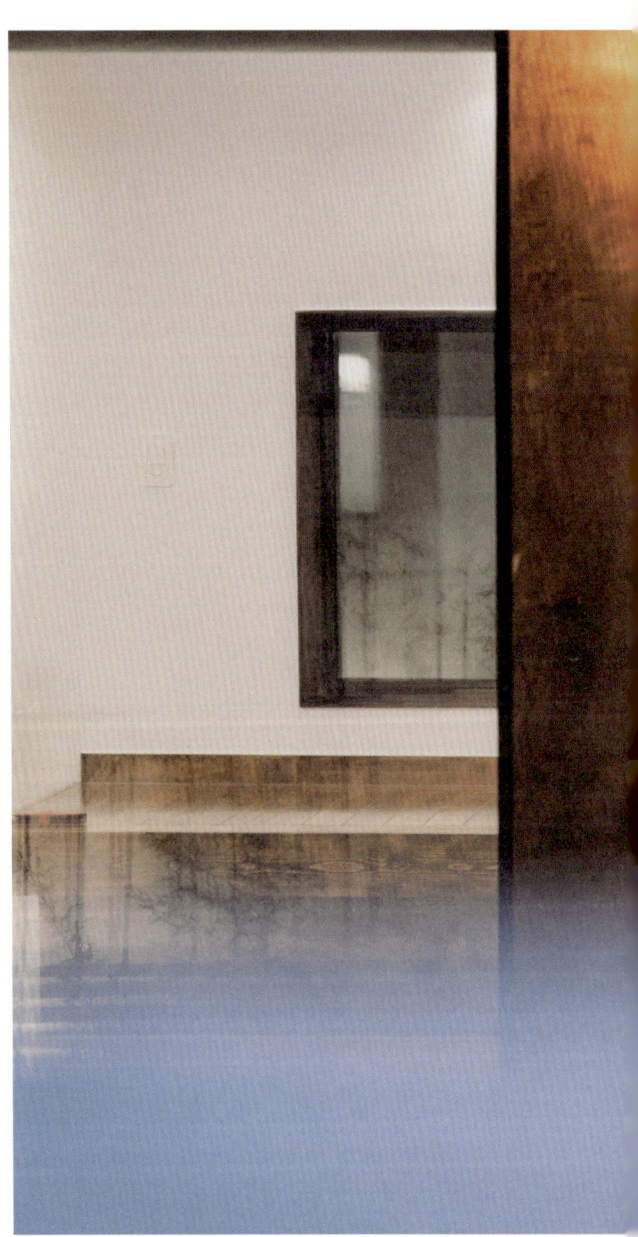

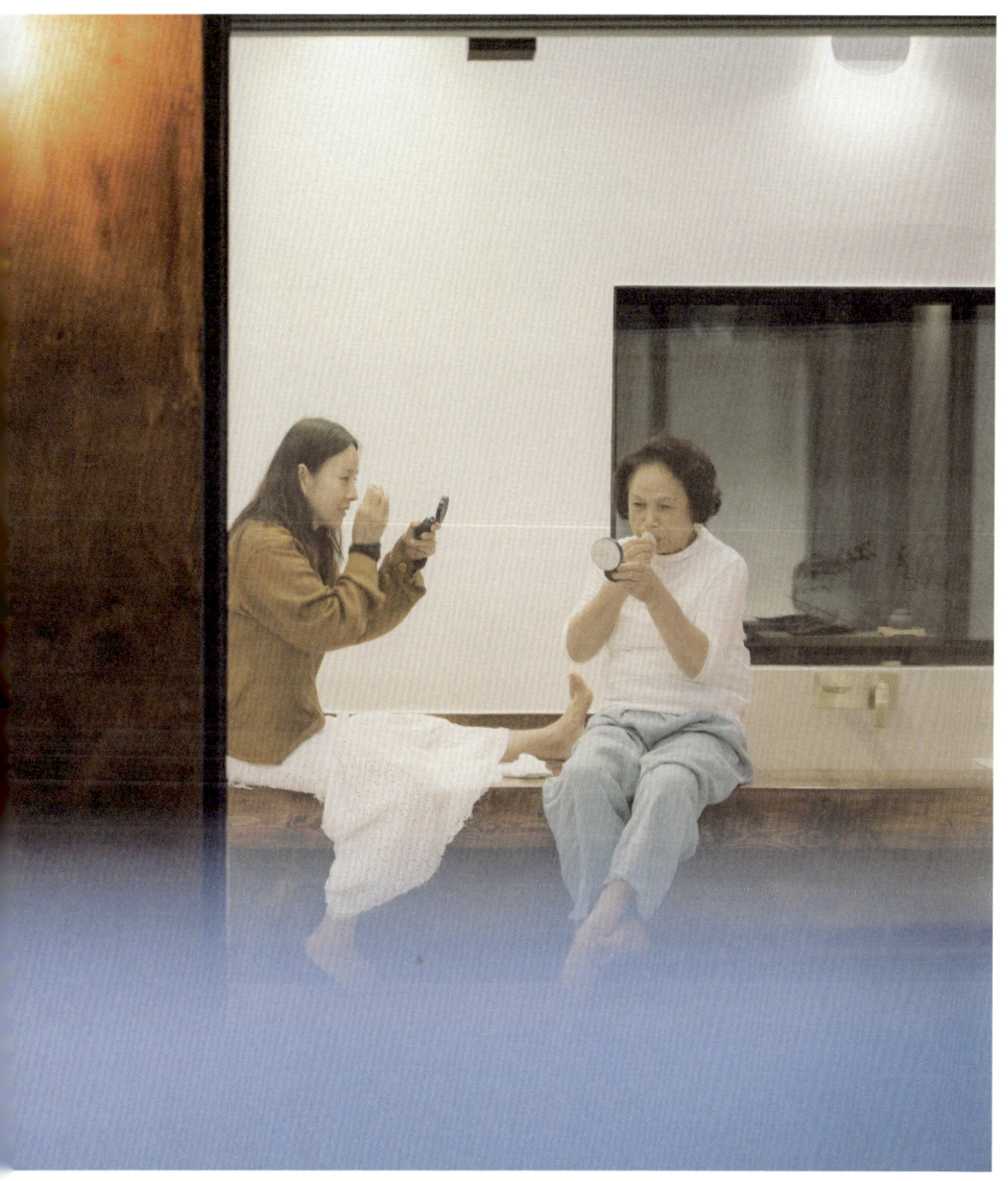

자꾸자꾸 부딪치고 자꾸자꾸 살갑게 만나서
서로 마음의 상처를 확인하는 그런 시간이 있었다면 어땠을까요.

엄마가 많이 힘든 걸 볼 때 내가 어리고 할 수 있는 게 없으니까
무력감 같은 걸 너무 많이 느껴서….
너무 사랑하는 엄마가 힘들 때 내가 아무것도 해줄 수 없었던 그 시간이
나에겐 너무 고통스러운 시간으로 평생 가슴에 남아 있어요.

그래서 더 잘했어야 했는데
역설적으로 그것 때문에 더 엄마를 피하게 되는,
안 보고 싶은 마음이 있었던 것 같아서….

그게 미안함 때문이었는지 아니면 무기력한 내 모습을
다시 확인하는 게 너무 두려워서였는지 모르겠지만
이번에는 그런 마음을 좀 정면으로 바라보면서
엄마하고 나의 사랑을 확인하는 데 방해가 되지 않도록
용감하게 물리쳐 보고 싶어요.

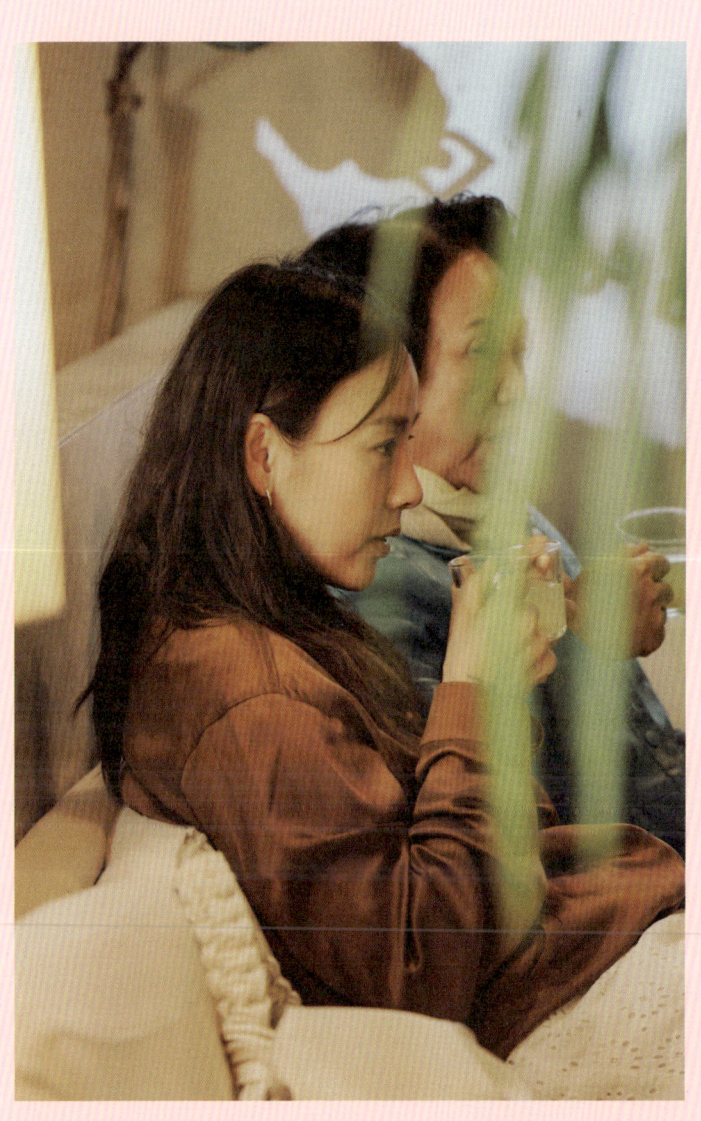

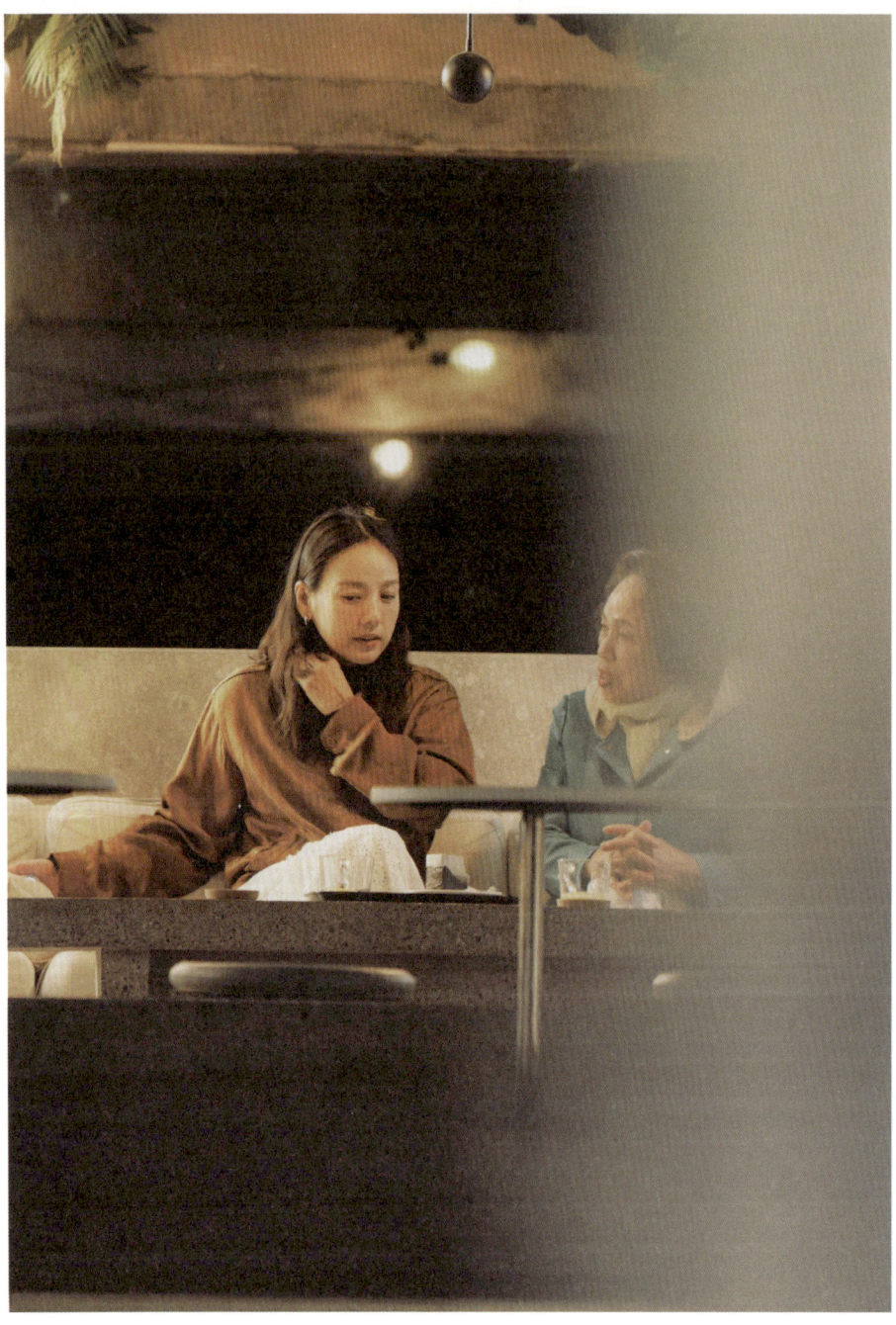

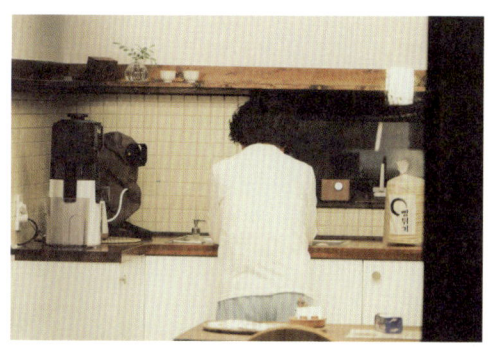

"따로 자, 오늘은. 30년을 따로 자다가 어떻게 같이 안고 자?"

"근데 추가 요금 더 내야 돼. 이불 한 채 더 달라 그러면."

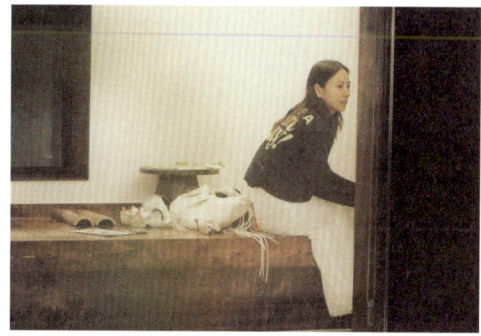

"물 끓여서 이거
한 잔씩 타 먹어."

"나는 이거 차 마시고
좀 이따가 마실게."

"이걸 마셔야지, 너도."

"알았다고.
마시라고 먼저."

"같이 마시자고."

"이거 마시고 마신다고.
몇 번을 얘기해."

"왜 이렇게 눈물이 나? 왜 그래?"

"뜨거운 거 먹으면 그래."

"슬퍼서 우는 눈물같이 보이는데? 아니야?"

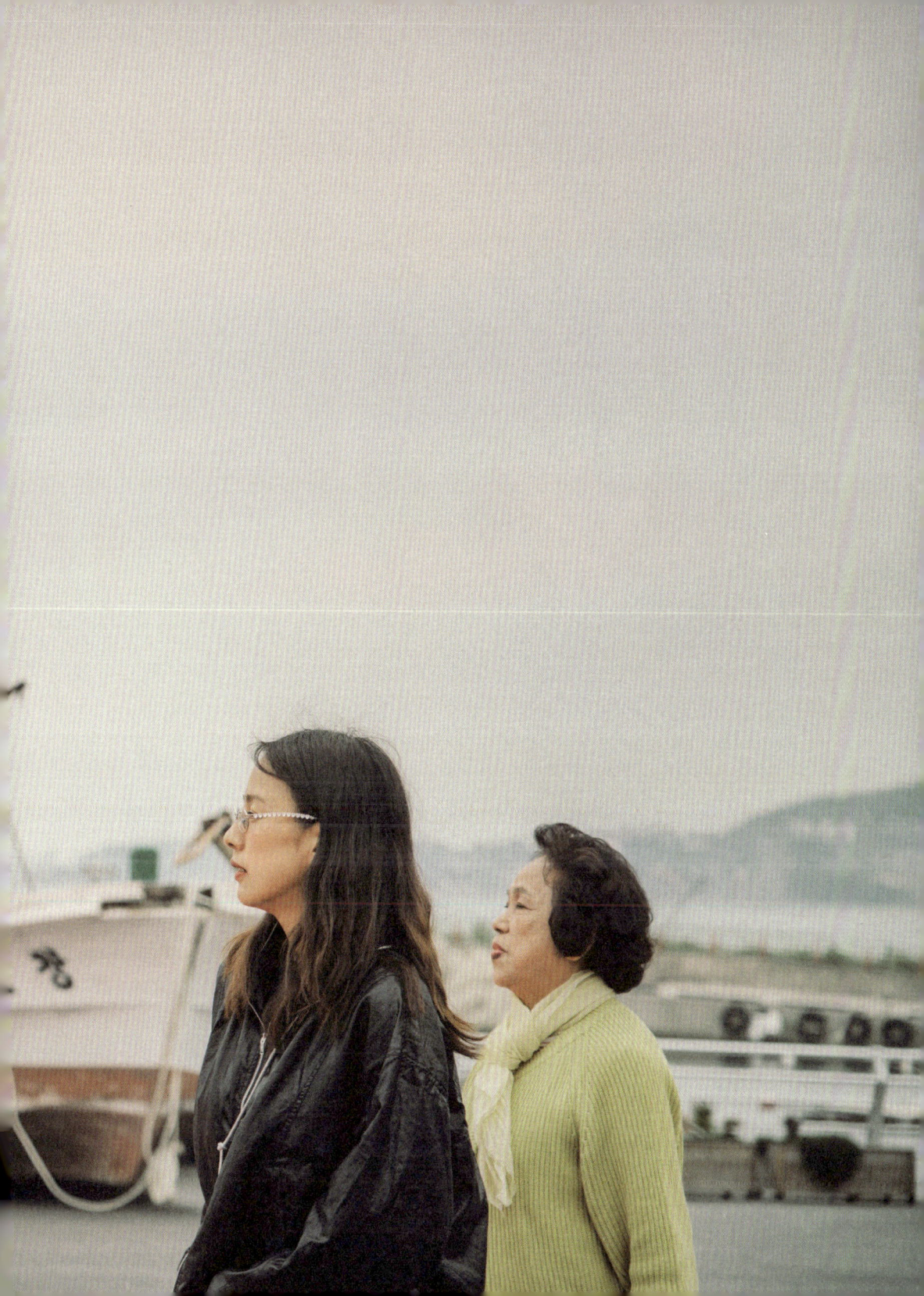

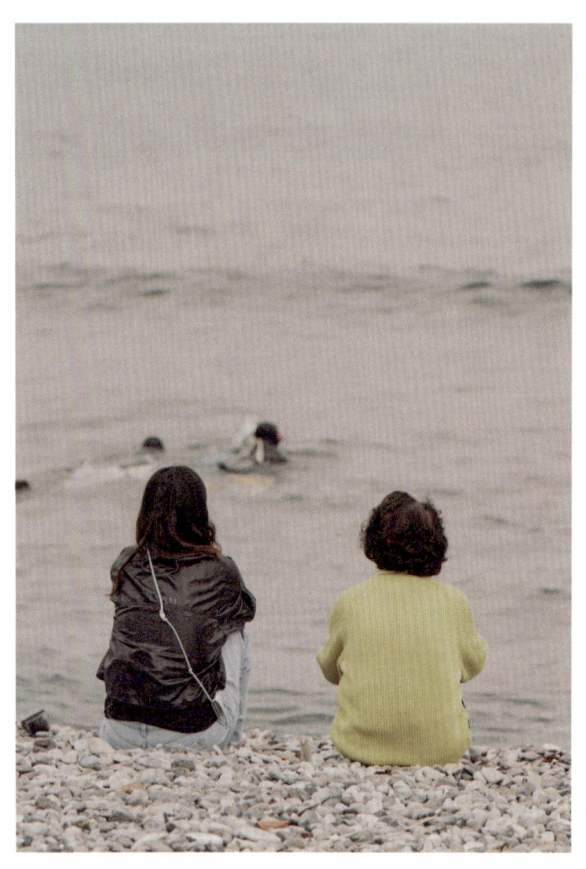

"엄마 등이 되게 조그맣다.
어떻게 이렇게 조그매?
아기 등 같아. 몸이 조그매서."
"점점 줄지 내 나이면 뭐."

엄마 등이 많이 굽었더라고요.
아, 맞다. 엄마 80이 다 됐지.

046

"너는 바다를 보면 무슨 생각이 들어?"

"배를 타고 저 멀리 어디론가 하염없이 가고 싶어."

"그럼 그 끝에는 뭐가 있는데?"

"뭐가 있는지 한번 알아보러!"

"무섭고 두려워 나는."

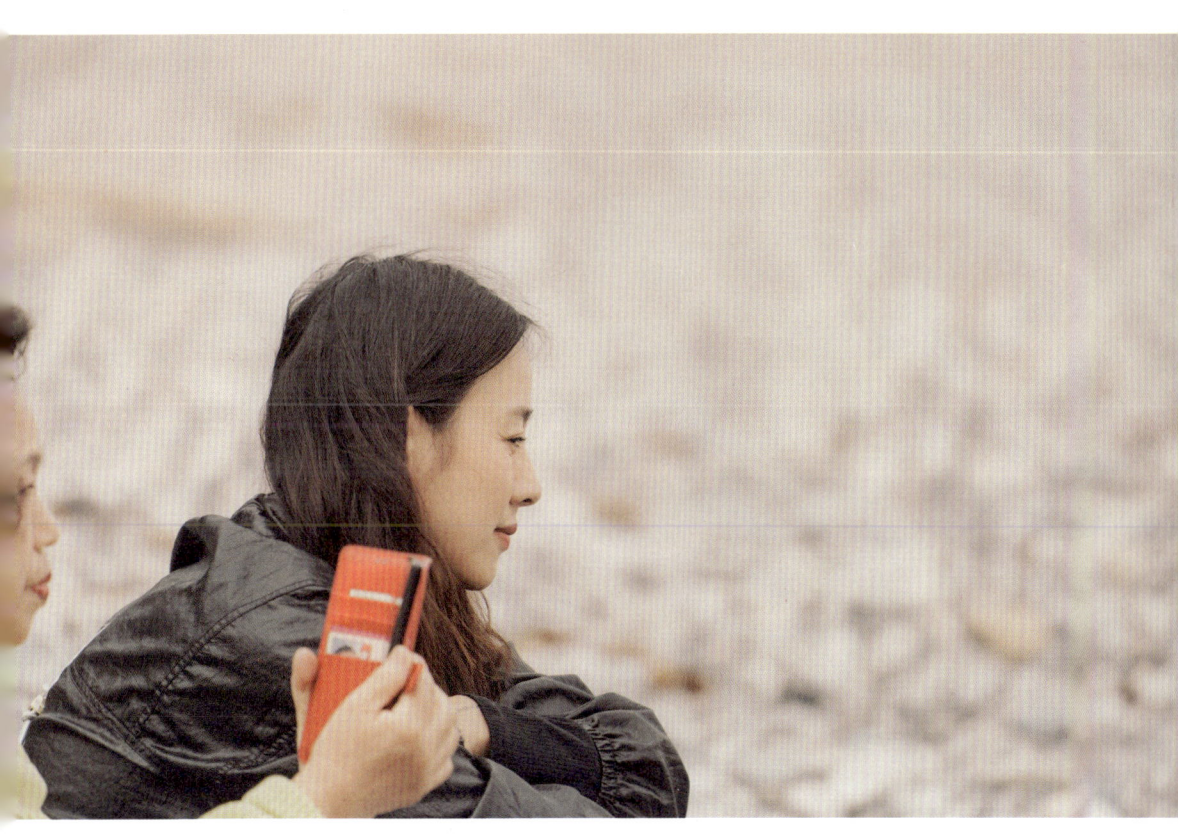

조심해!
너무 위험한 것 같아.
넘어지지 말고 조심하라고.
뛰지 마!

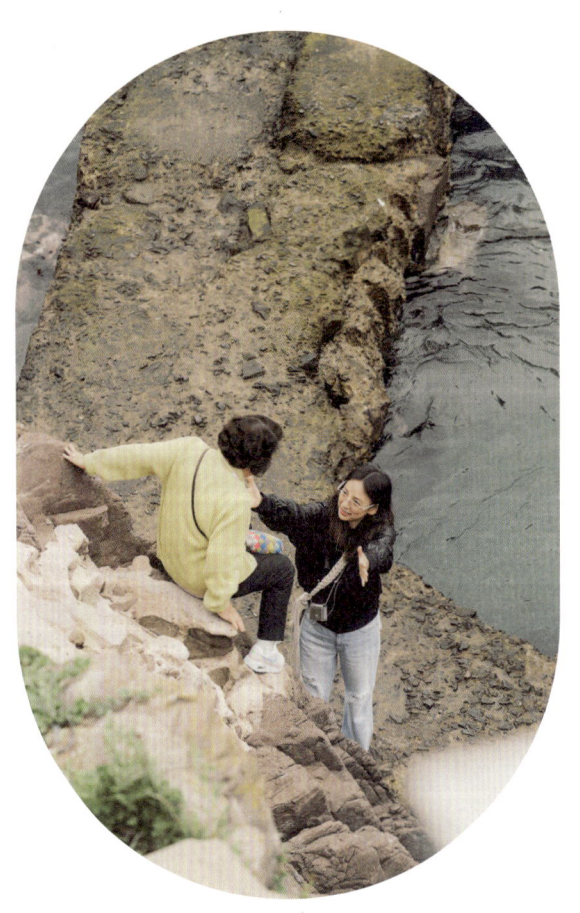

"엄마 할 수 있다!"
"못 가."
"올 수 있어."
"여기 못 내려가."

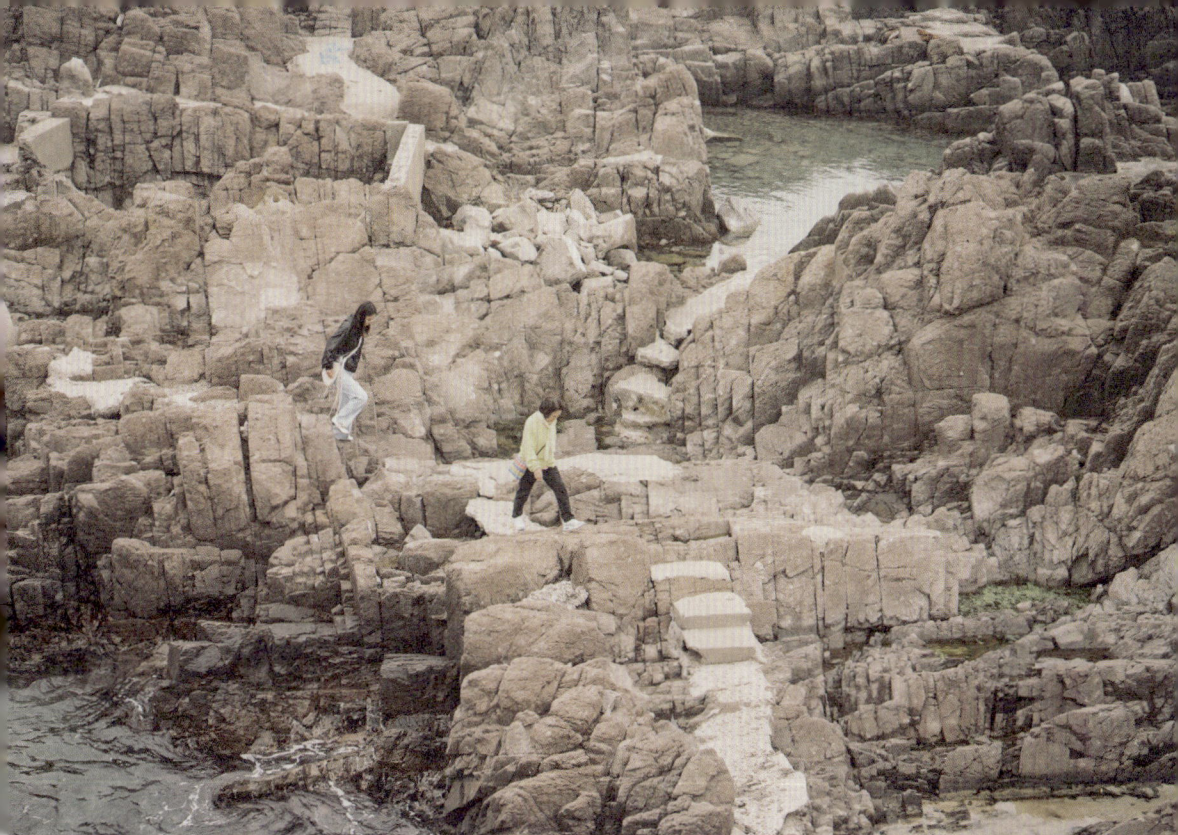

"가볼까?"

"어 와봐, 엄마! 내가 잡아줄게."

"거봐, 올 수 있잖아. 저기 가보자.

바다 끝까지."

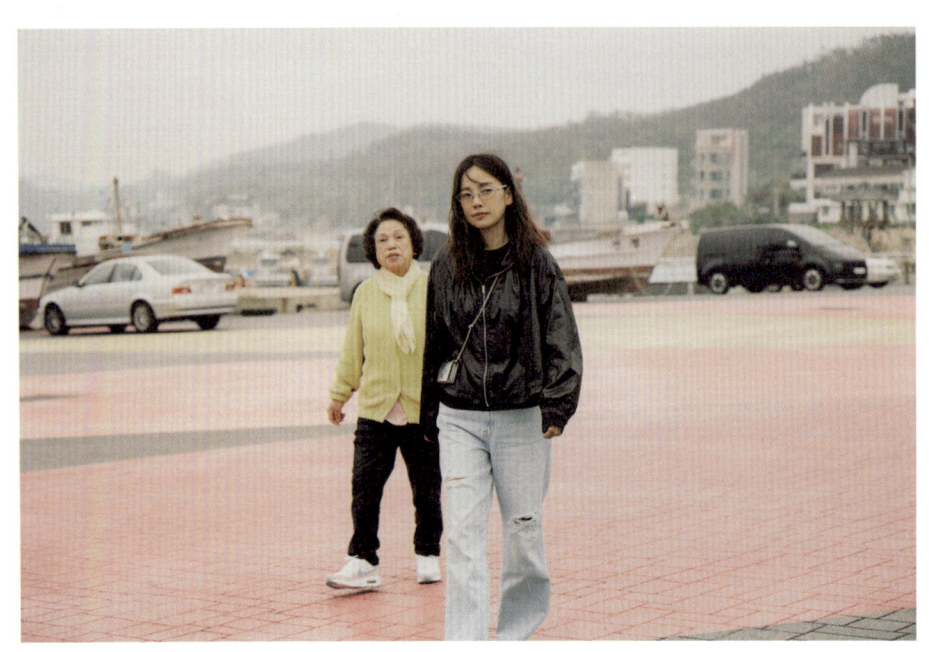

"너하고 이렇게 오랫동안 많은 얘기를 나눠보기는 처음이네."

서로를 알아가며

맞춰가는 대화의 온도

"너무 칭찬하는 거 아냐?
거짓 없이 솔직하게 말해!"

"엄마의 단점은 뭔 줄 알아?
엄마가 너무 대단한 줄 모른다는 거야."

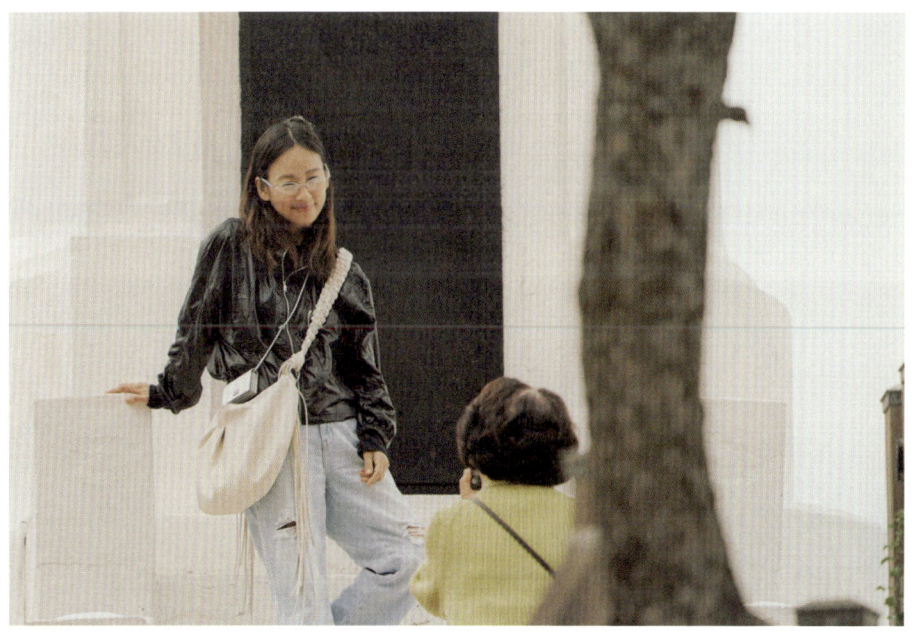

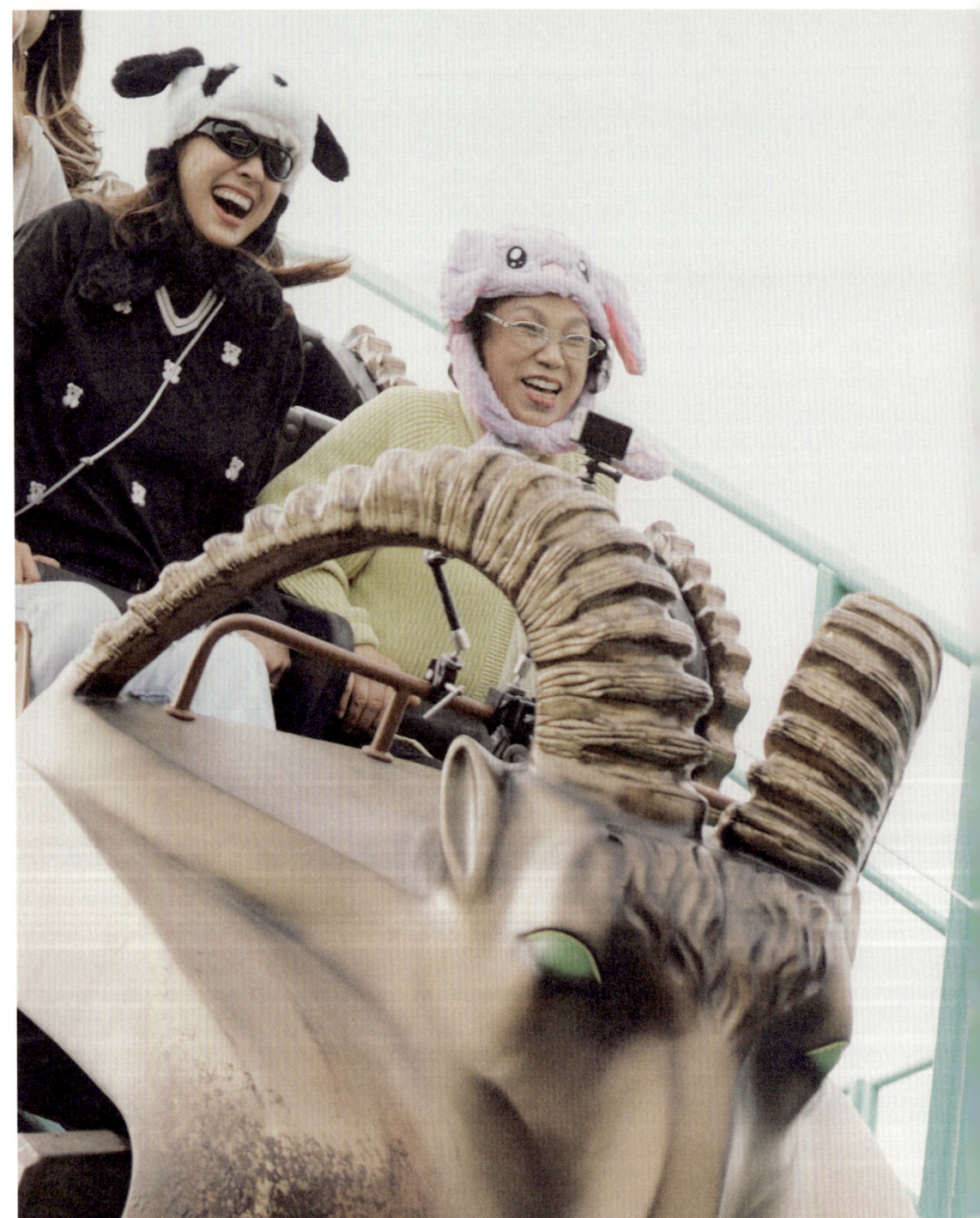

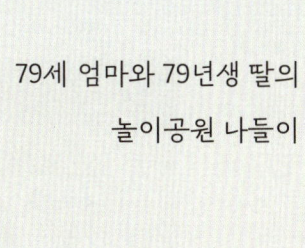

79세 엄마와 79년생 딸의
놀이공원 나들이

"너무 무서워! 엄마 괜찮아?"

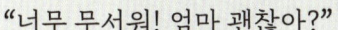

"재밌다!"

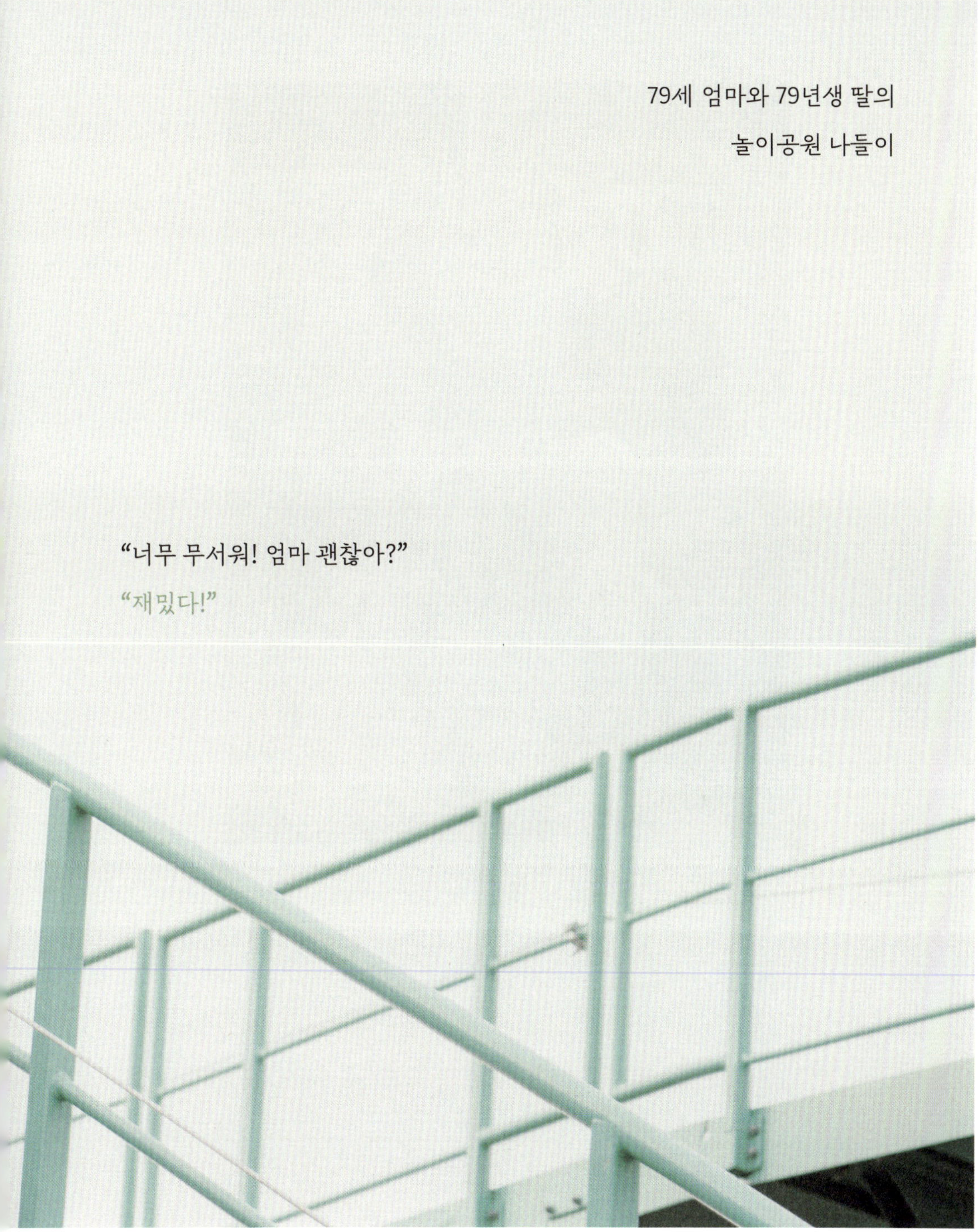

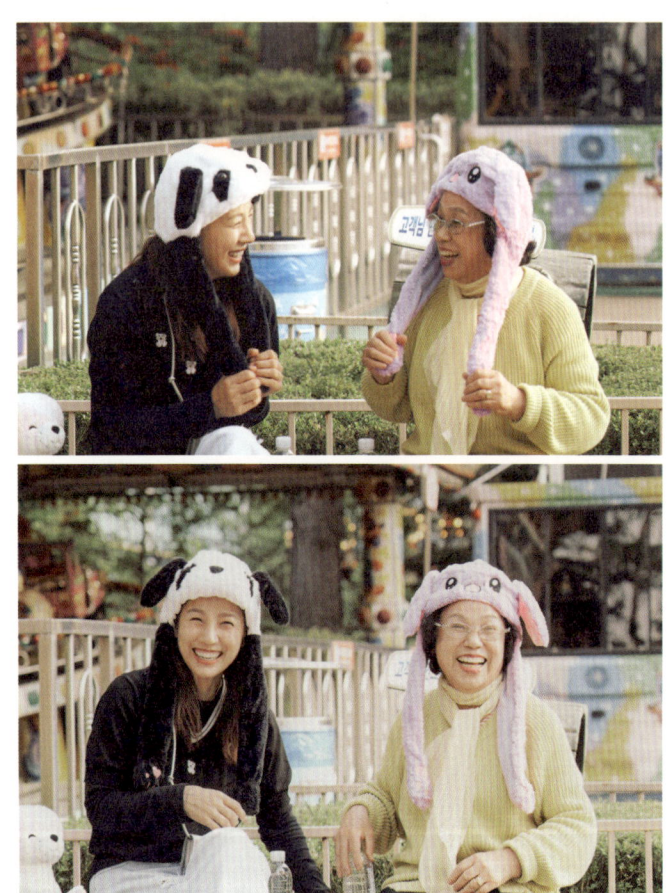

"귀여워!"

"기분 좋지? 엄마도 여기 오니까."

"이런 거 해봤어, 엄마?"

"처음이지."

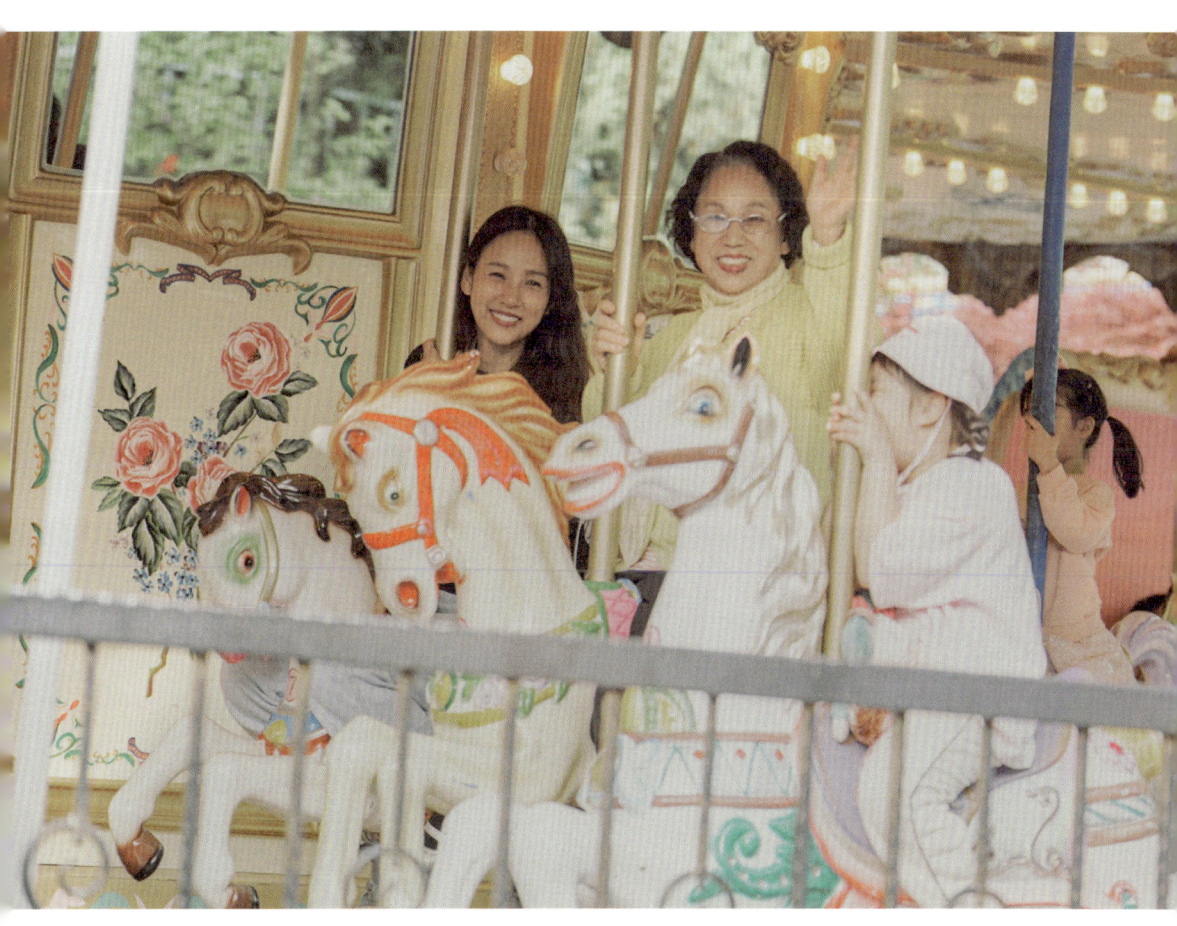

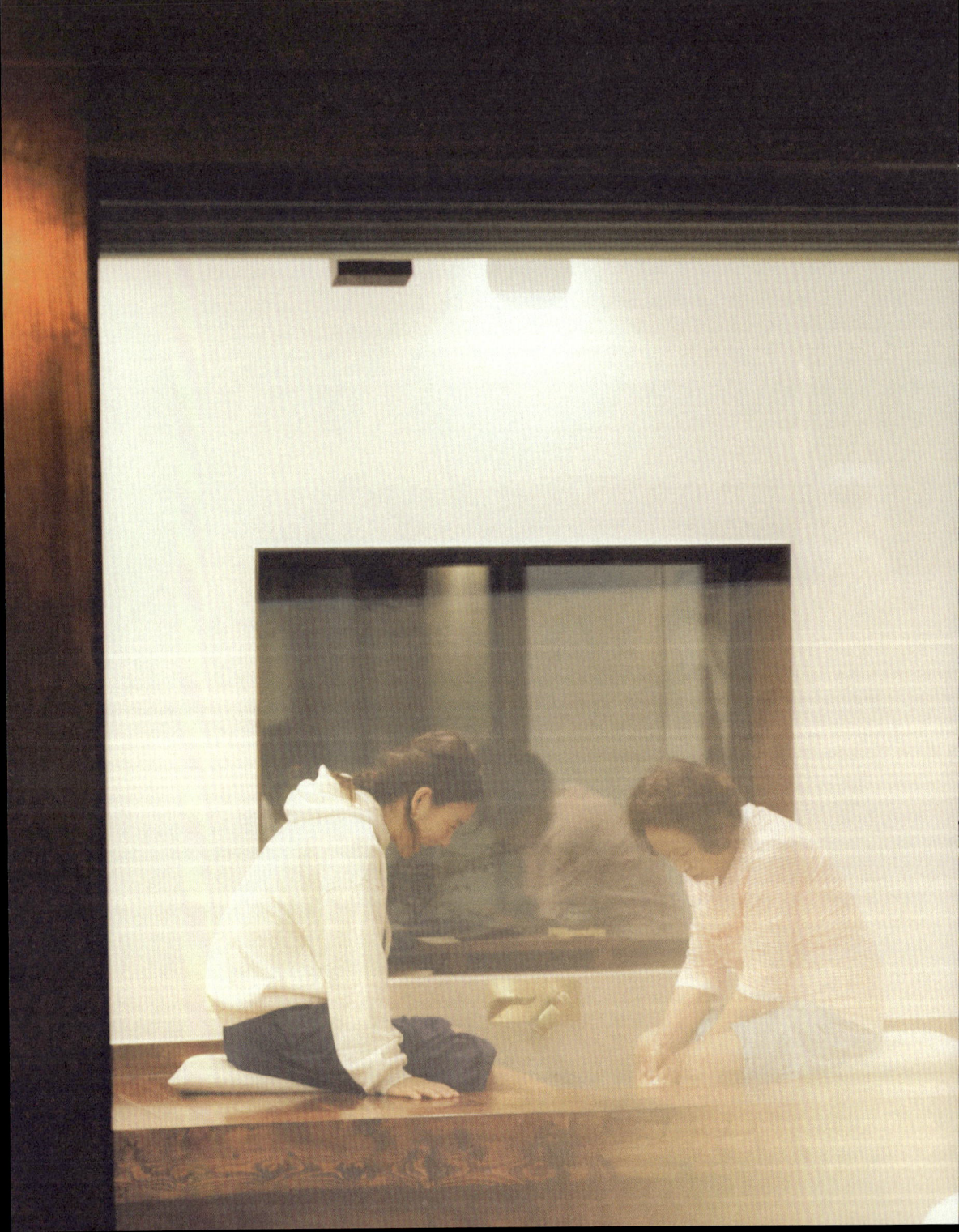

안 늙을 줄 알았어, 나도.
근데 아니야. 해마다 달라.
숨이 차고 힘들어.

그래서 이번 여행도…
더 늦기 전에 마지막 여행인가 보다 했어, 속으로.

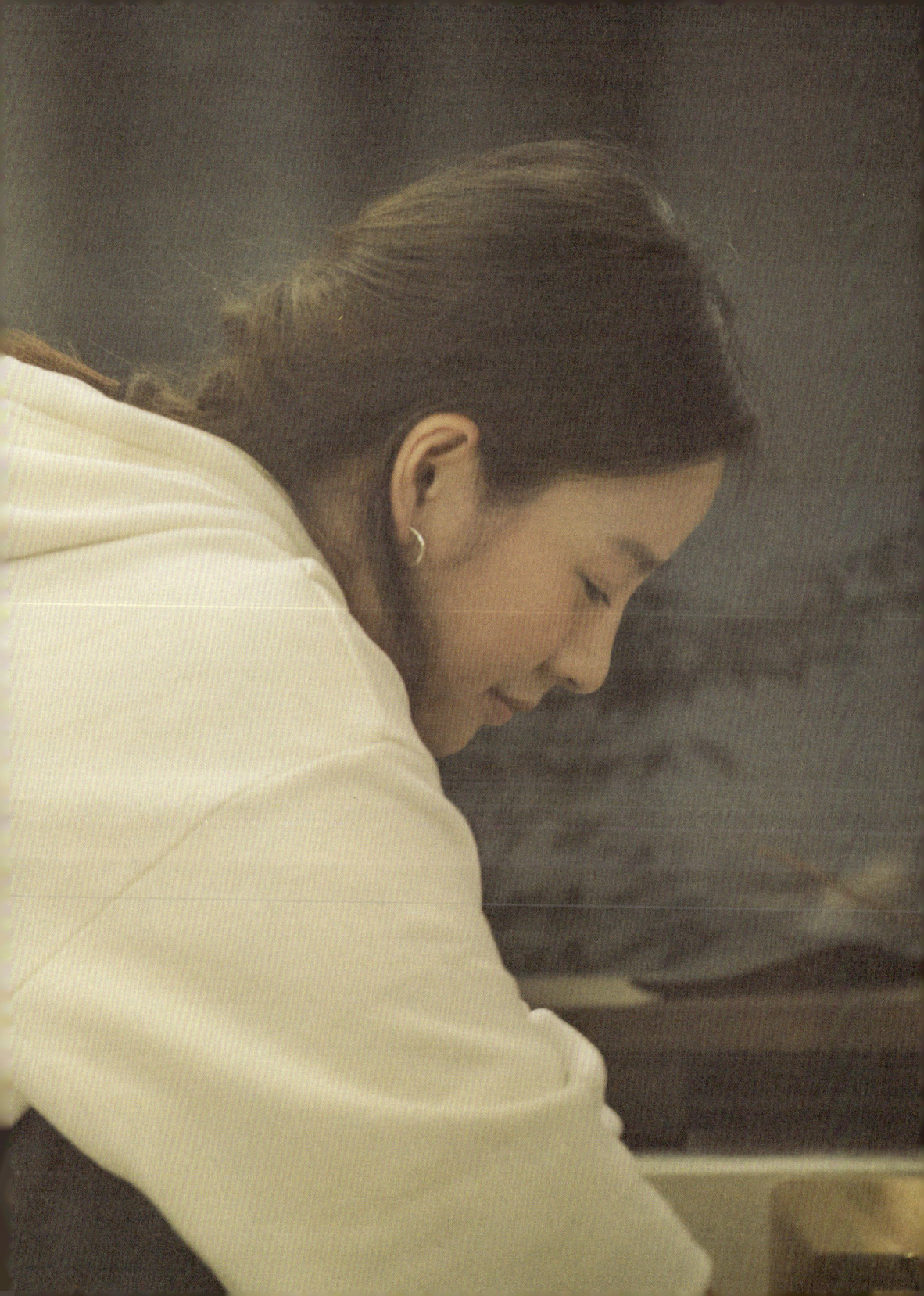

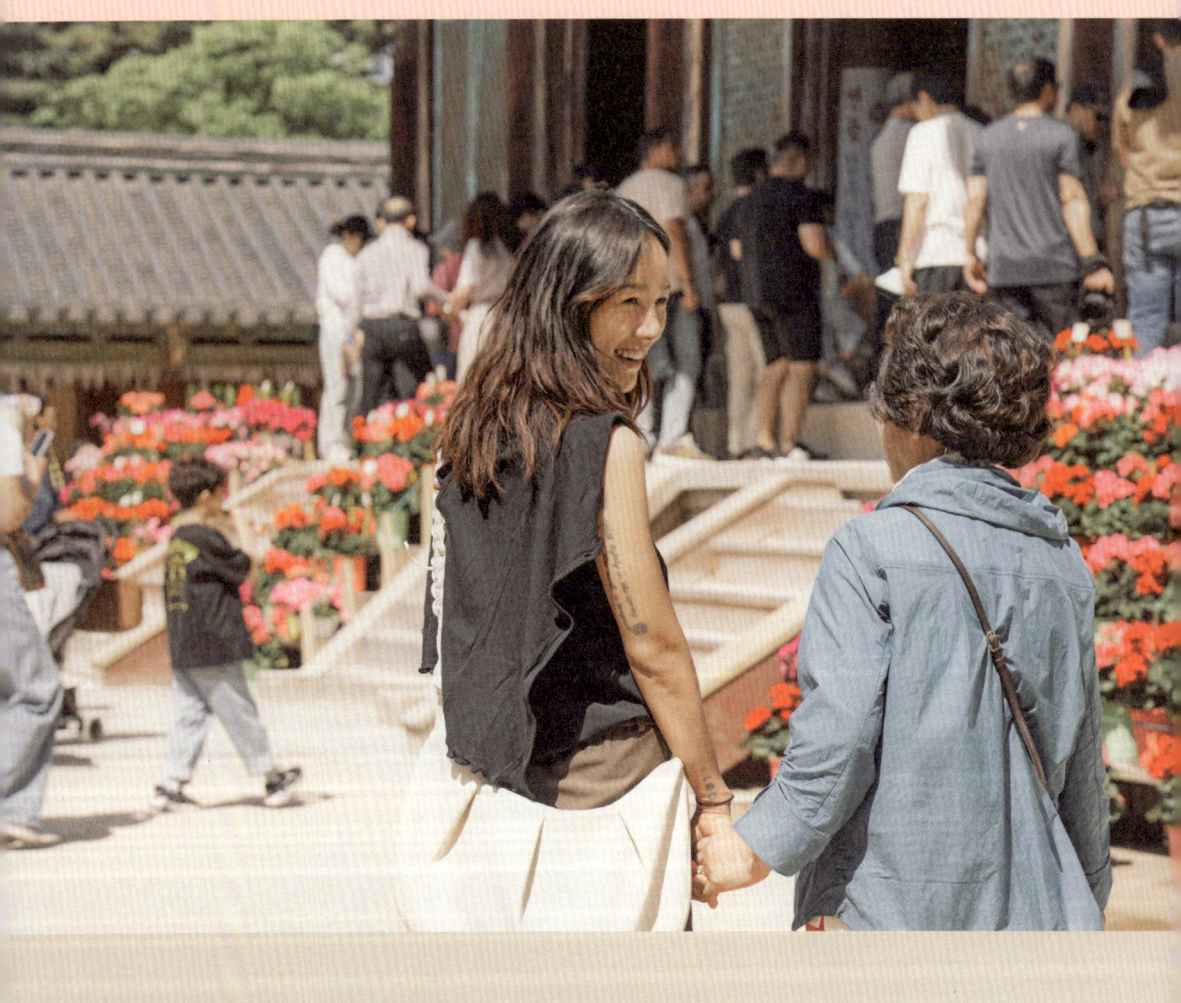

Part 2

많이 다름을,

많이 같음을

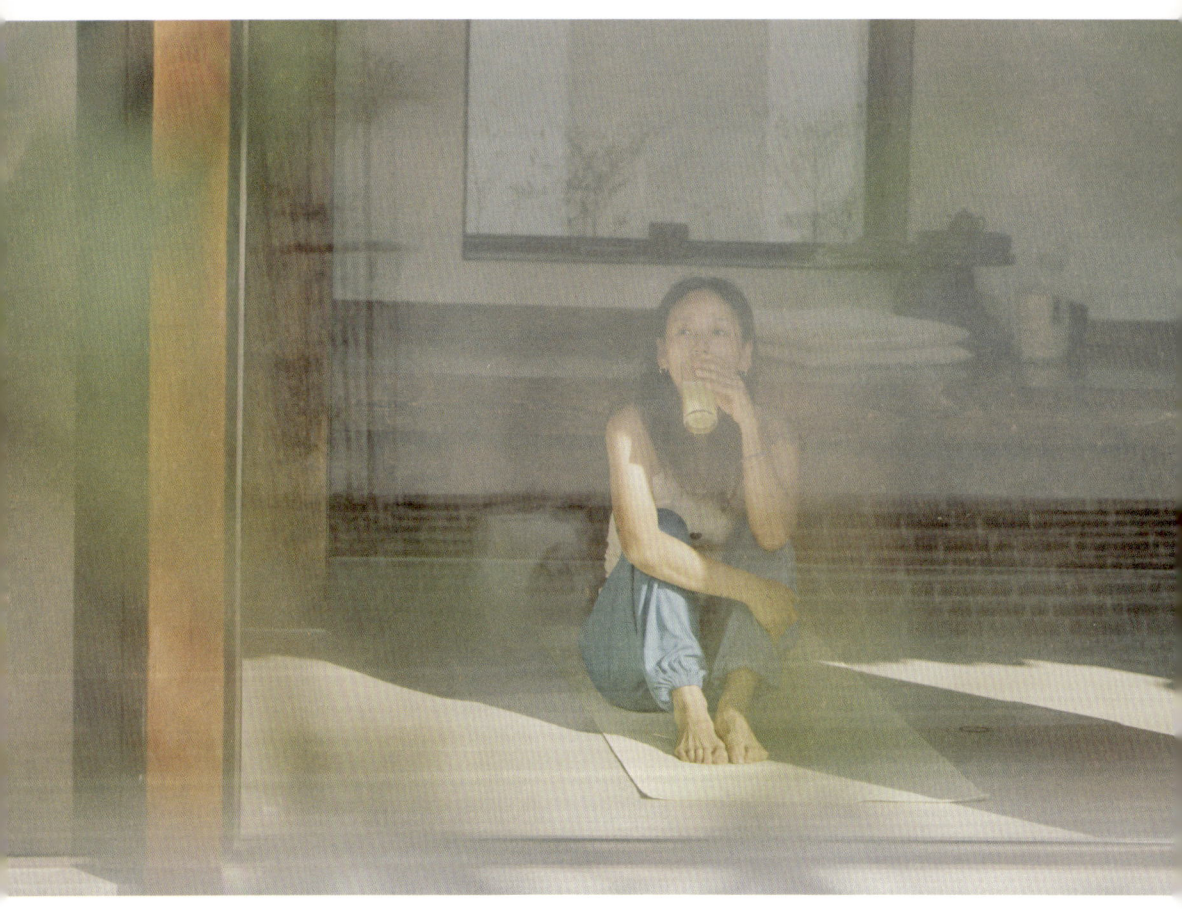

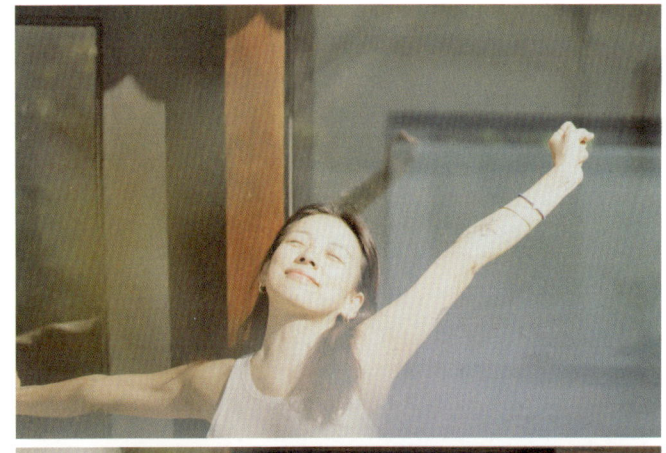

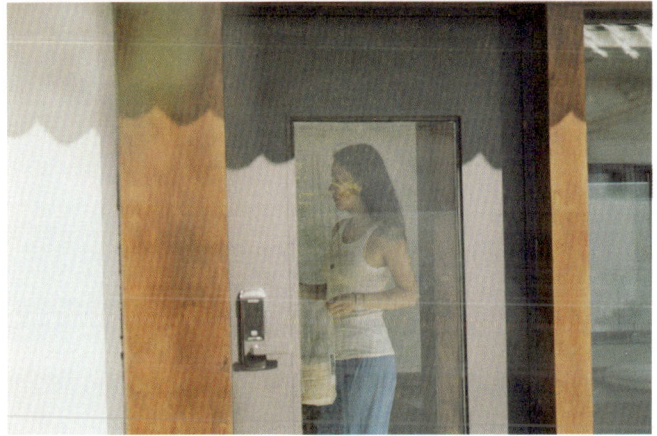

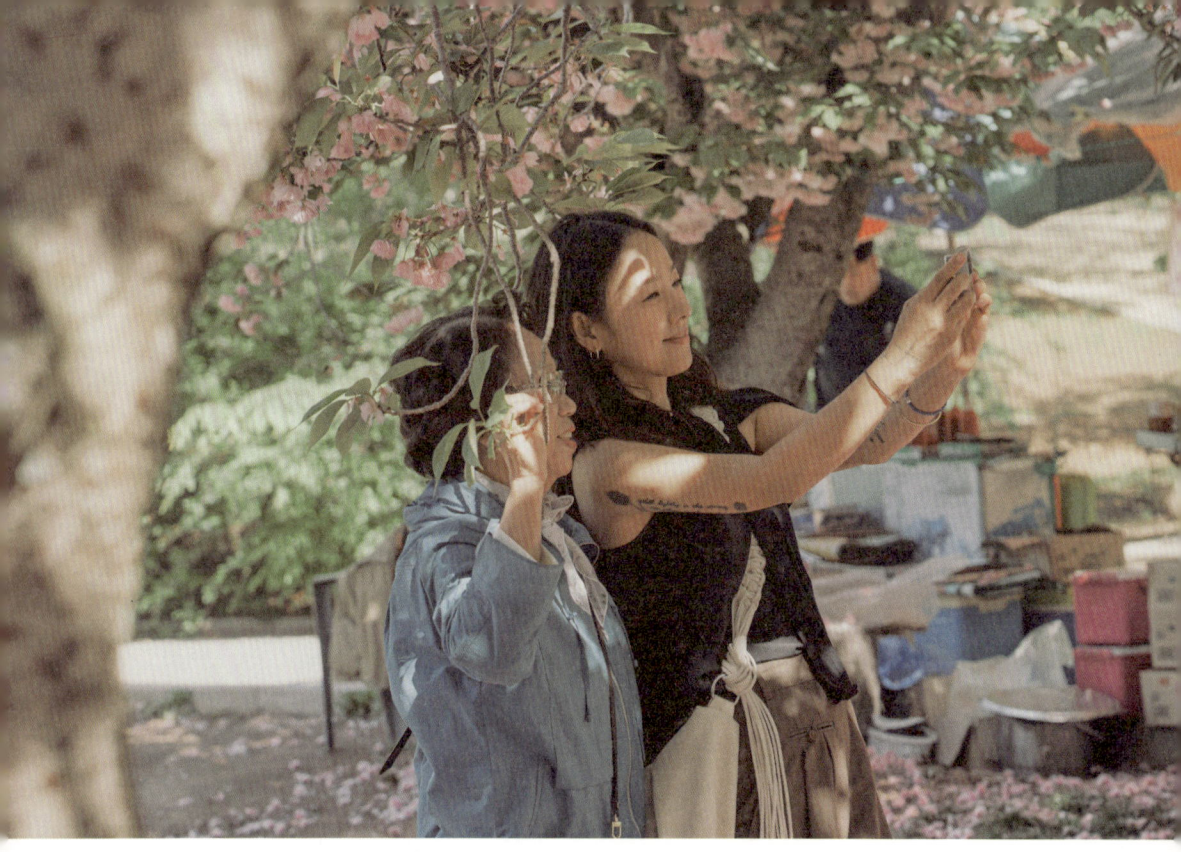

"잘 나왔어?"

"하…"

"…싸울까?"

"이게 뭐야!"

"그런 거 잘 나왔잖아. 이거, 이거."

"사랑하는 마음으로 찍어야지, 엄마. 그 대상을."

"너무너무 사랑해~"

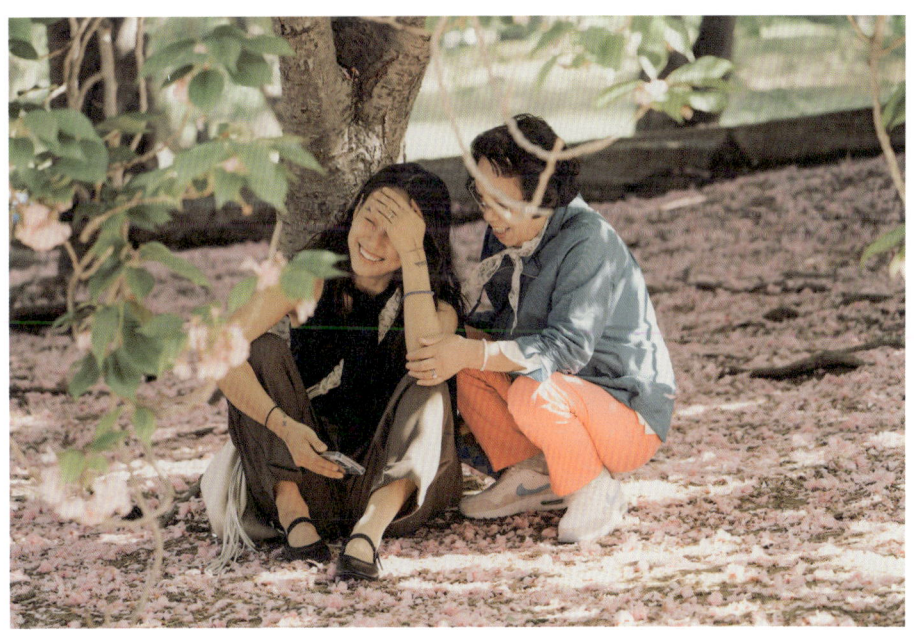

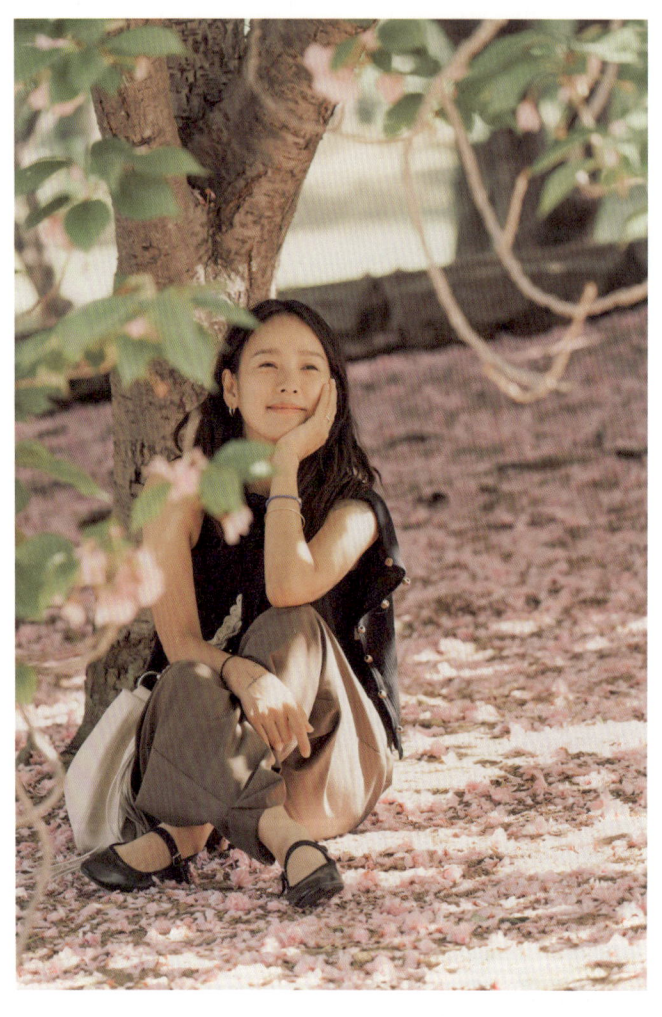

나무들이 다 예쁘고
산도 예쁘고
효리도 예쁘고.

"엄마가 쓴다면 뭐라고 쓸 거 같아?"

"가족 건강, 만사형통…. 내가 밤마다 기도하는 것이 그거야."

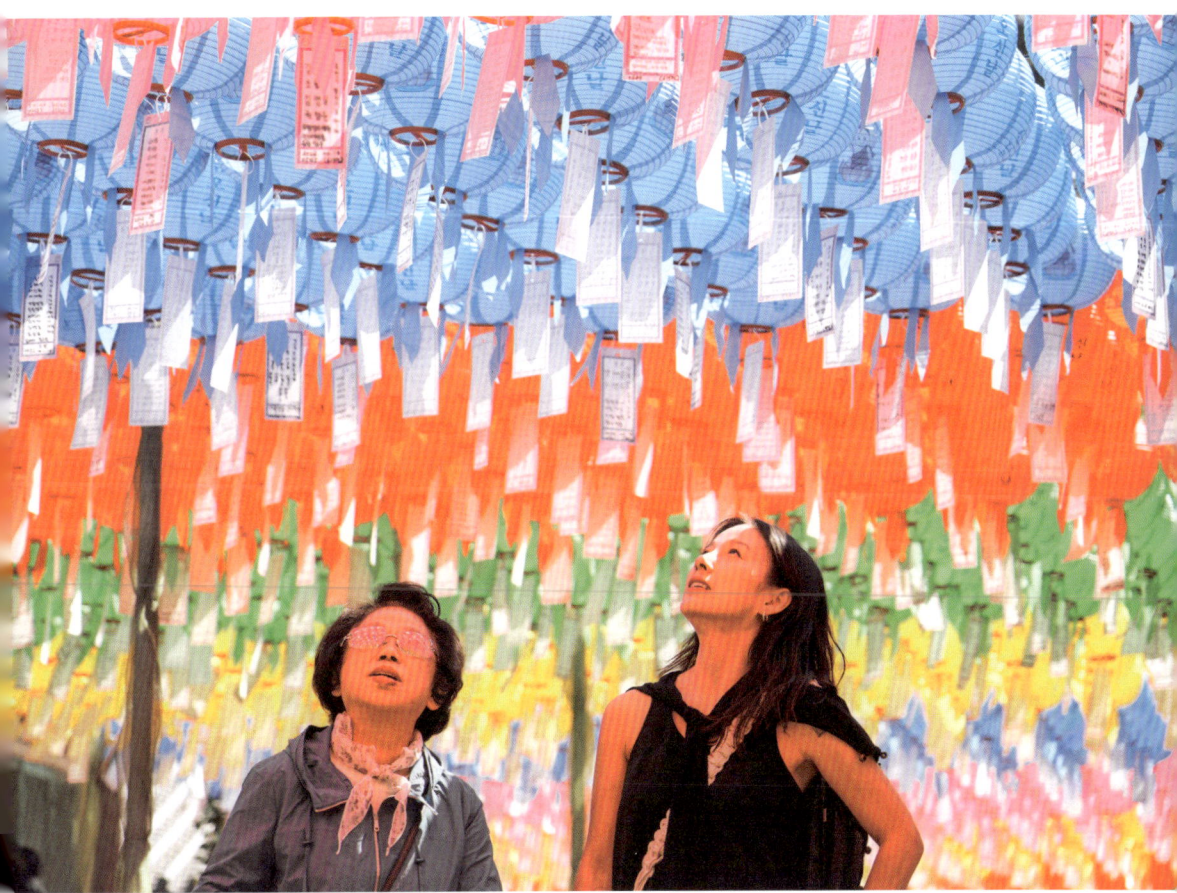

불교는 전생을 믿잖아요, 스님.
어머니랑 딸은 엄청난 인연이겠죠?

좀 불편하거든요, 엄마랑 단둘이 있는 게 사실은.

커서 엄마랑 단둘이 있어본 적도 없고 생각하는 것도 다르고
그래서 엄마랑 저랑 완전히 다른 사람이라 생각했는데
지내다 보니까 똑같은 게 너무 많은 거예요.
제가 저 자신에게 되게 싫은 부분 있잖아요.
그게 엄마한테 그대로 보이고, 그러니까 또 더 싫고.

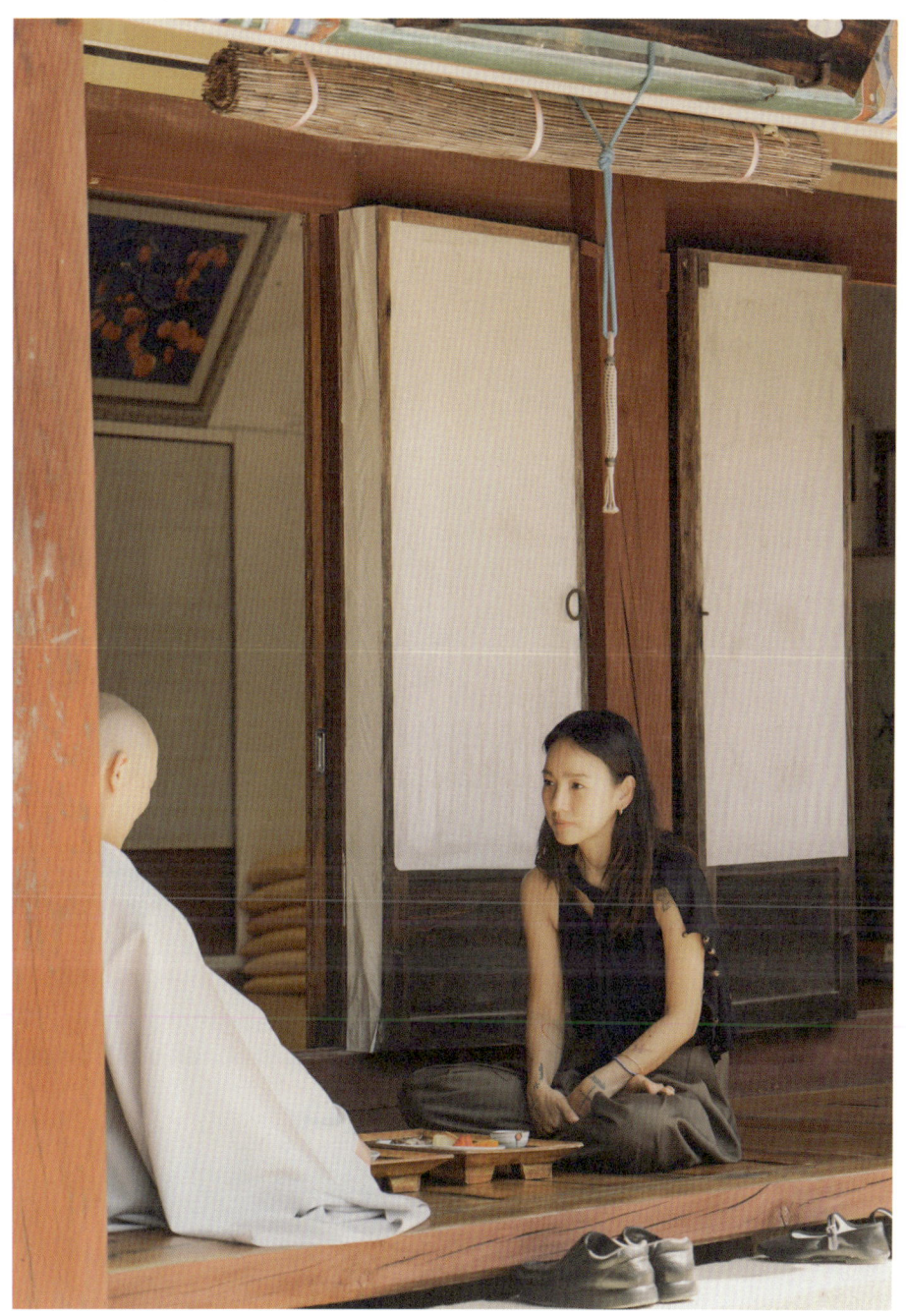

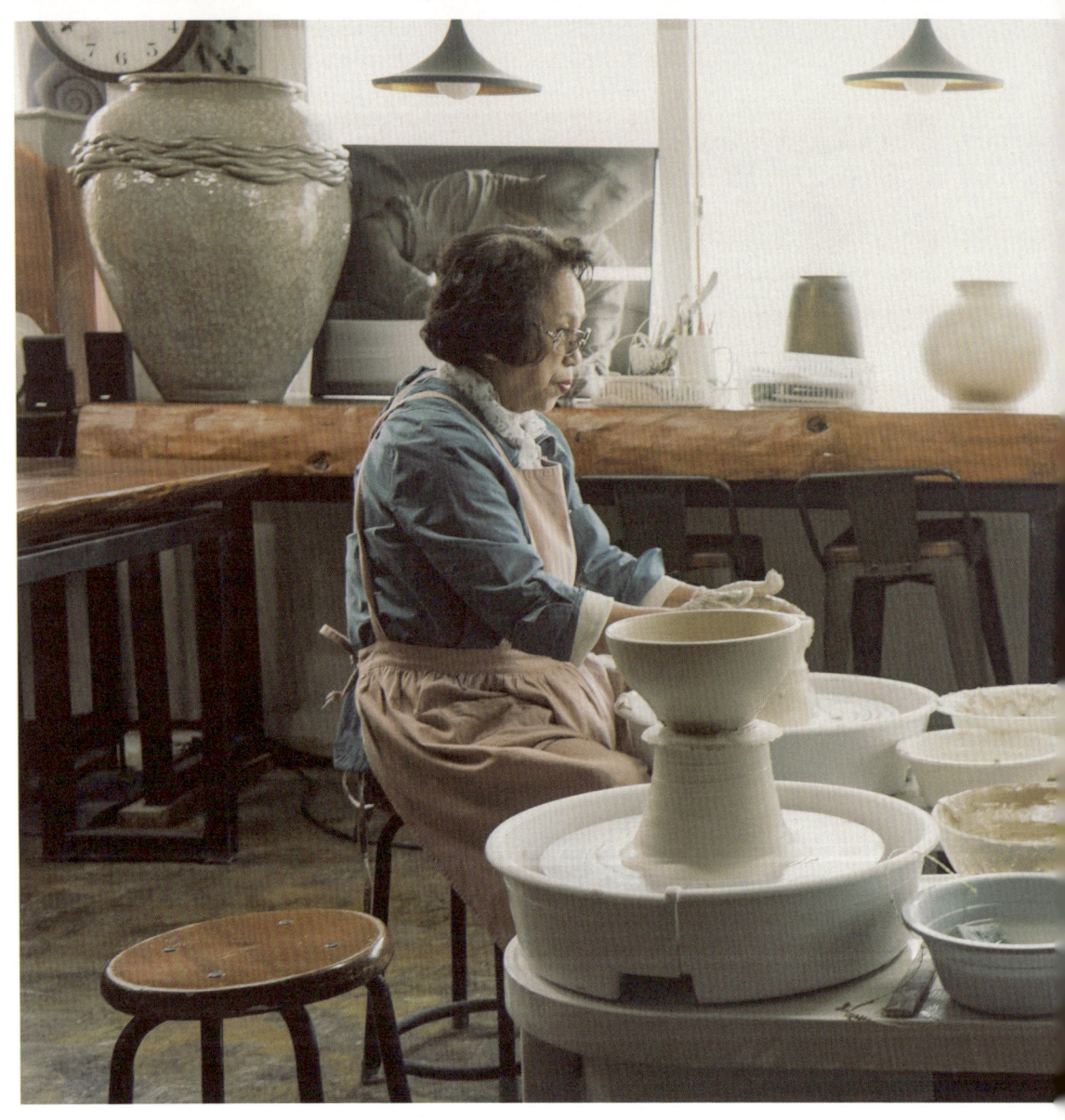

"이게 하루아침에 되겠냐."

"아냐, 더 만들어보자."

"뭘 또 만들어. 할 줄도 모르는데."

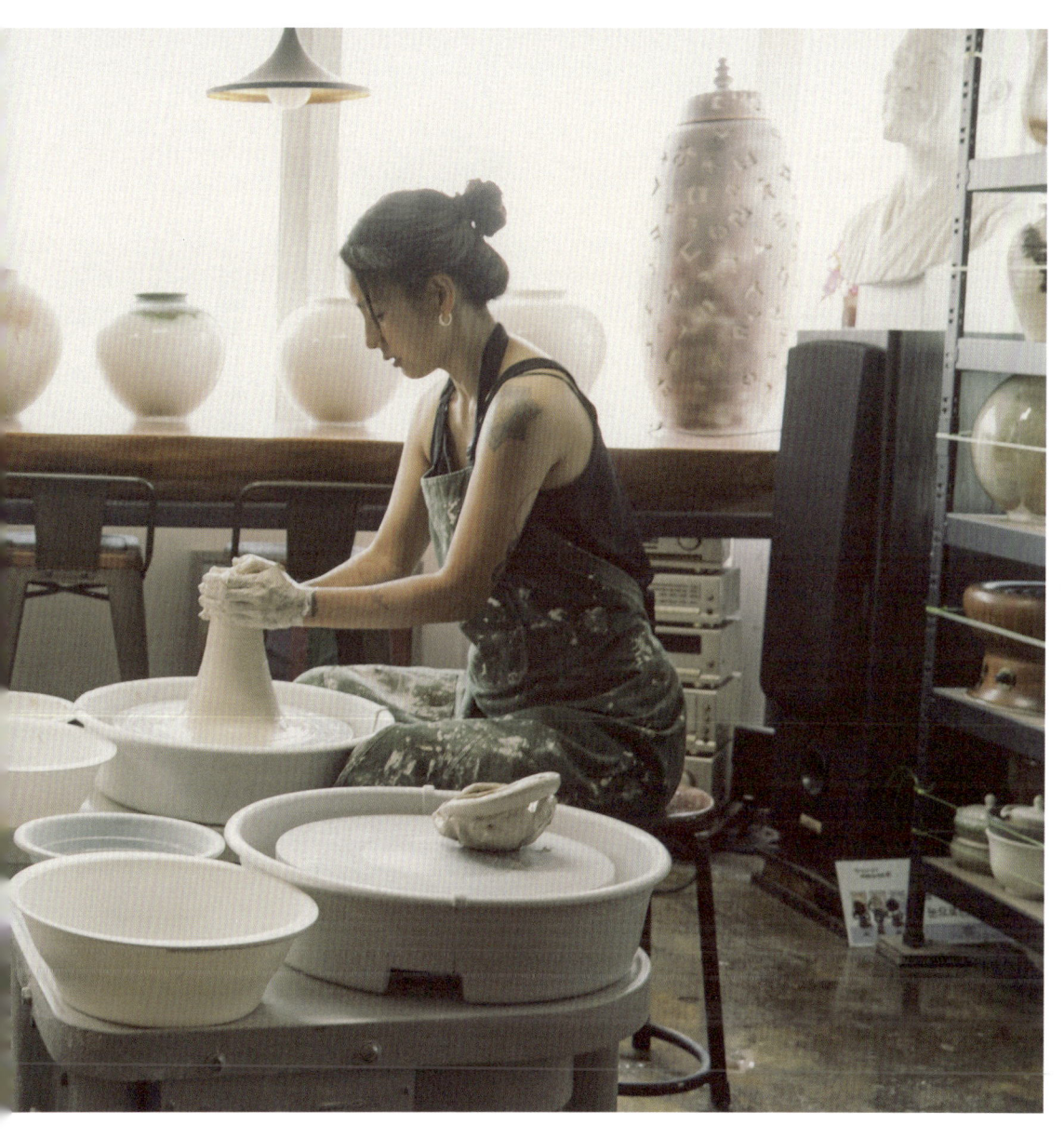

싫어했던 내 모습이

엄마에게서 보일 때

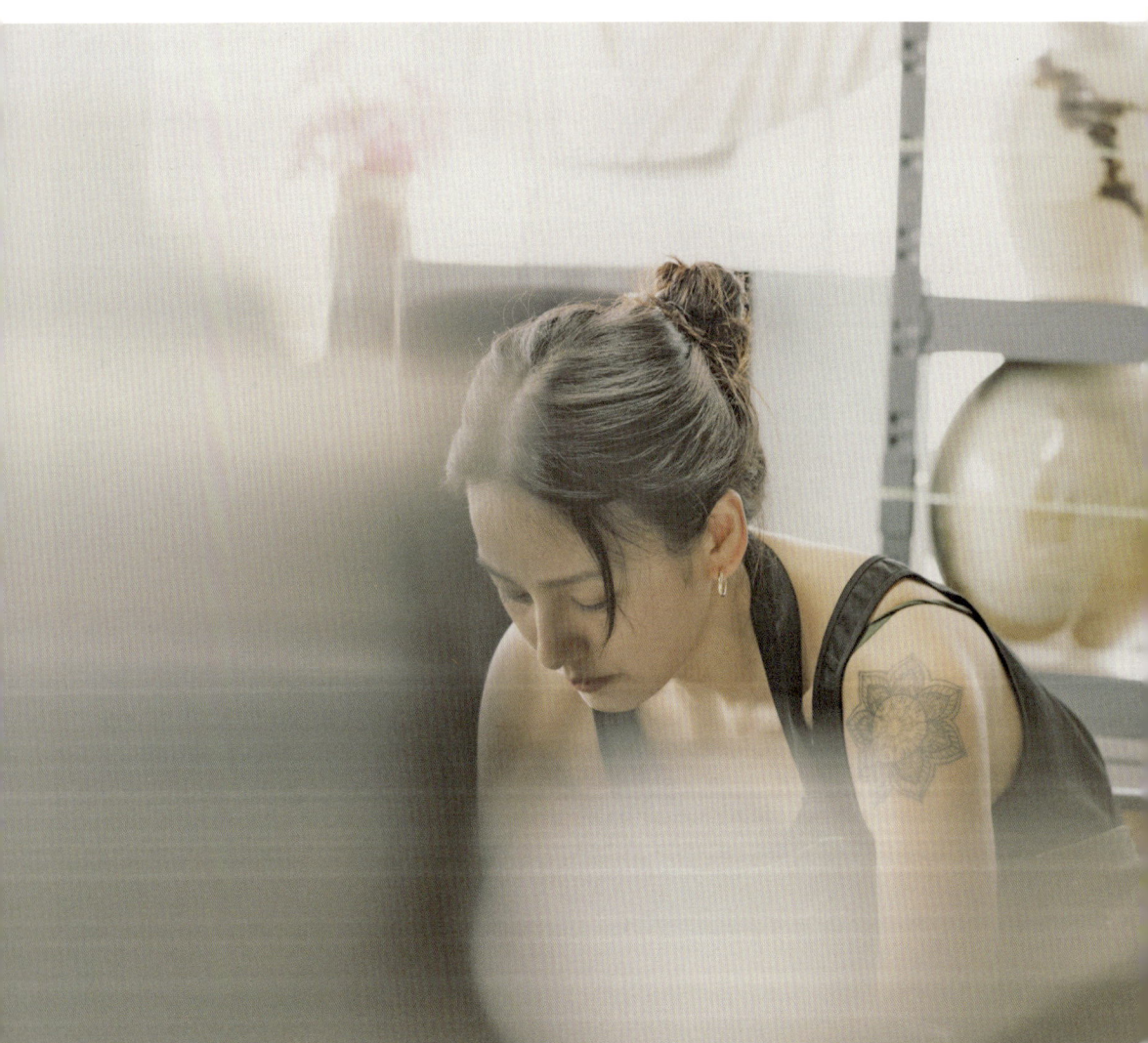

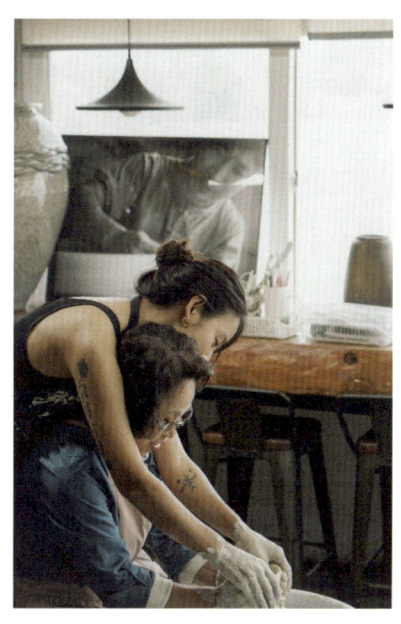

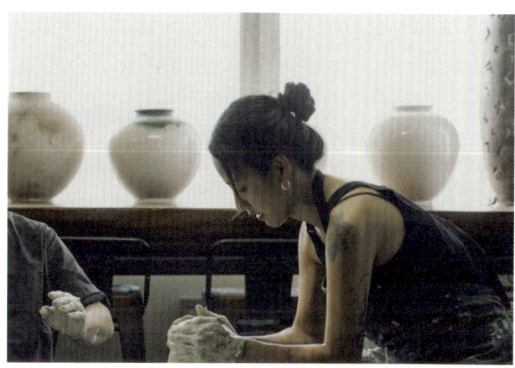

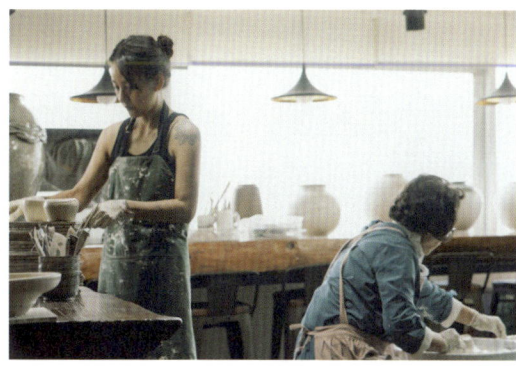

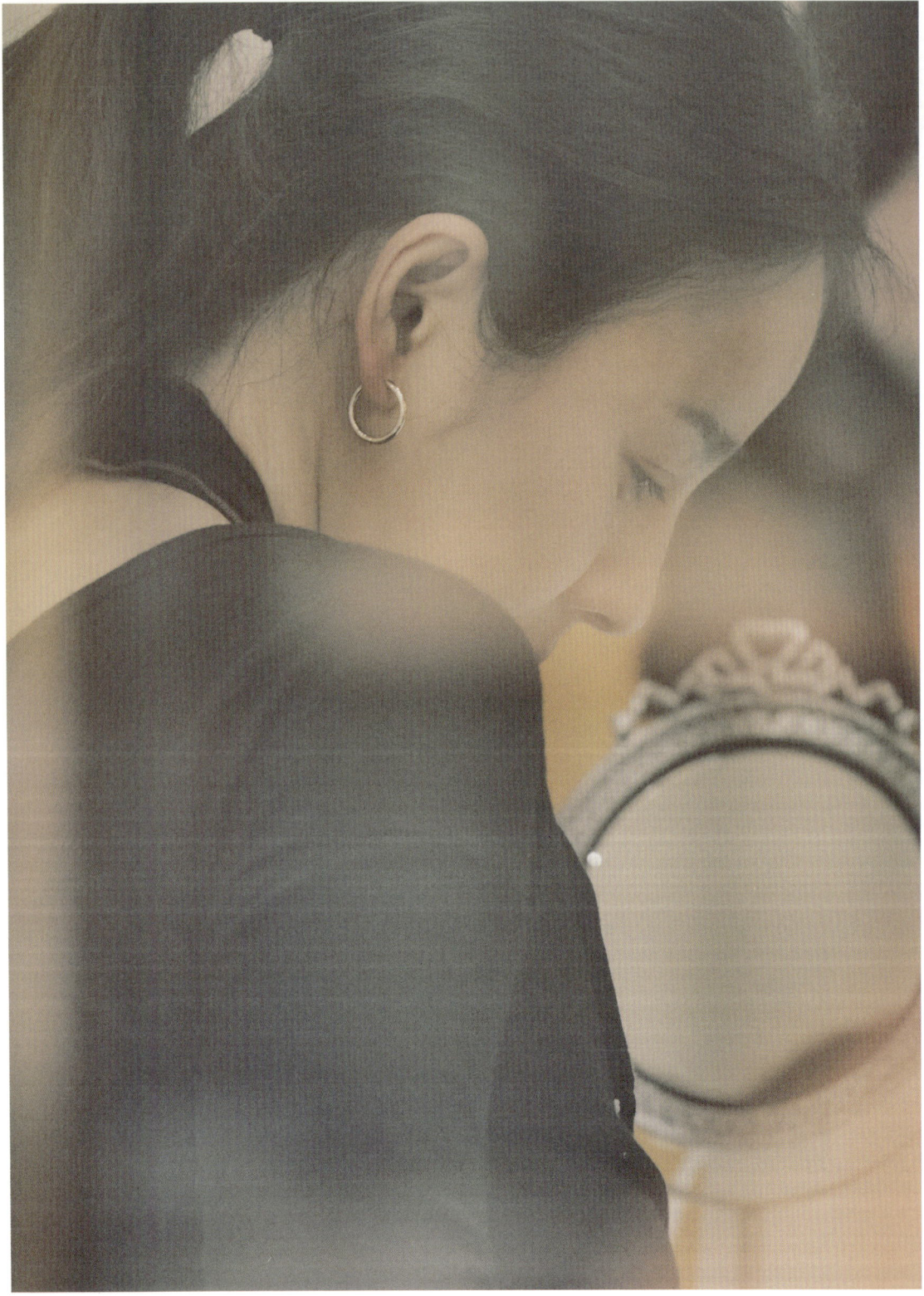

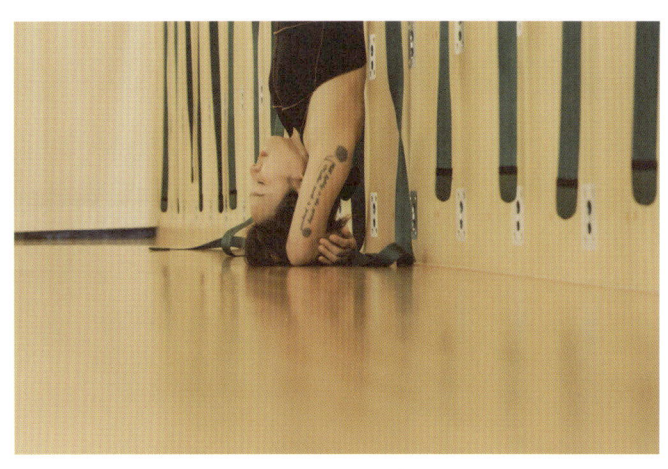

"엄마 마사지 받는 동안 나 뭐 했는지 안 궁금해?"

"내가 물어보면 또 싫어할까 봐."

"왜 싫어해. 물어봐 주면 좋지."

"물어봐도 성의껏 대답 안 하면 안 물어본 것만도 못하잖아."

행여 딸이 싫어할까 궁금해도 참았던 엄마

묻고픈 건 많지만 바쁠 걸 알기에
남의 딸처럼 TV에서나 보고 그랬지.
지켜만 보고 있었지, 나는 나대로.
애타는 마음으로 지켜봤지.

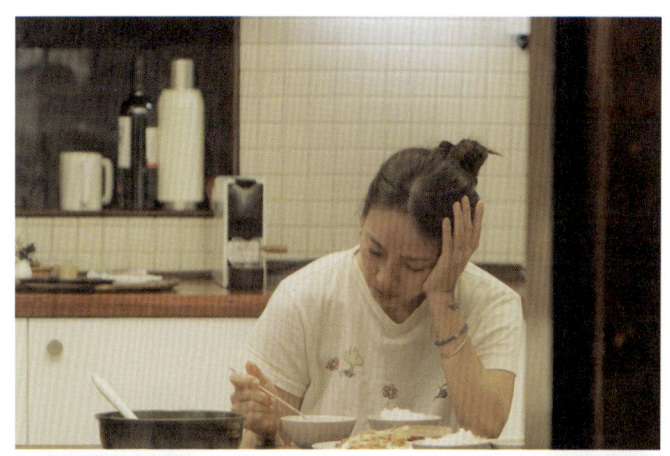

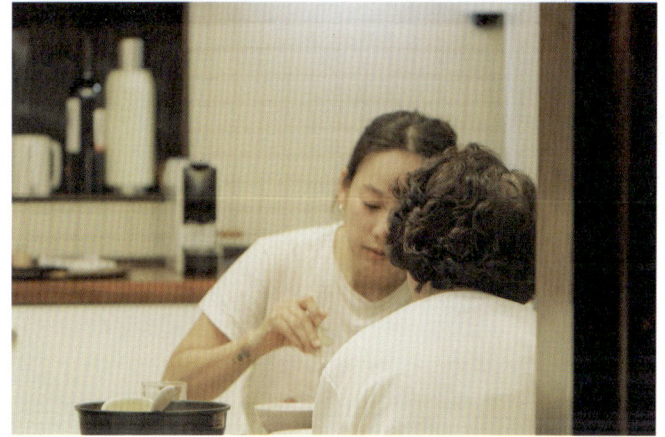

30년 만에 맛보는 엄마의 오징어 국

"이 맛을 딱 느끼니까 옛날 생각이 났어.
나쁜 생각 아니야. 좋은 생각이야.
추억."

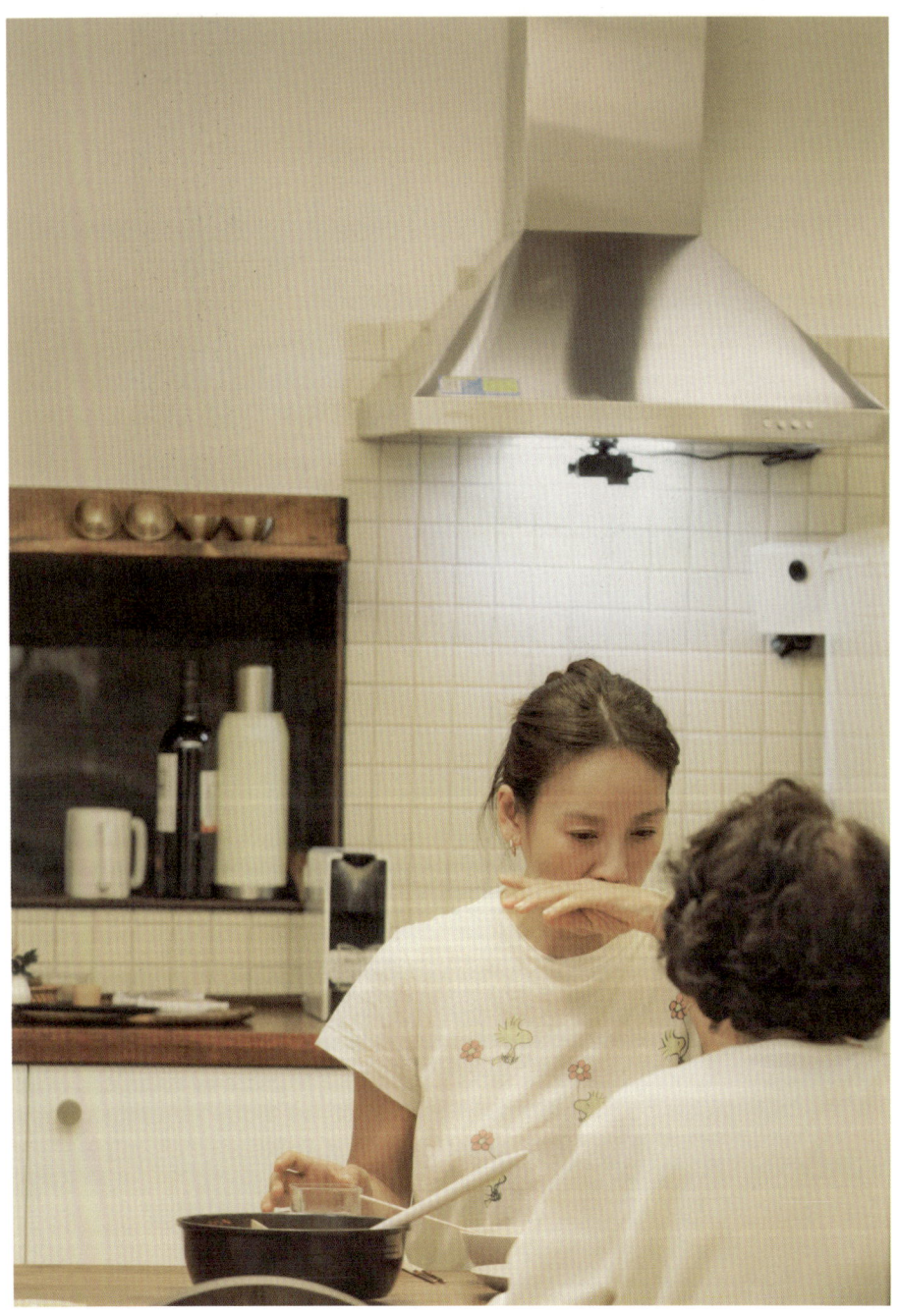

"엄마는 내가 우는 걸 금방 안다."

"울고 싶을 때는 울어."

"내가 엄마가 일찍 돌아가셔서

　나는 자식들을 너무너무 사랑하고 감싸면서 키워야지 했는데

　내가 사랑을 절실하게 못 받아봤으니까

　알지 못해서 못 주는 그런 것도 많았을 거예요."

엄마에게는 후회로 남아 있는 지난날

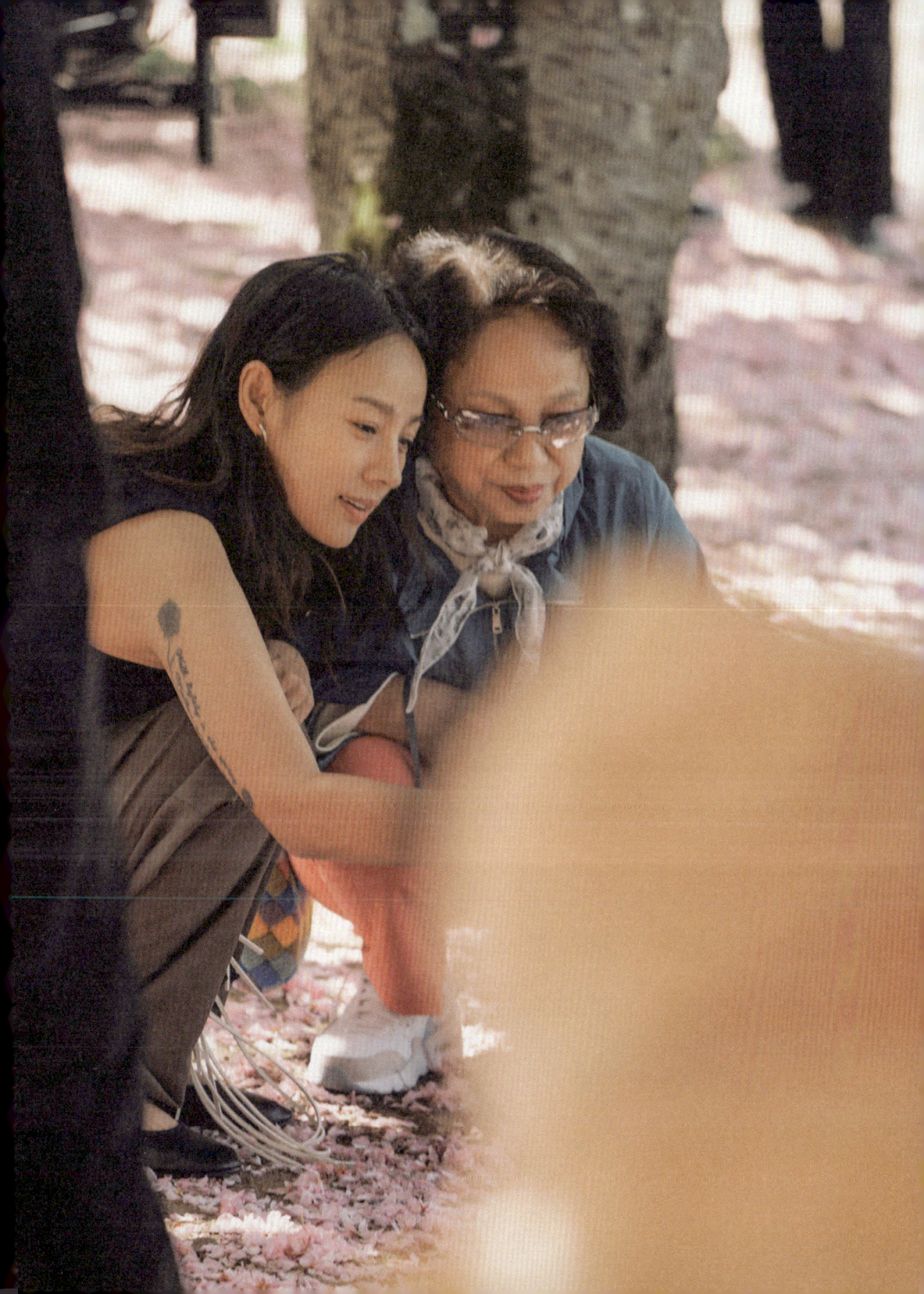

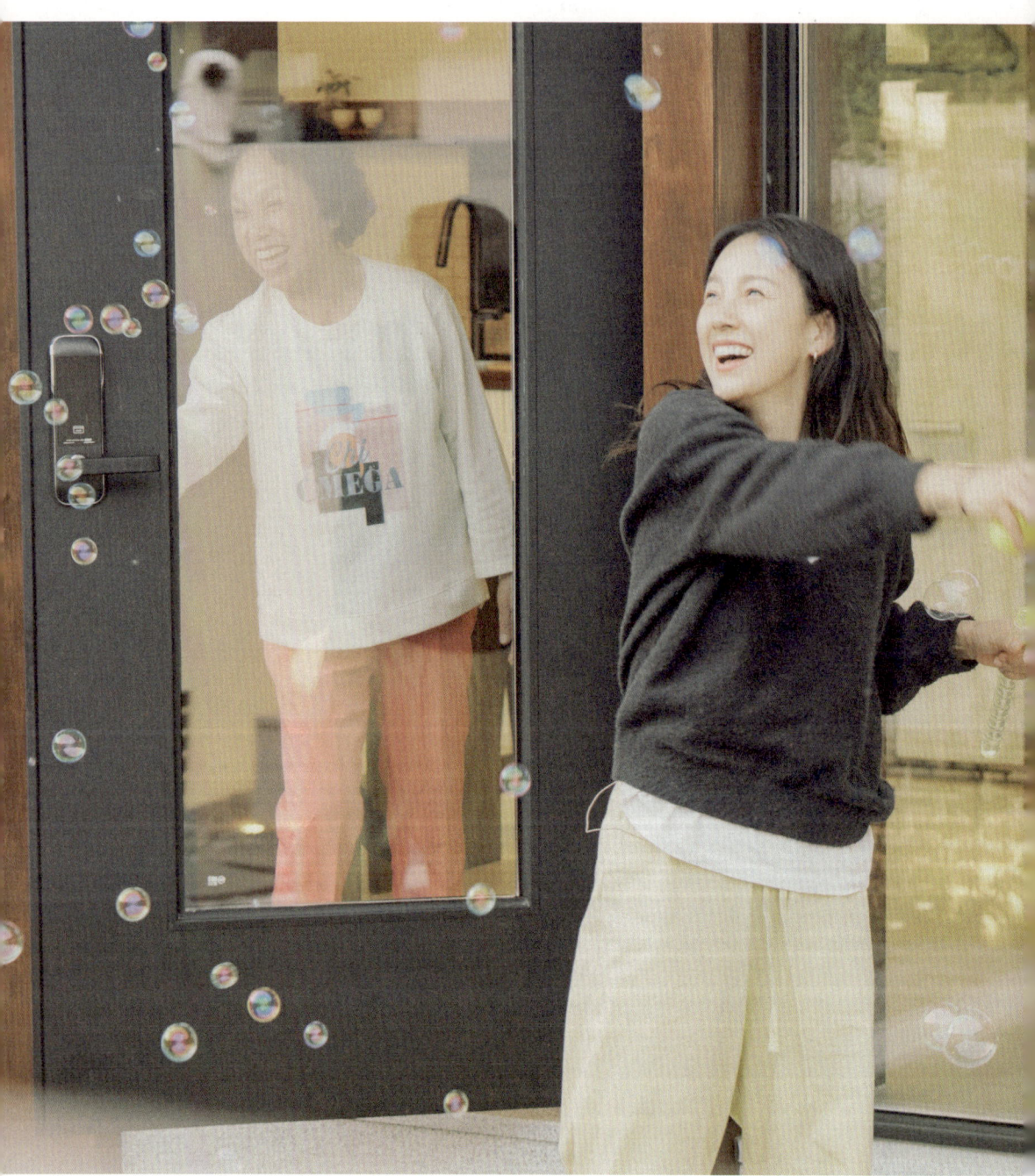

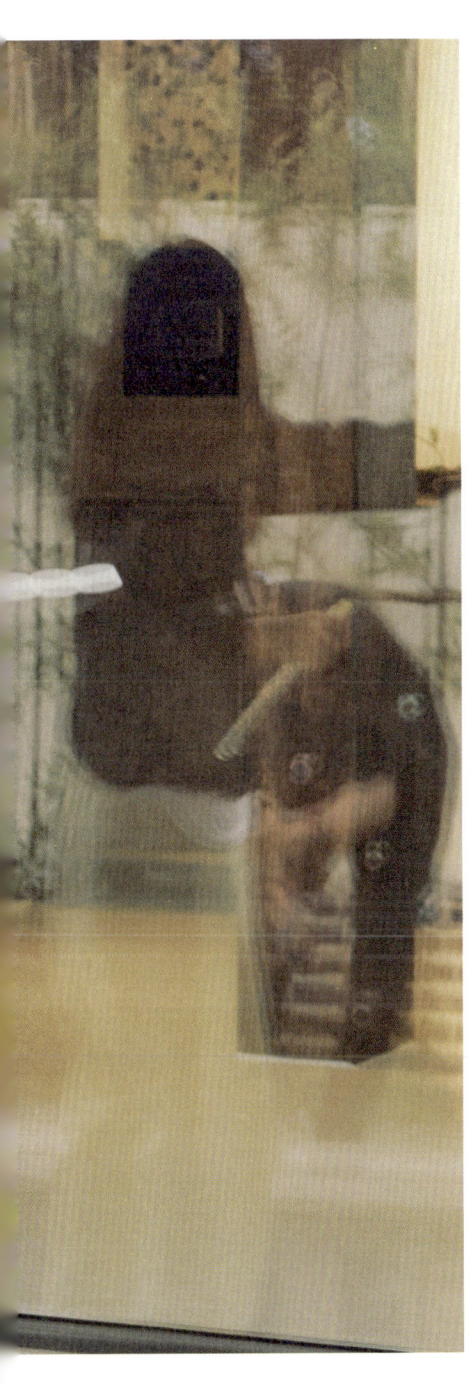

다 늙었다고 생각하지 마. 지금이 시작이야.

이제 걸음마 떼는 아기라고 생각해.

엄마 마음속엔 늘 아기야 너.

막내딸 아기.

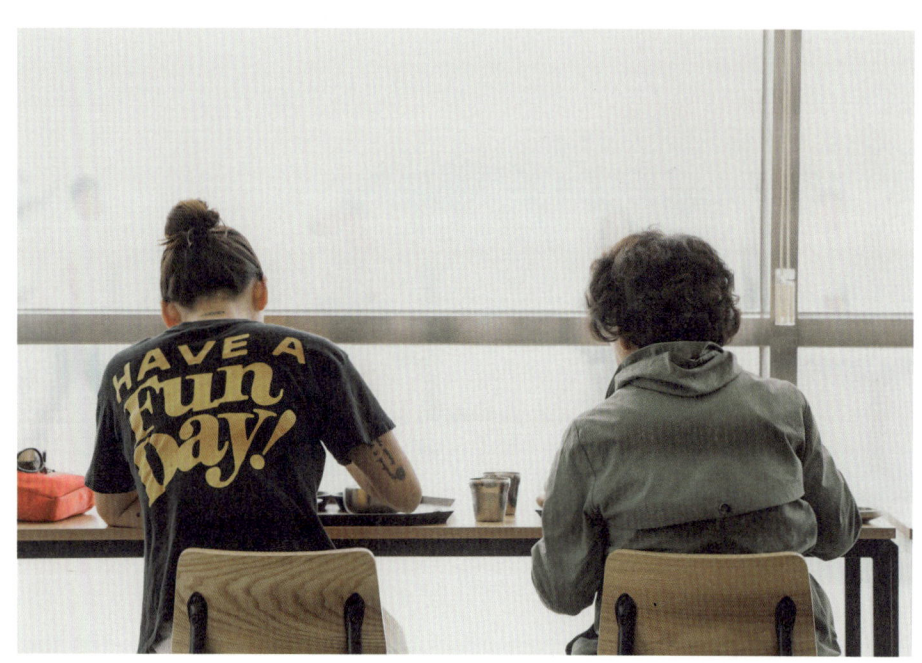

"어제 오징어 국을 먹기 전까지는
엄마가 짜증 나는 말을 하면 짜증이 났거든?
근데 지금은 엄마가 짜증 나는 말을 해도 웃겨.
그 안에 뭐 탔어?"
"엄마의 사랑."

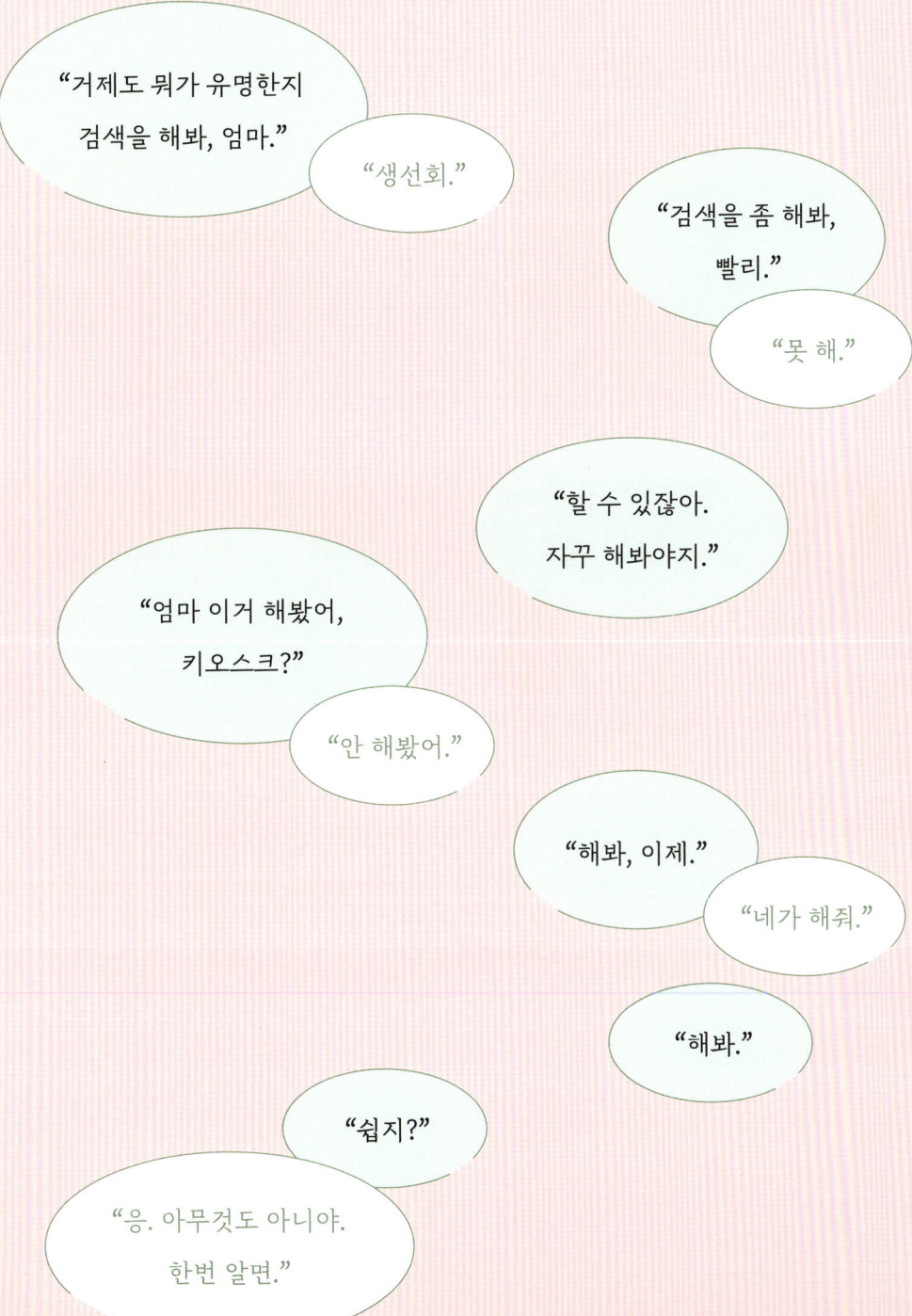

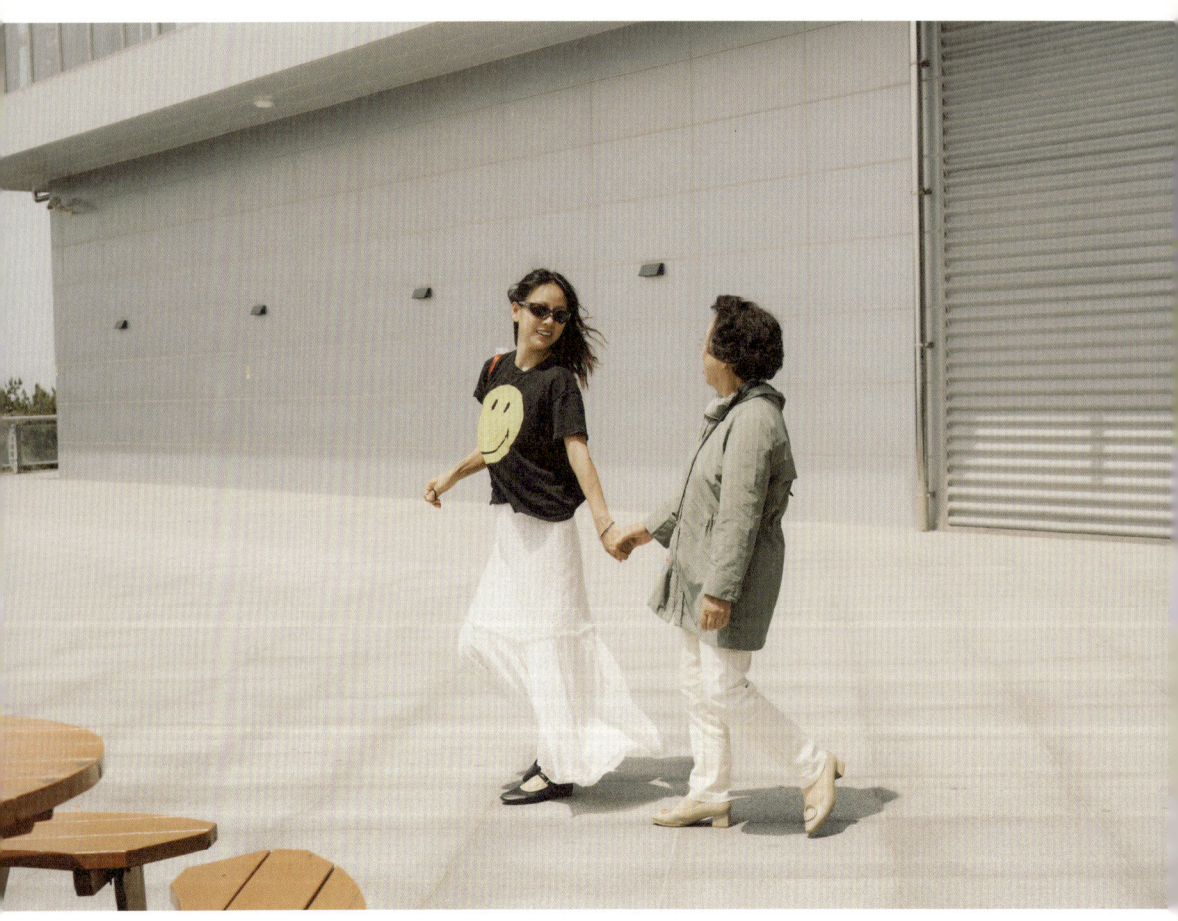

그때부터 그런 생각을 했던 것 같아요.
'엄마와 딸'의 얽힌 감정과 시간에서 벗어나
친구처럼 편하게 터놔도 되겠구나.

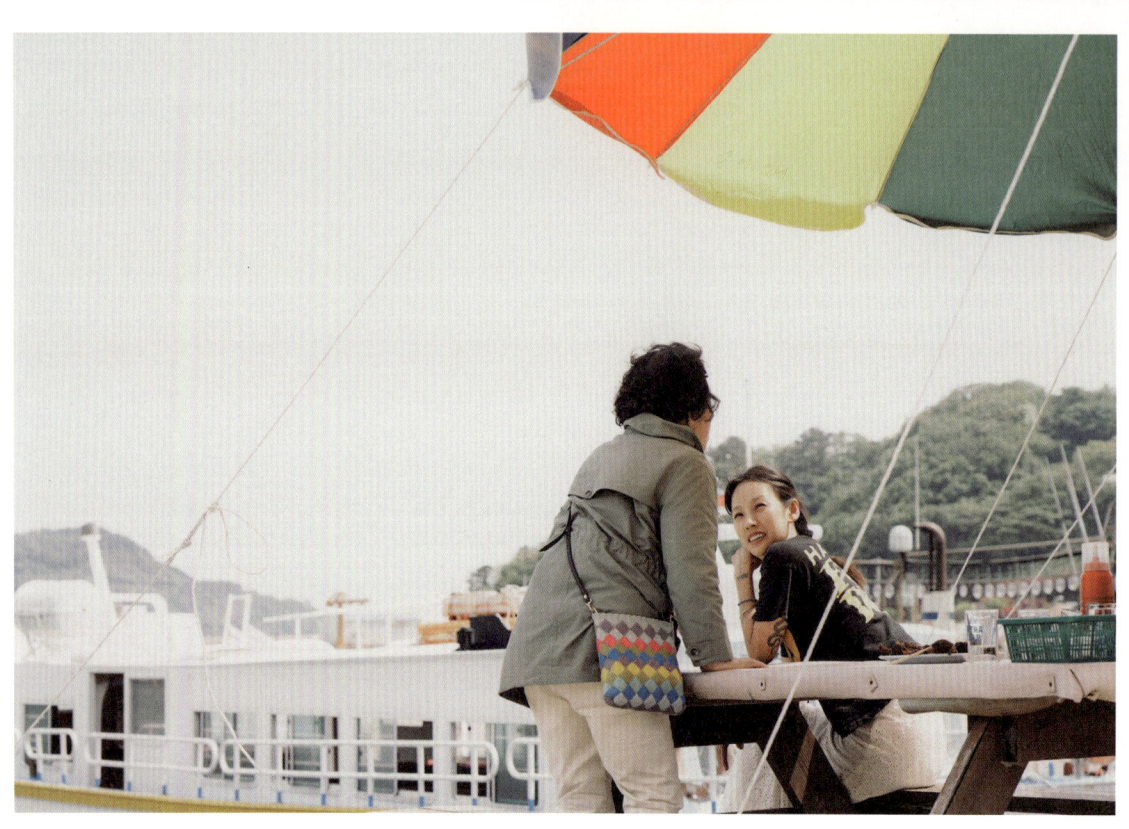

좋다 좋기는, 여행이.

집 걱정, 밥 걱정, 빨래 걱정, 청소 걱정, 아무것도 안 하고

해주는 밥 사 먹고 아무 부담 없이 다니니까 너무 좋다.

더구나 슈퍼스타 이효리하고 다니는 엄마는

전생에 나라를 구했나?

무슨 슈퍼스타야,
엄마한테는 딸이지.

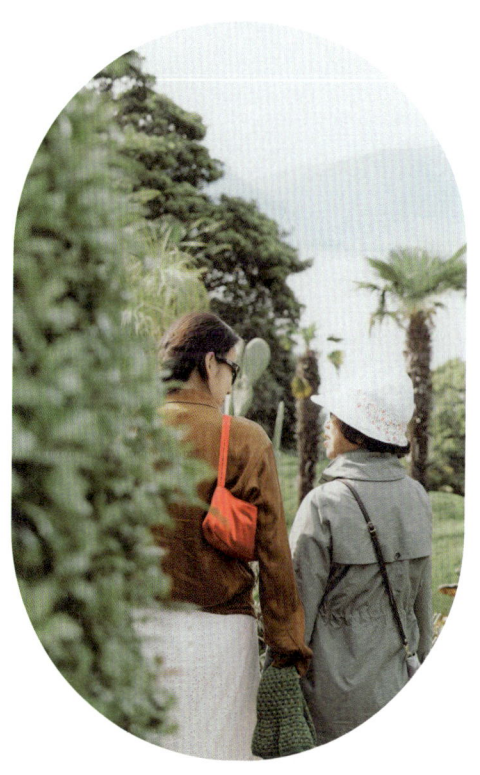

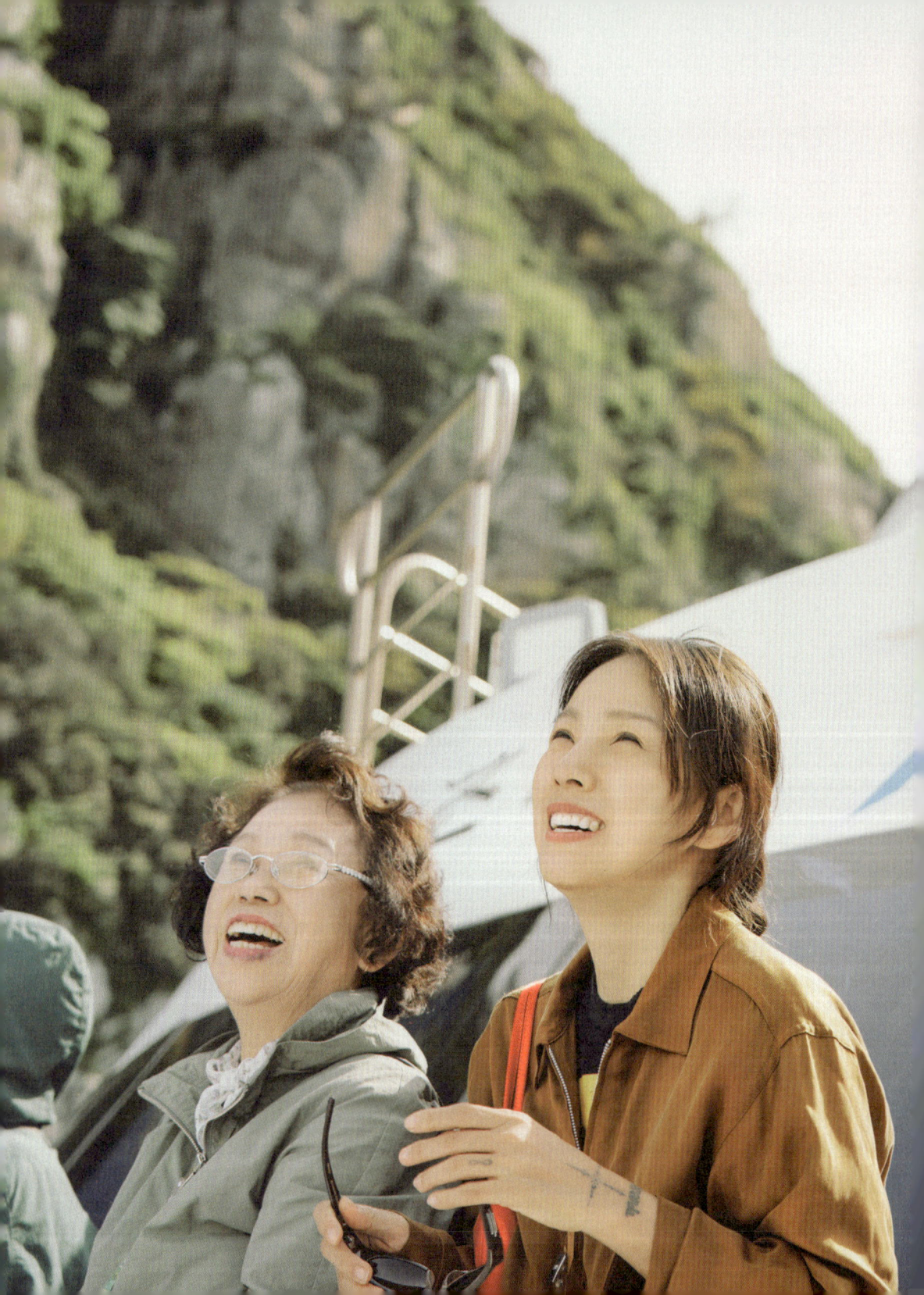

"난 저런 거 보면 들어가 보고 싶어. 엄마도?"
"어!"

같은 동굴을 보고
같은 생각을 하는 모녀

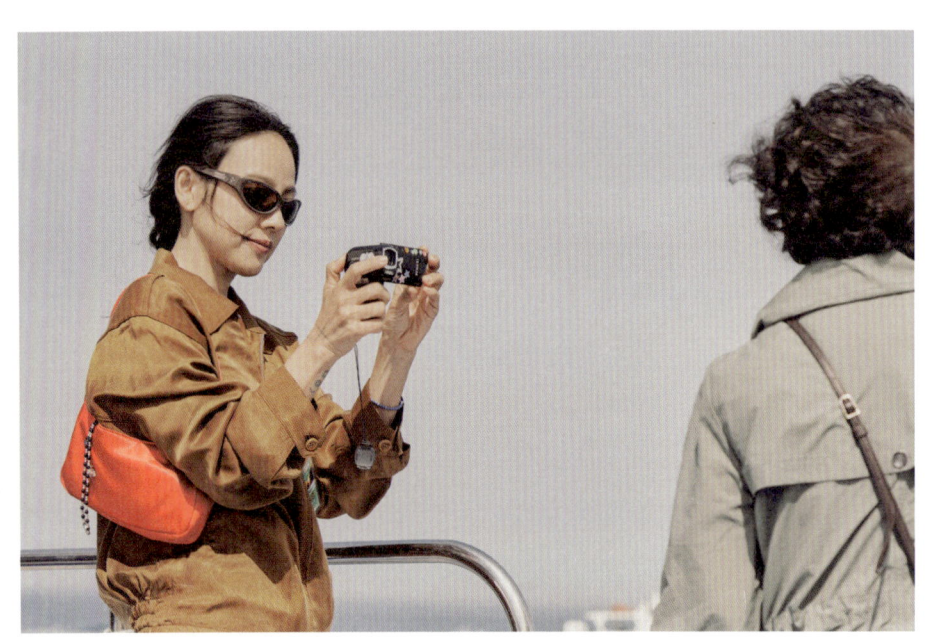

엄마 너무 예쁘다.

너무 예뻐.

"꽃에 묻혀가지고 엄마가 미워 보여."

"꽃보다 엄마가 나은데?"

"고마워, 그렇게 말해줘서."

"말만 그렇게 한 거 아니야!"

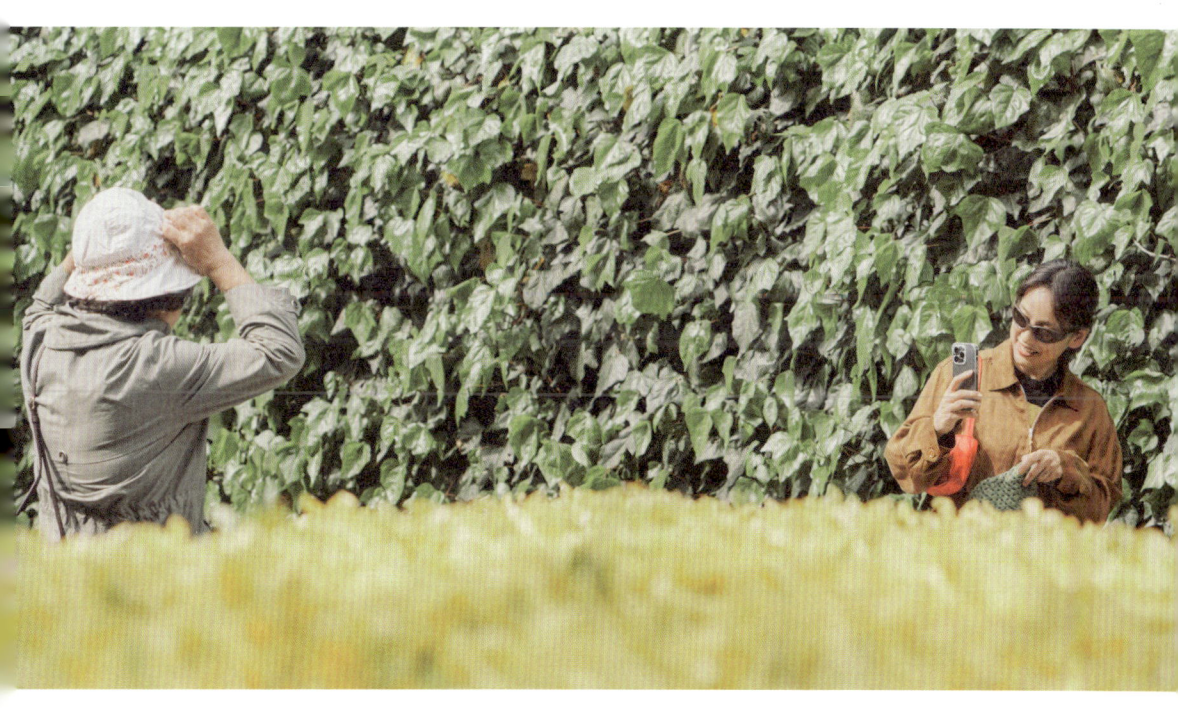

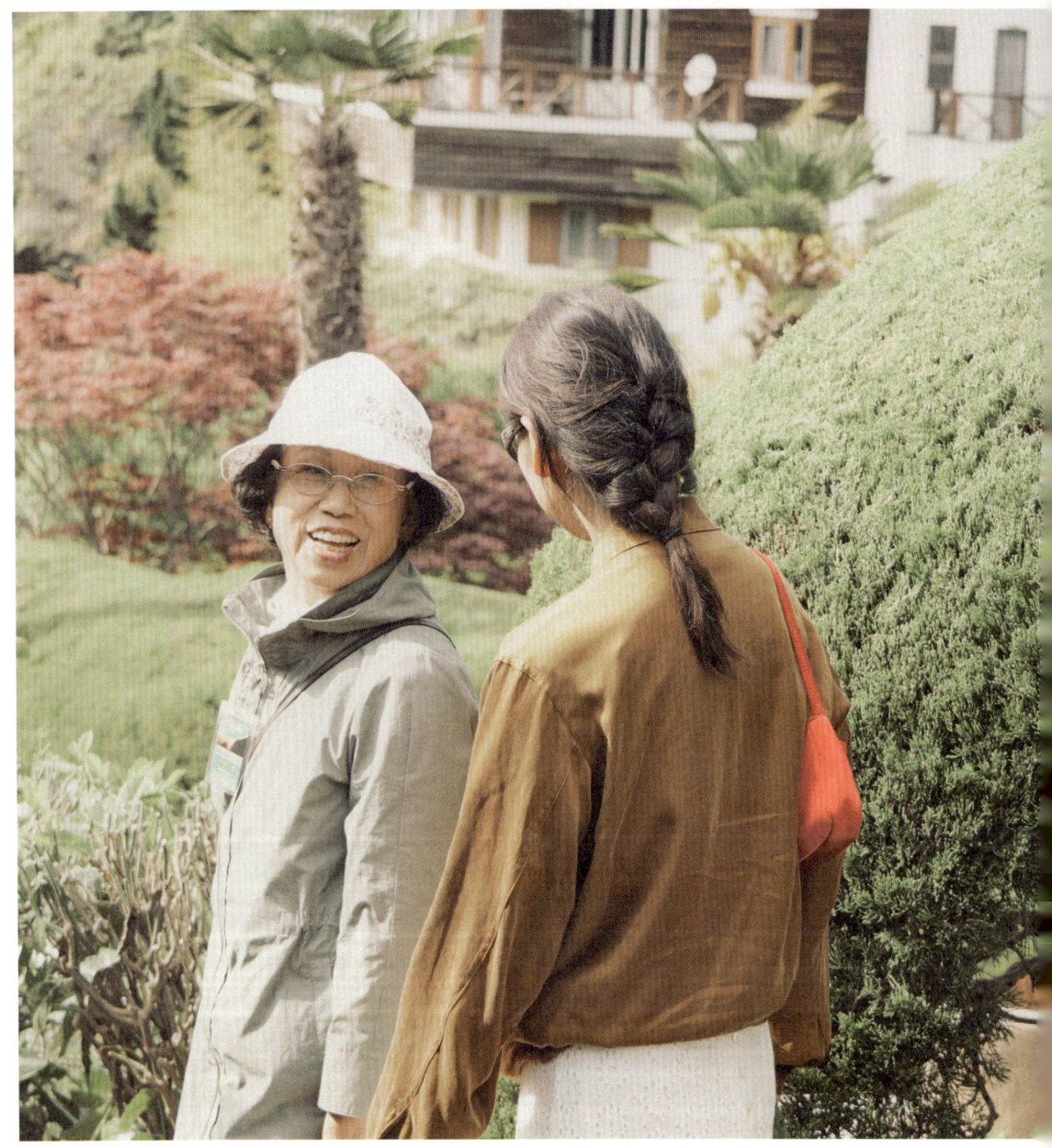

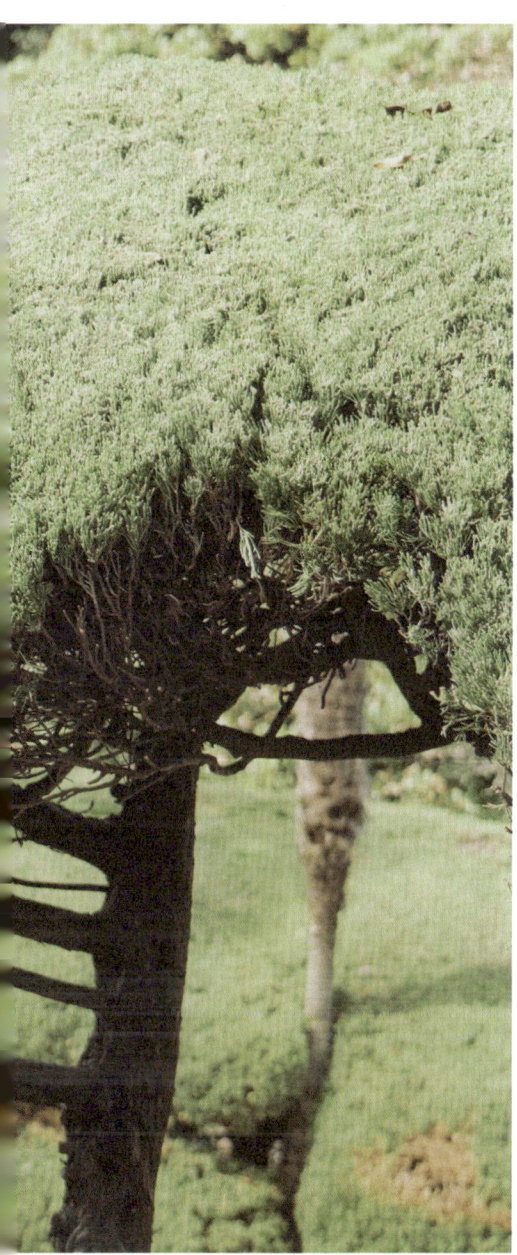

"(방명록에) 뭐라고 써?"

"전기순."

"아니, 효리 모."

"아니, 엄마 이름."

"누가 그렇게 불러주겠어, 내 이름을."

자식 뒤 그림자처럼 사는 것이 미덕이었기에
내 이름 석 자보다 '누구 엄마'가 익숙해진,
지내보며 알게 된 여자 전기순의 삶

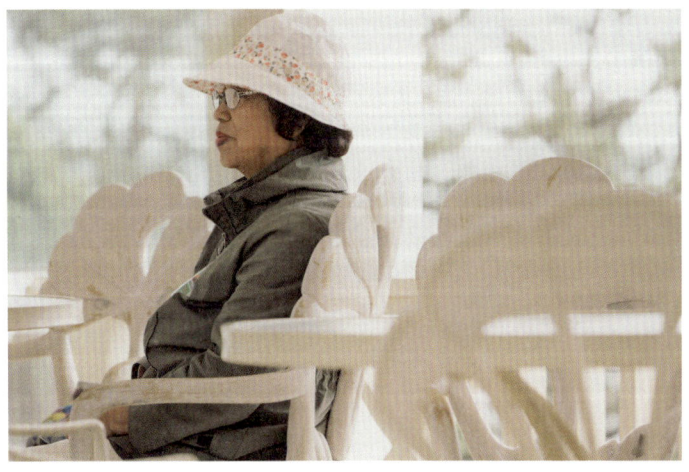

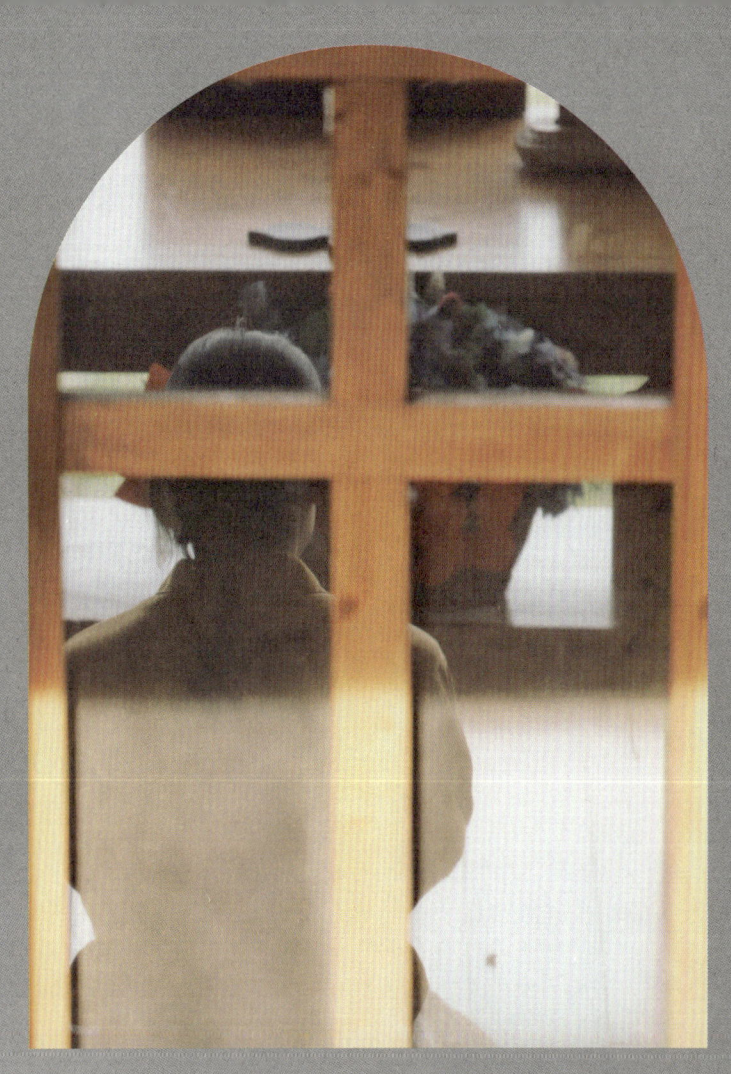

"나 기도했잖아.
엄마가 엄마 자신을 예쁘게 생각할 수 있도록
긍정적으로 생각할 수 있게 해주세요."
"아멘."

엄마와 첫 여행을 왔습니다.
많이 다름이 싫다가 많이 같음이 싫다가
많이 다름을 받아들이고
많이 같음을 인정하기 시작했습니다.

어릴 때 먹던 오징어 국에
왜 그리 눈물이 났는지는 아직도 모르겠습니다.

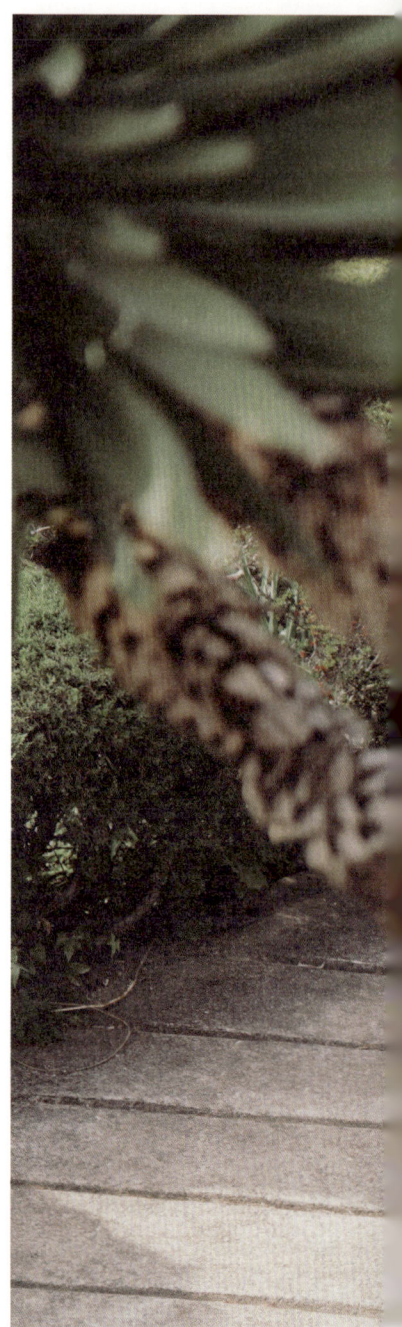

그냥 미안합니다.
그리고 그냥 사랑하는 것 같습니다.

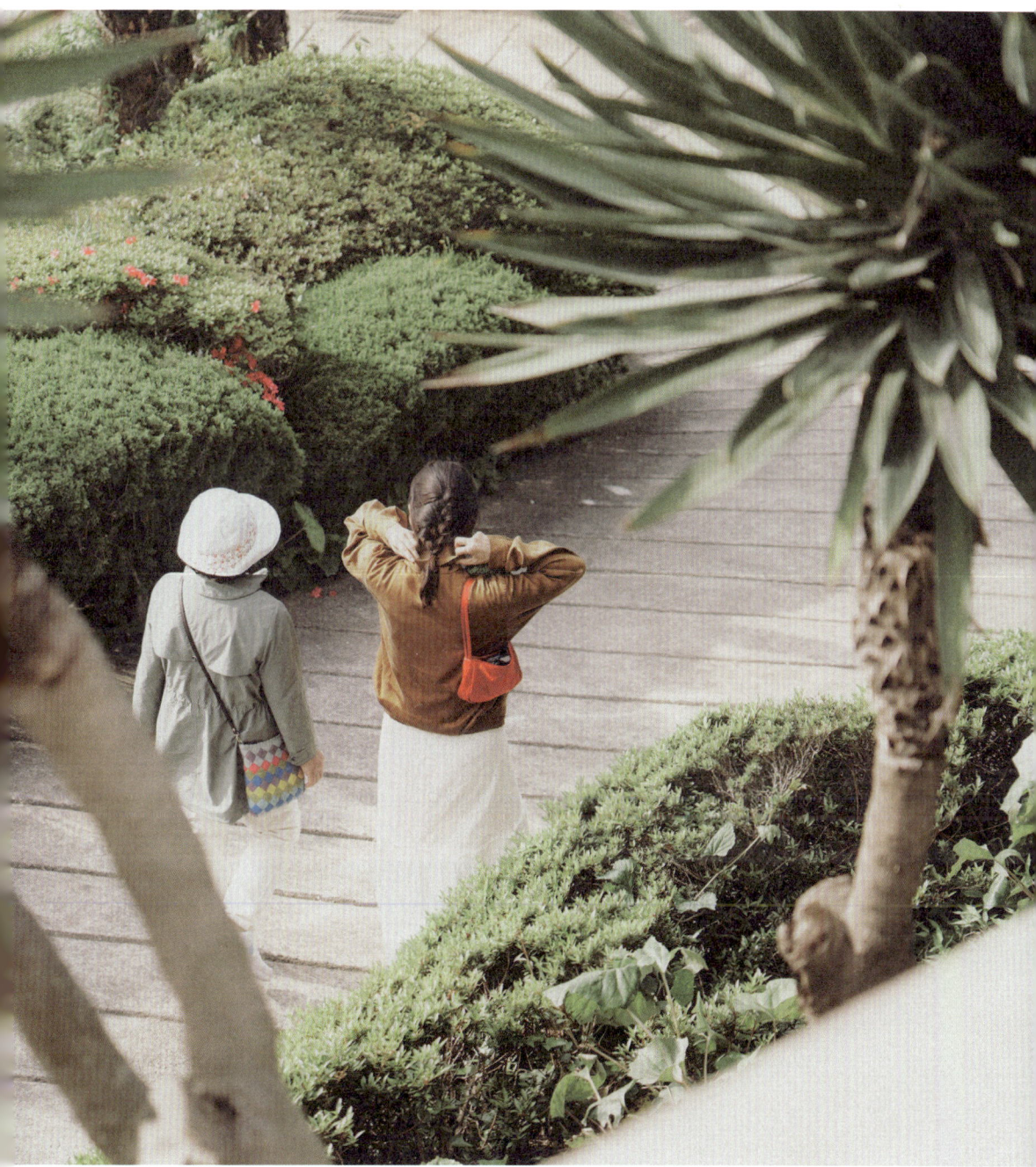

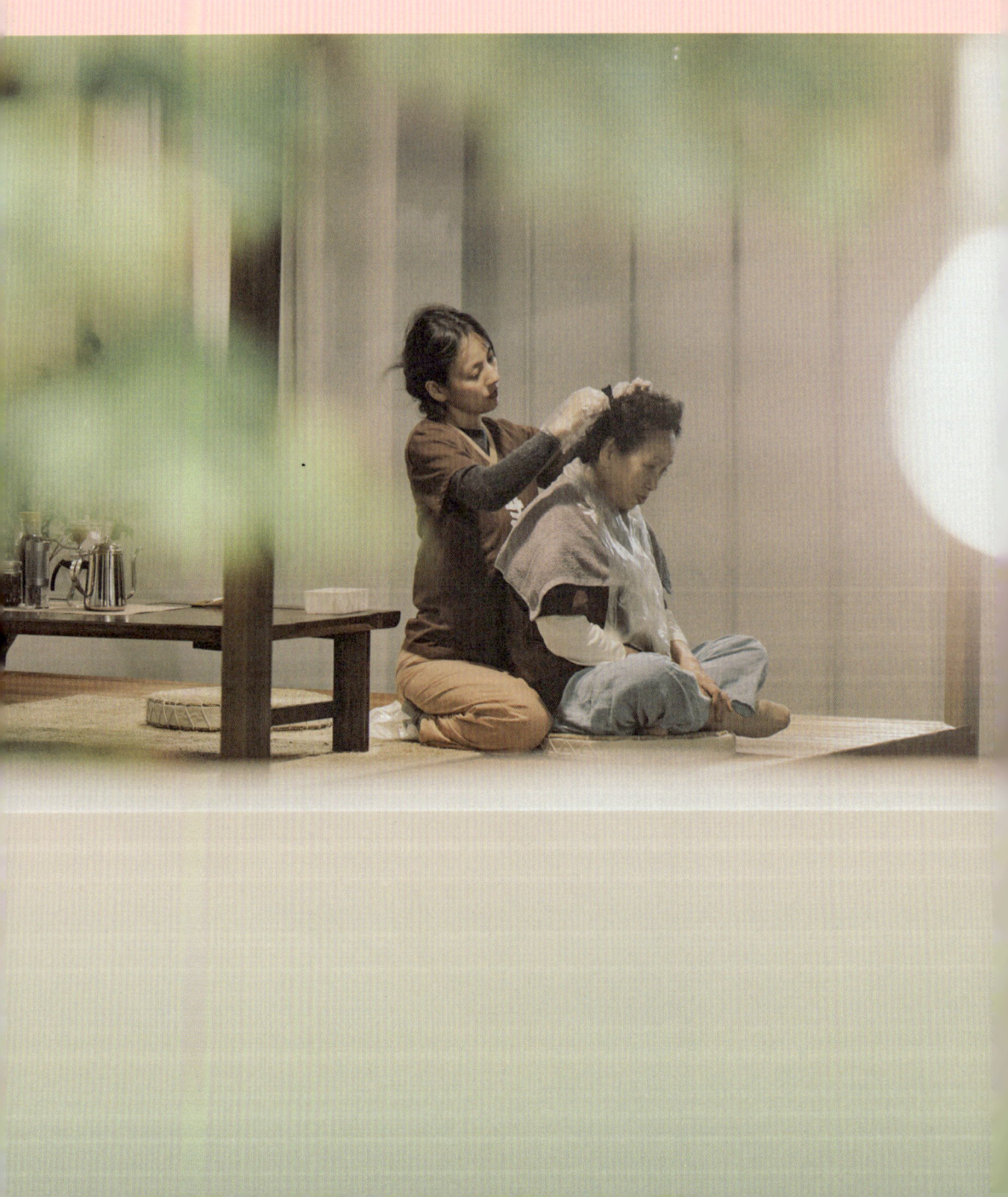

Part 3

내 곁의

당신이라는 존재

"고래가 모성애가 엄청 깊대.

　그래서 고래를 잡을 때 새끼 고래를 인질로 잡고 있으면

　엄마 고래가 그 곁을 못 떠난대.

　그러면 그때 엄마 고래를 사냥한다는 거야."

"엄마는 그래.

　새끼 고래가 인질로 잡혀 있는데 어디를 떠나겠냐."

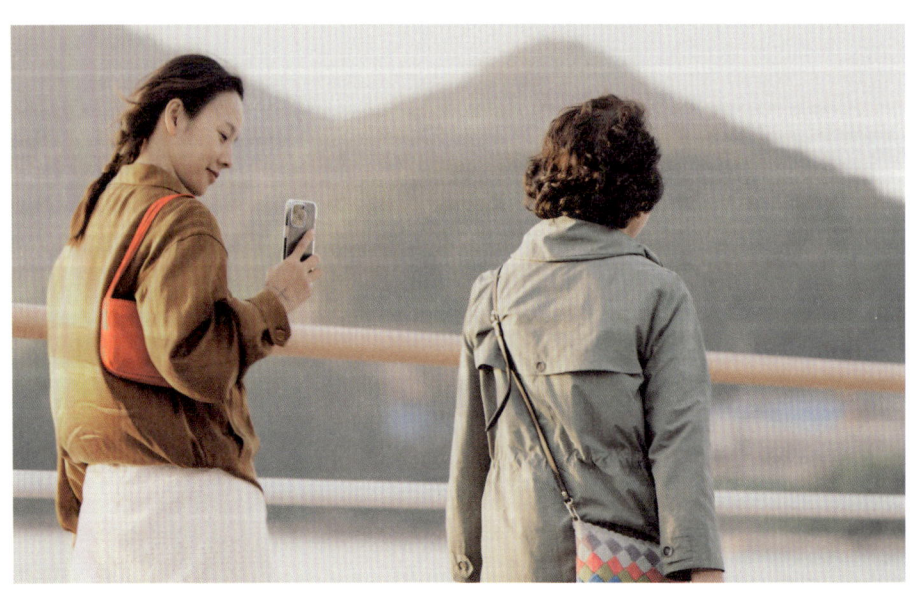

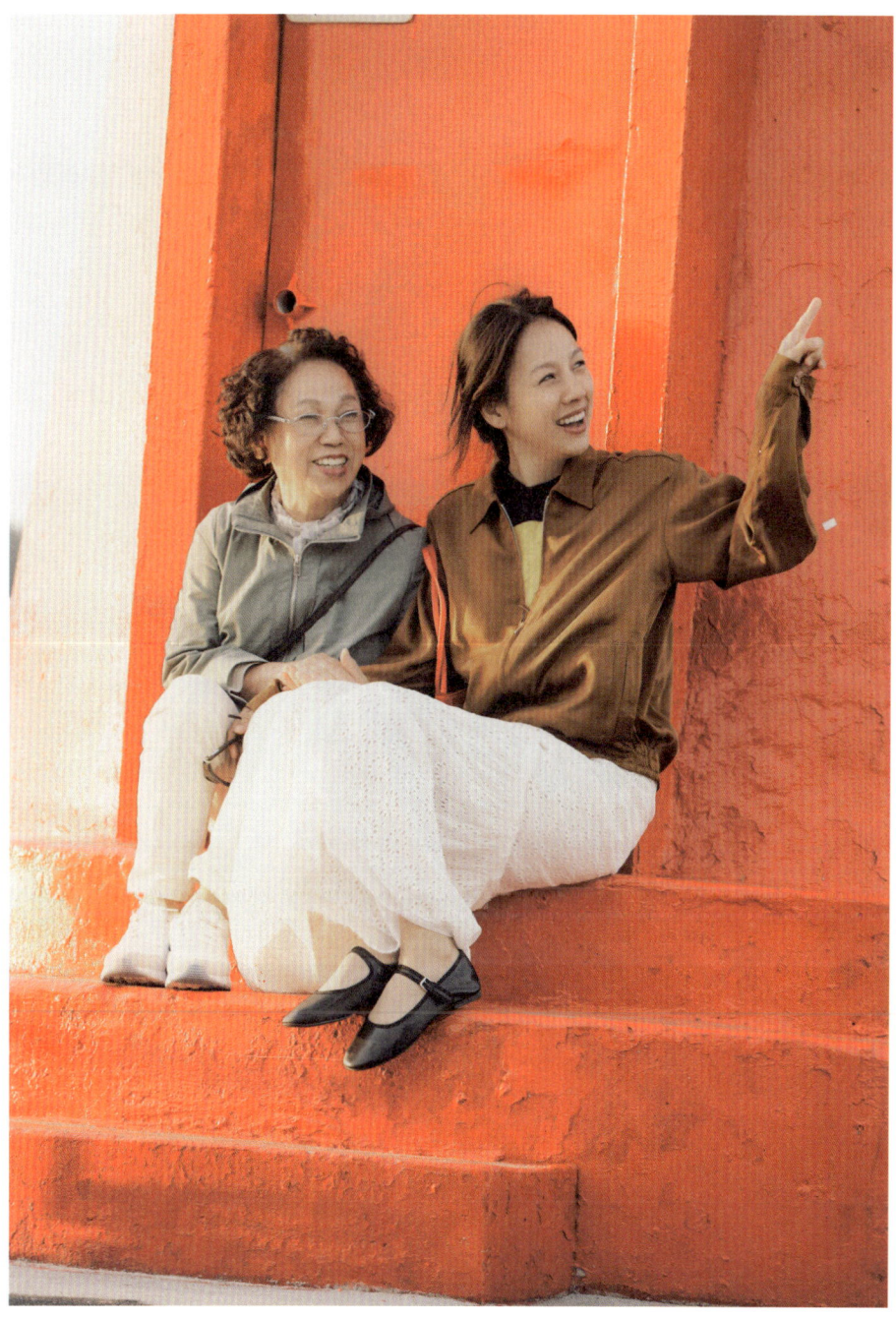

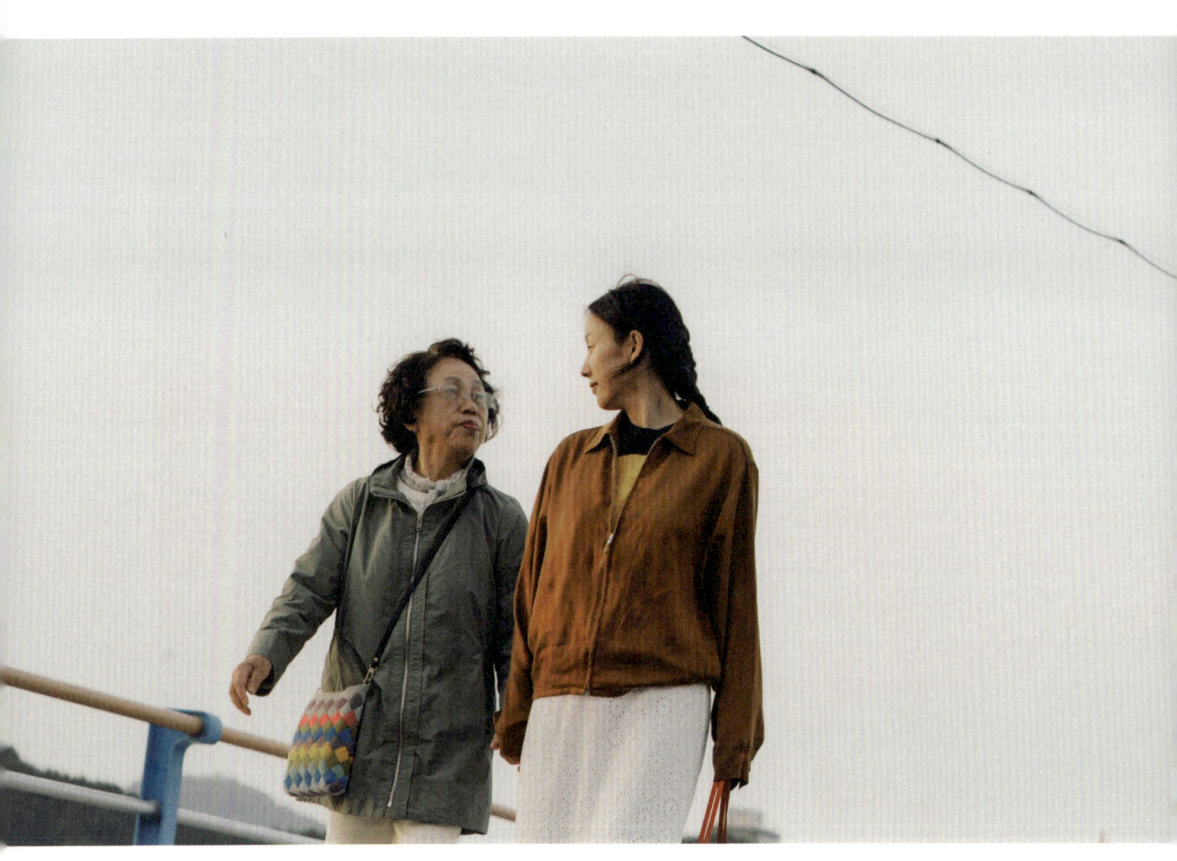

"오늘 나흘째잖아. 어떤 날이 제일 좋았어, 엄마 만나서?"
"점점 더 좋은데?"

기간이 짧았다면 가짜에서 끝날 수 있었던 여행이었을 것 같아요.
근데 엄마가 한 발짝 한 발짝 와줘서 너무 기뻤고
(나를) 딱 받아들이는 느낌.
조금 더 열린 마음으로 대화할 수 있으니까 너무 기뻤어요.

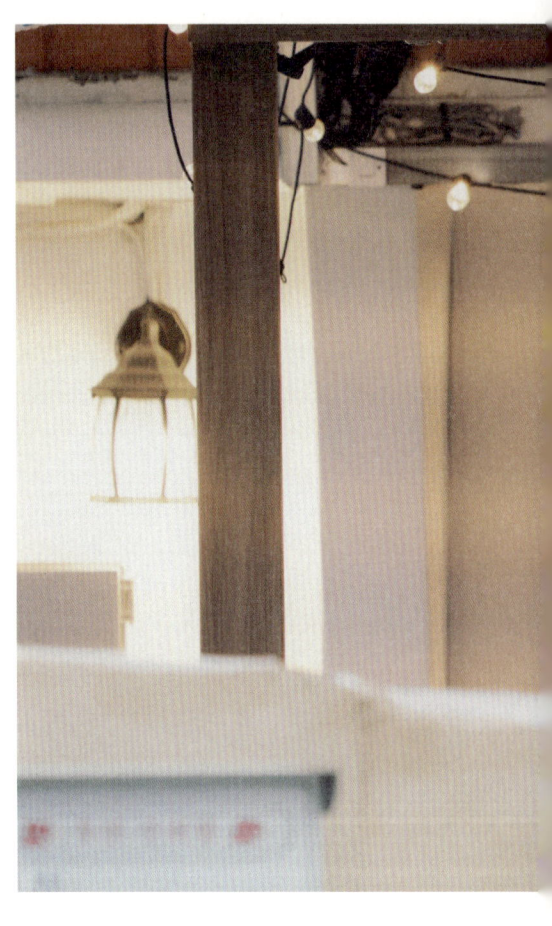

"이번 여행하면서 많은 대화를 나눠봐야겠다, 생각하고 왔었거든."

"만족스러워?"

"응. 만족스러워."

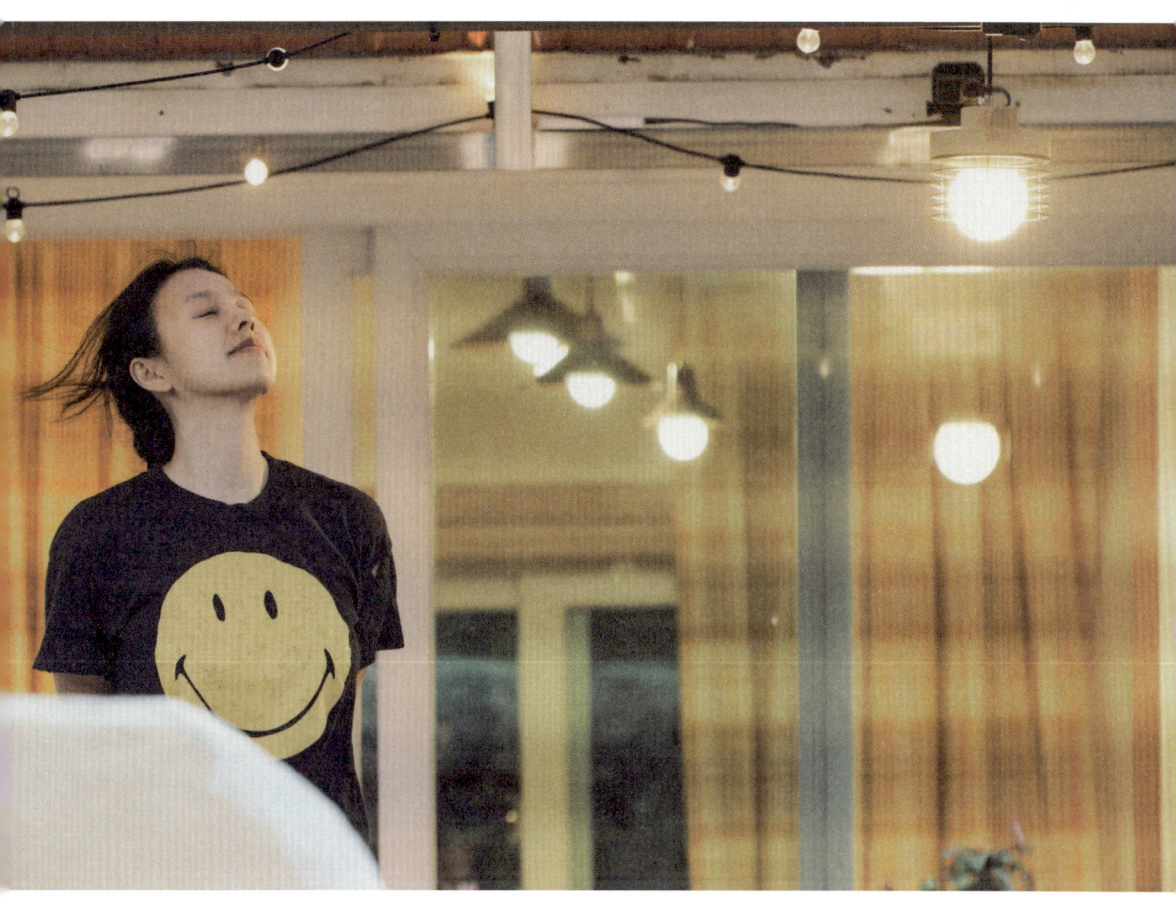

"파도가 세겠어, 오늘 밤에.
파도 소리에 잠 못 자는 건가?
같이 자야 될 거 같은데 오늘 저녁에?"

"어? 나 그 얘기하려 그랬는데.
안고 자고 싶다."

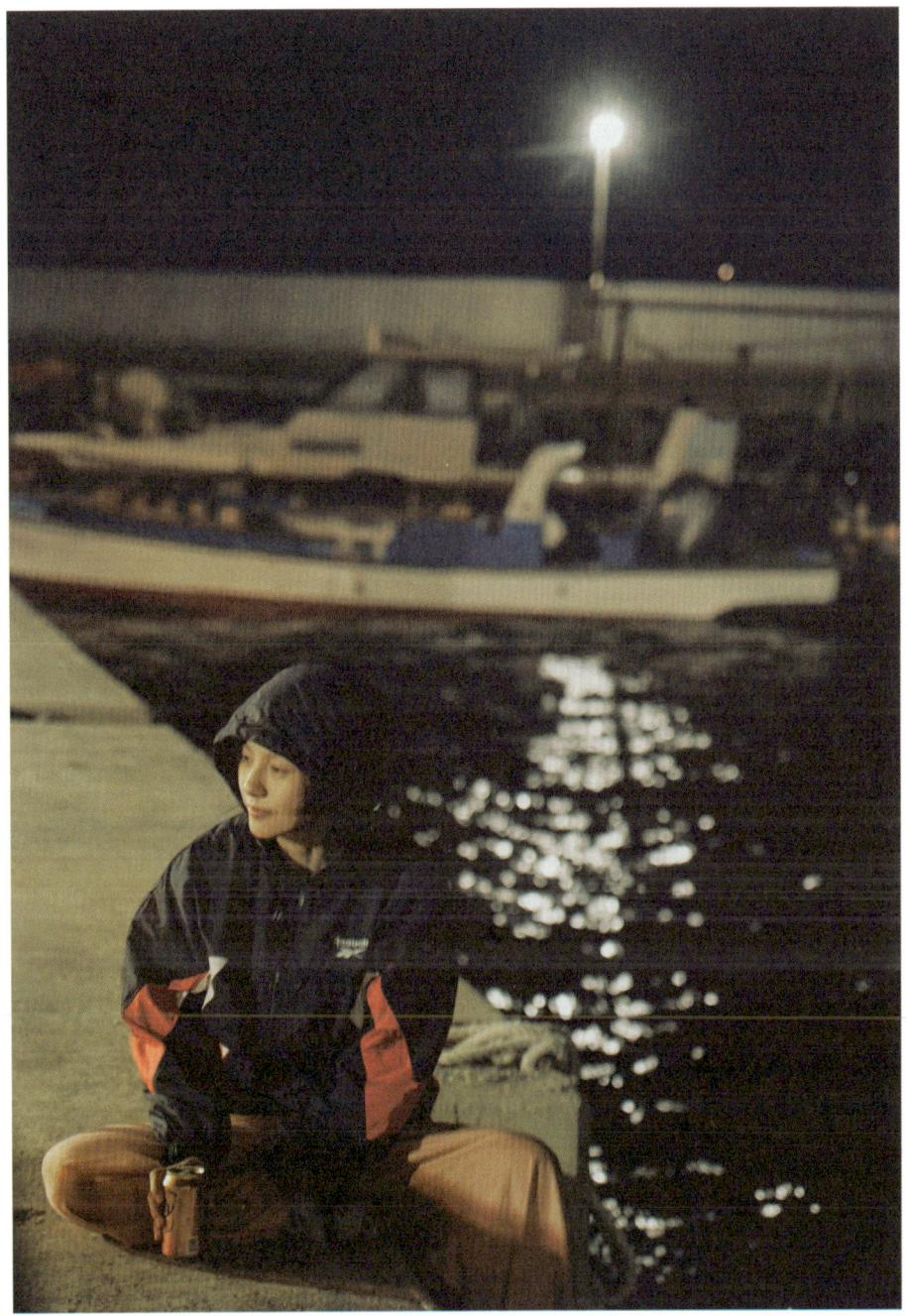

"엄마가 내 머리 좀 해줘.

　땋아줘. 옛날처럼."

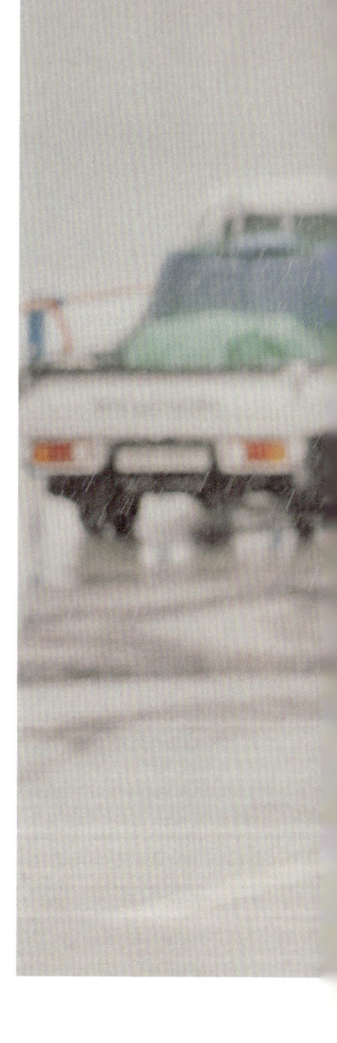

어렸을 땐 머리 한번 예쁘게 못 길러봤어, 효리가.

내가 묶어주기 힘들어서.

큰딸 묶어줘야지, 둘째 딸 묶어줘야지.

얘까지 묶어주려니까 내가 너무 바쁘고 힘들더라고.

그래서 만날 마음이 짠한 거야.

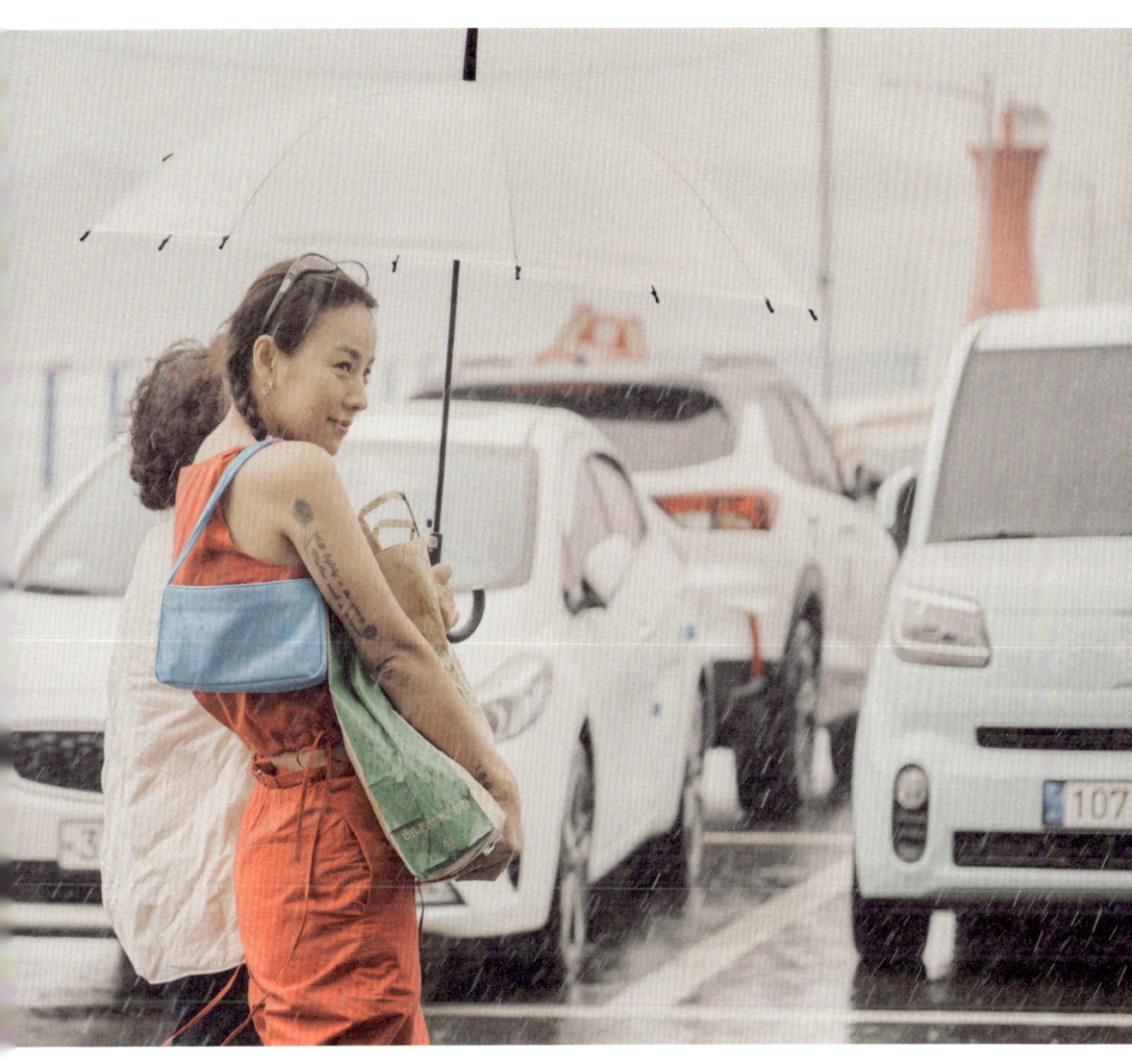

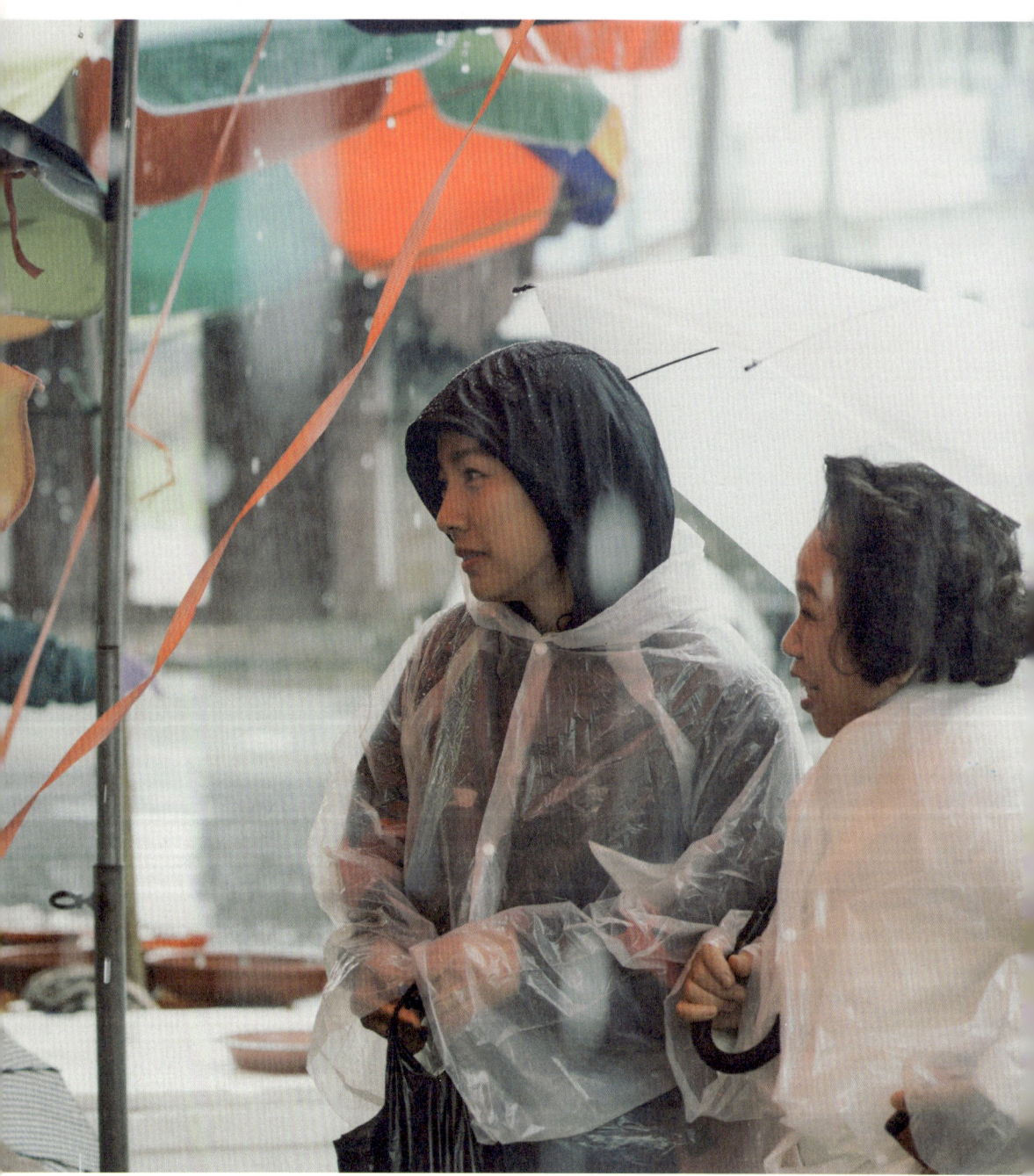

"날이 궂으니까 이렇게 어깨동무도 하고 좋잖아."

떨어져 걷는 게 익숙했던 처음.
한 발짝 한 발짝 다가가다 보니
손잡는 것도 어깨동무도
자연스러워진 모녀

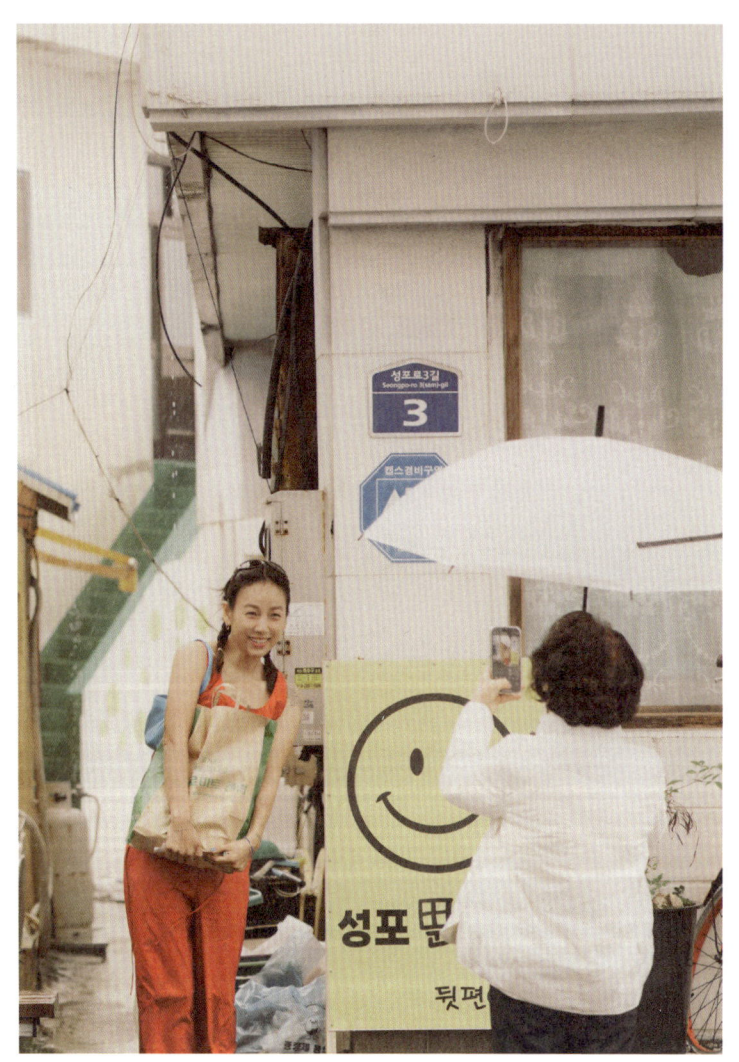

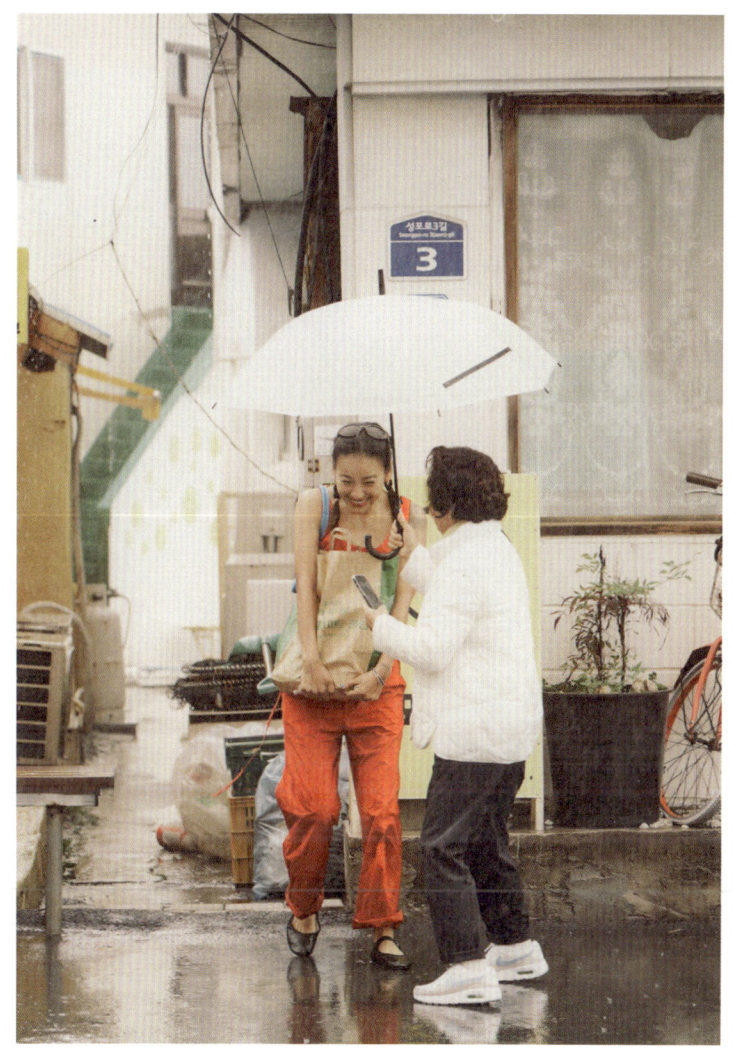

"별거 안 넣은 거 같은데 되게 맛있다, 엄마?
엄마 손으로 부쳐서 그런가?"
"그렇게 생각하니까 고맙다.
눈물 나려고 그러네."

"이렇게 먹다가 홍합만 골라 먹으면
아빠한테 한 소리를 그냥…."
"트라우마가 가슴속 깊이 박혀 있네."
"없는 줄 알았어?"
"그 정도일 줄은 몰랐지."
"…나 홍합만 골라 먹을 거야."
"골라 먹어. 해보고 싶은 거
엄마 앞에선 맘대로 해봐."

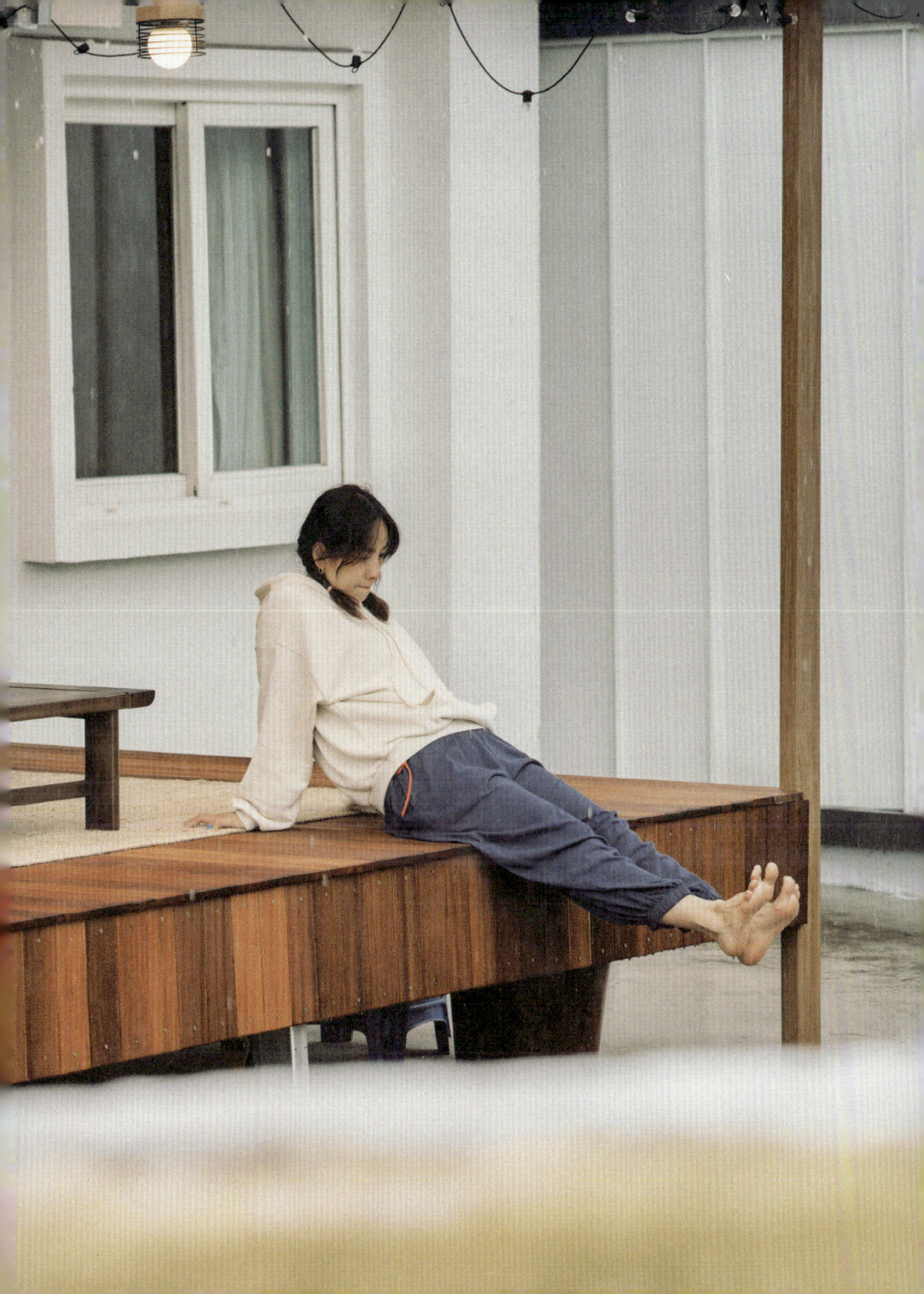

"내 머릿속에는 엄마 아빠가 하나로 묶여 있는 거 같아.

그냥 나한테 힘들었던 기억으로."

"그만하자. 그런 얘기는 이제 그만해."

"여기 안에 그것밖에 없는데 그러면 어떡해. 다 꺼내야지 나갈 거 아니야."

"이제 할 만큼 했어."

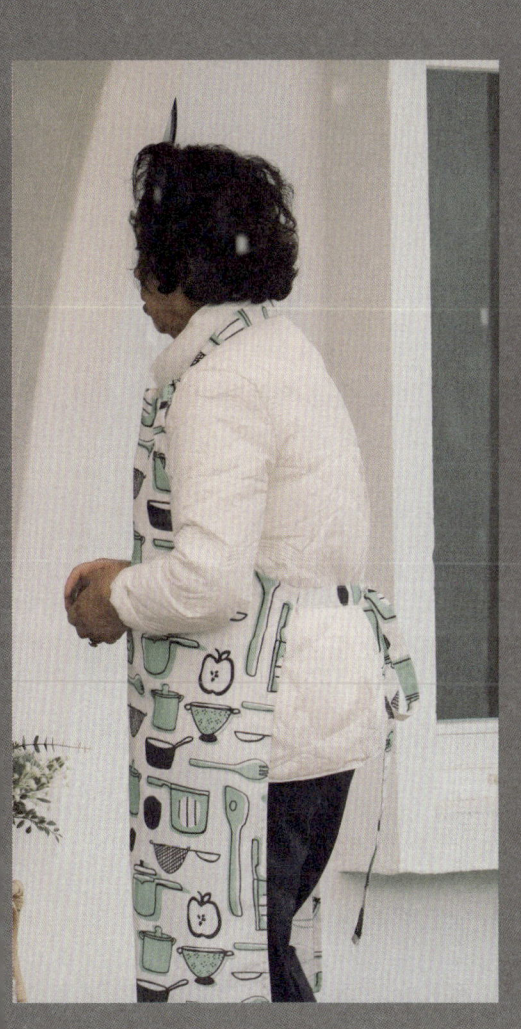
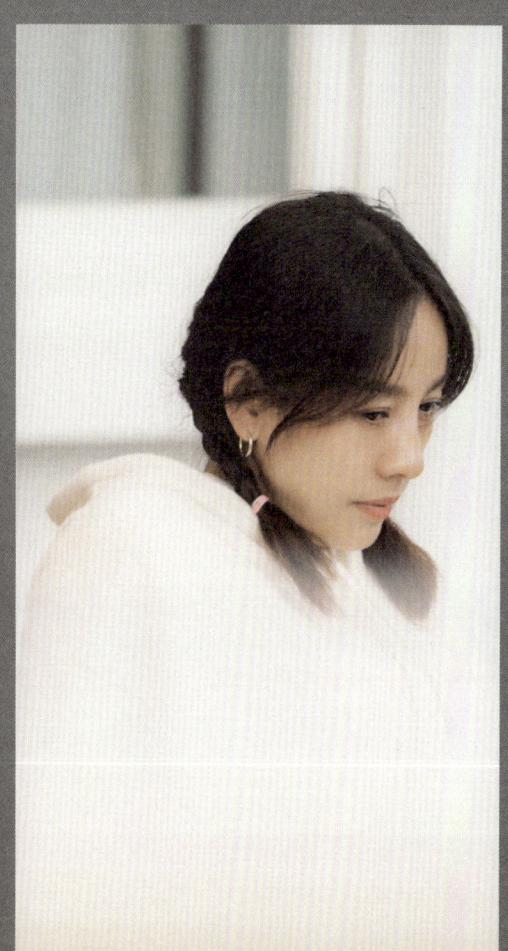

"슬픈 현실이다. 너하고 마주 앉아서 이런 대화만 나눈다는 게."
"그럼 가짜 대화만 해? 진짜 대화는 놔두고 가짜 대화만 하냐고?"

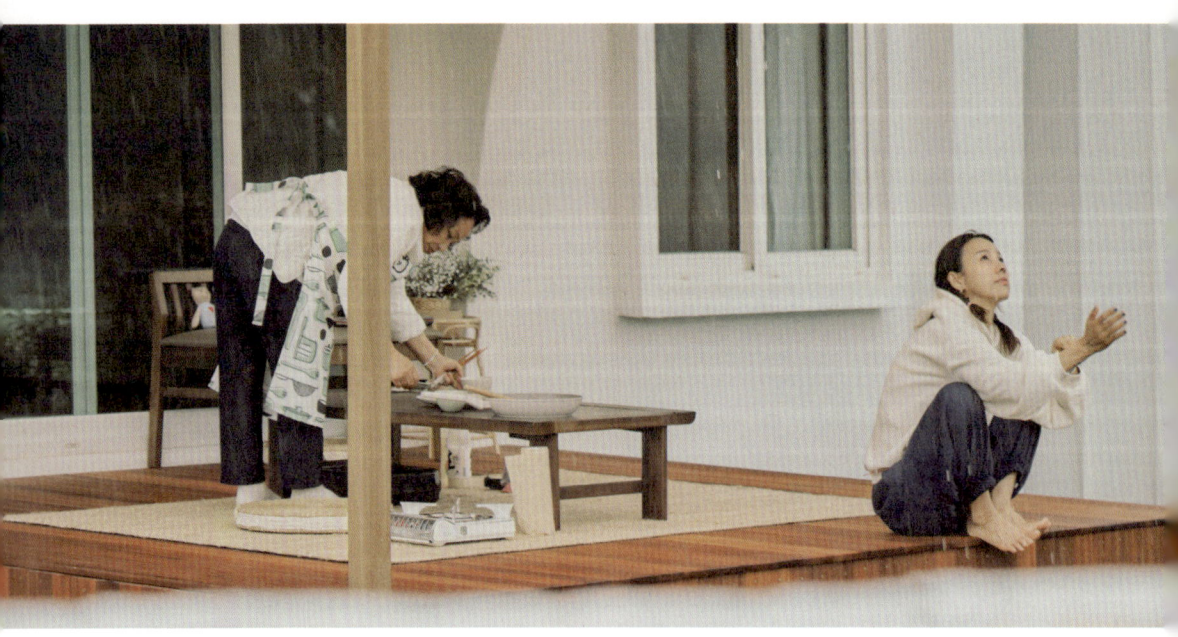

그 시절의 사랑을 되찾고 싶은 딸,
그 시절의 기억은 묻어두고 싶은 엄마

좀처럼 좁혀지지 않는 마지막 거리

"분명히 내가 힘들 거라는 거 알았지?"

"알았지만 어쩔 수 없었어, 엄마는."

"그 점이 싫었다고.

 그 점이 나를 지금까지도 슬프게 하는 점이라는 거지."

"그만해 이제."

"내 얘기를 들어보고 싶다며."

"충분히 알았으니까 이제 그만해."

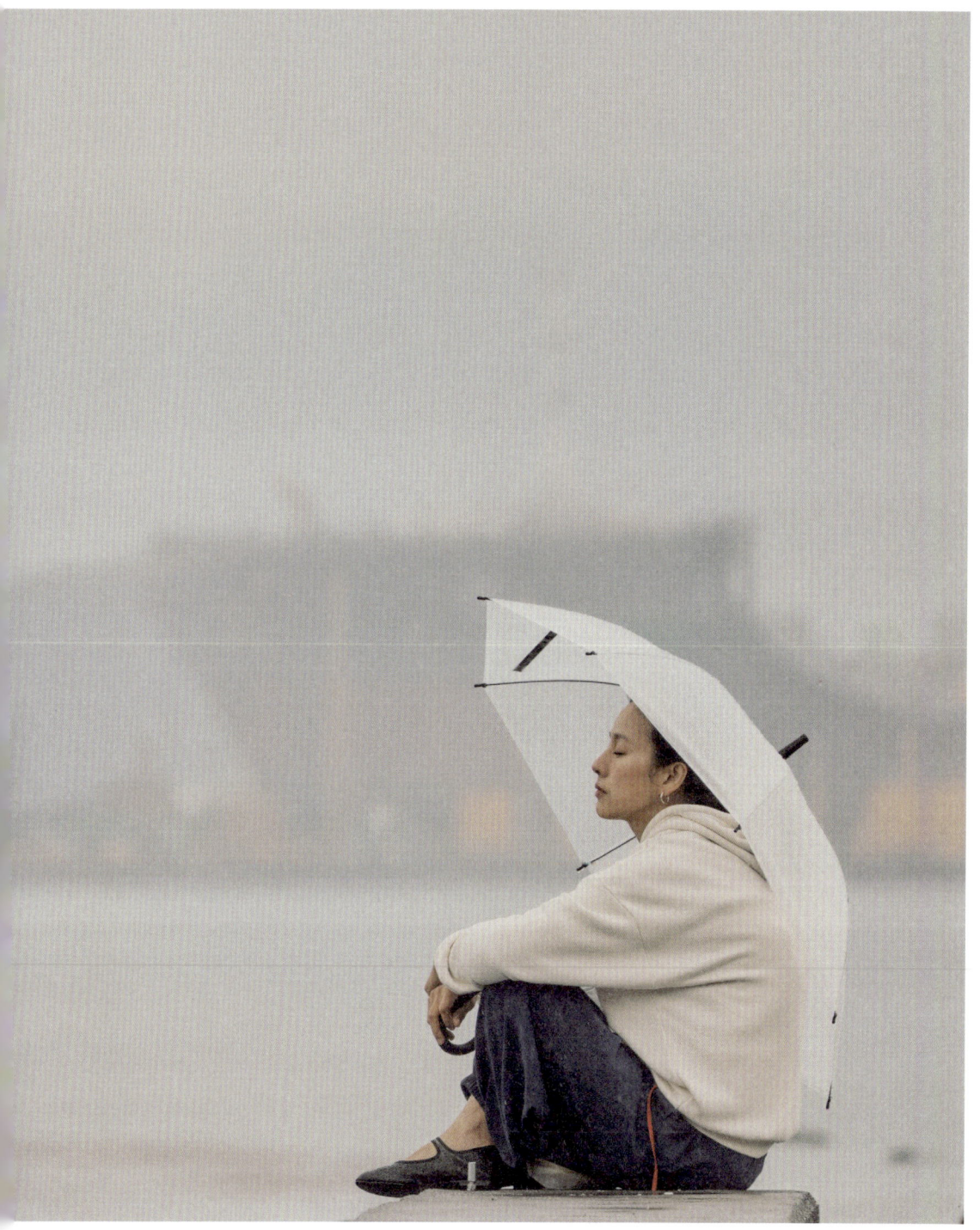

엄마는
나를 보호하지
않았잖아.

거제도 앞바다에

다 던져버리고 가자.

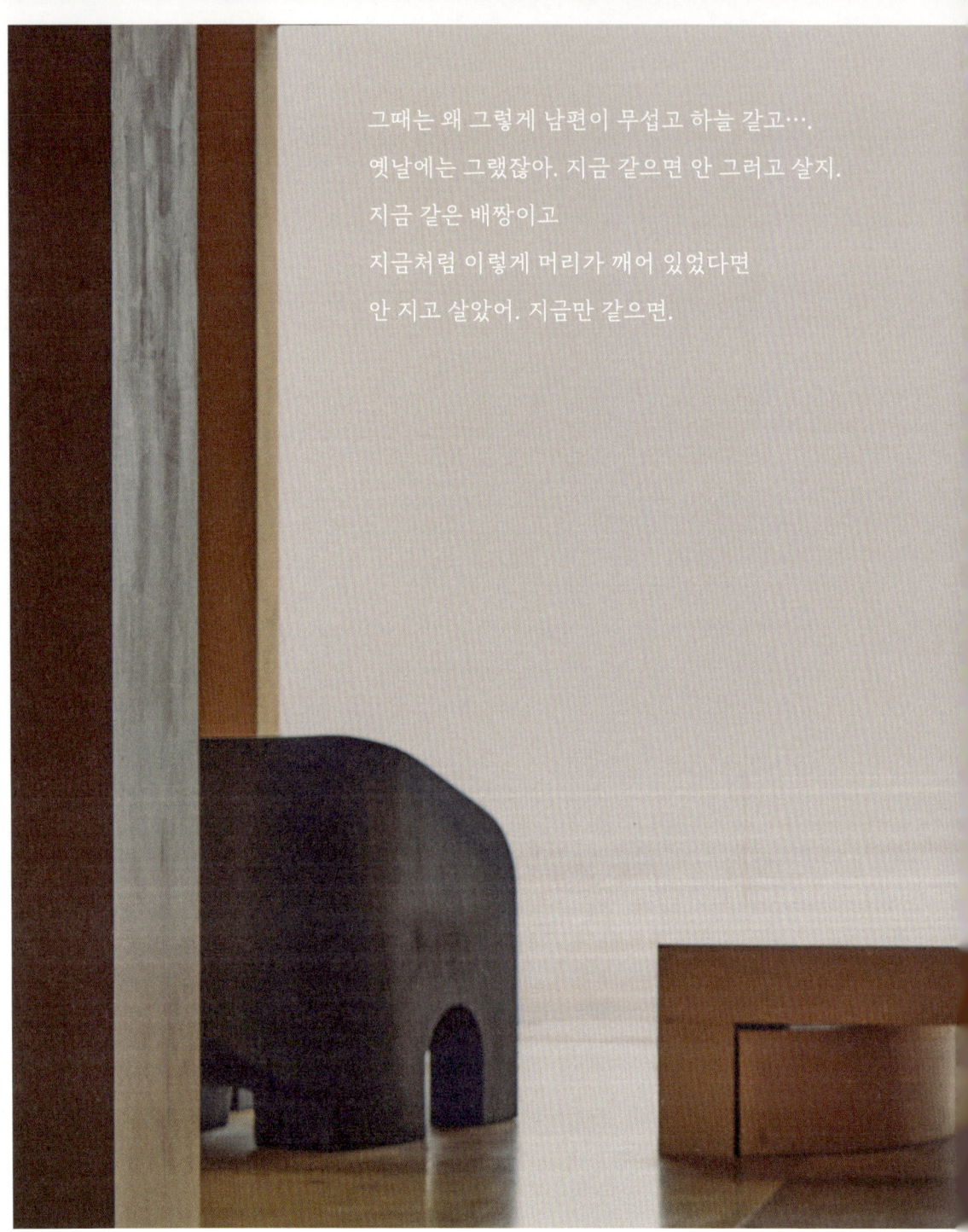

그때는 왜 그렇게 남편이 무섭고 하늘 같고….
옛날에는 그랬잖아. 지금 같으면 안 그러고 살지.
지금 같은 배짱이고
지금처럼 이렇게 머리가 깨어 있었다면
안 지고 살았어. 지금만 같으면.

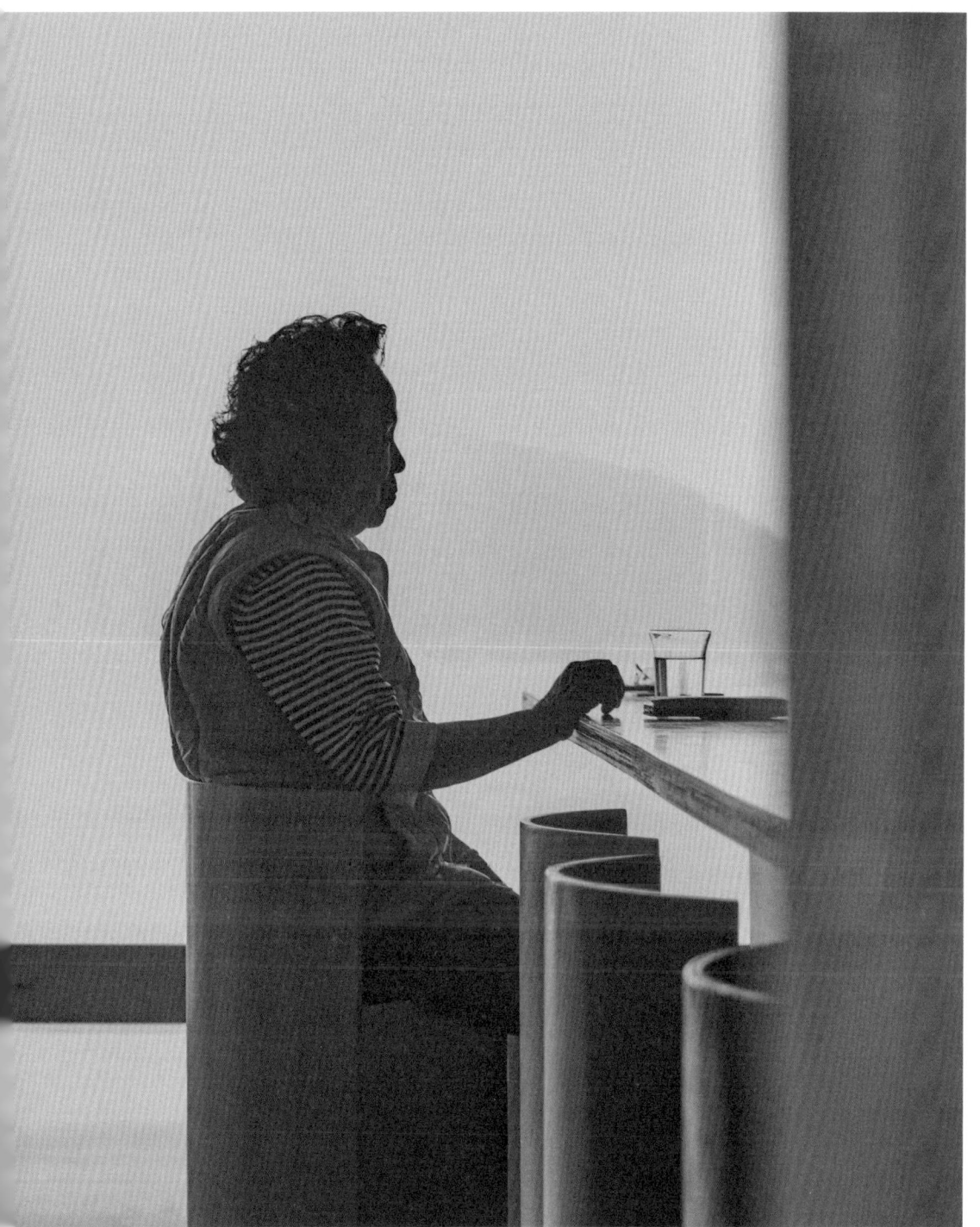

엄마의 어둠의 상자에 있는 비밀은

제가 생각했던 것보다 훨씬 더 까만색이었던 것 같아요.

그거를 막 끄집어내는 게

엄마에게 도움이 될 것 같지 않다는 생각이 들었고

엄마가 진짜 너무 많이 힘들었겠구나,

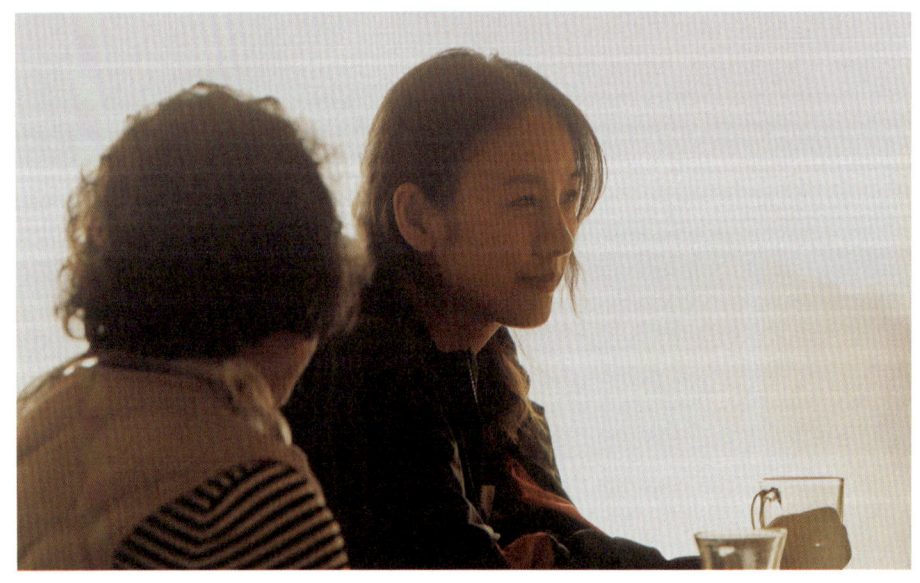

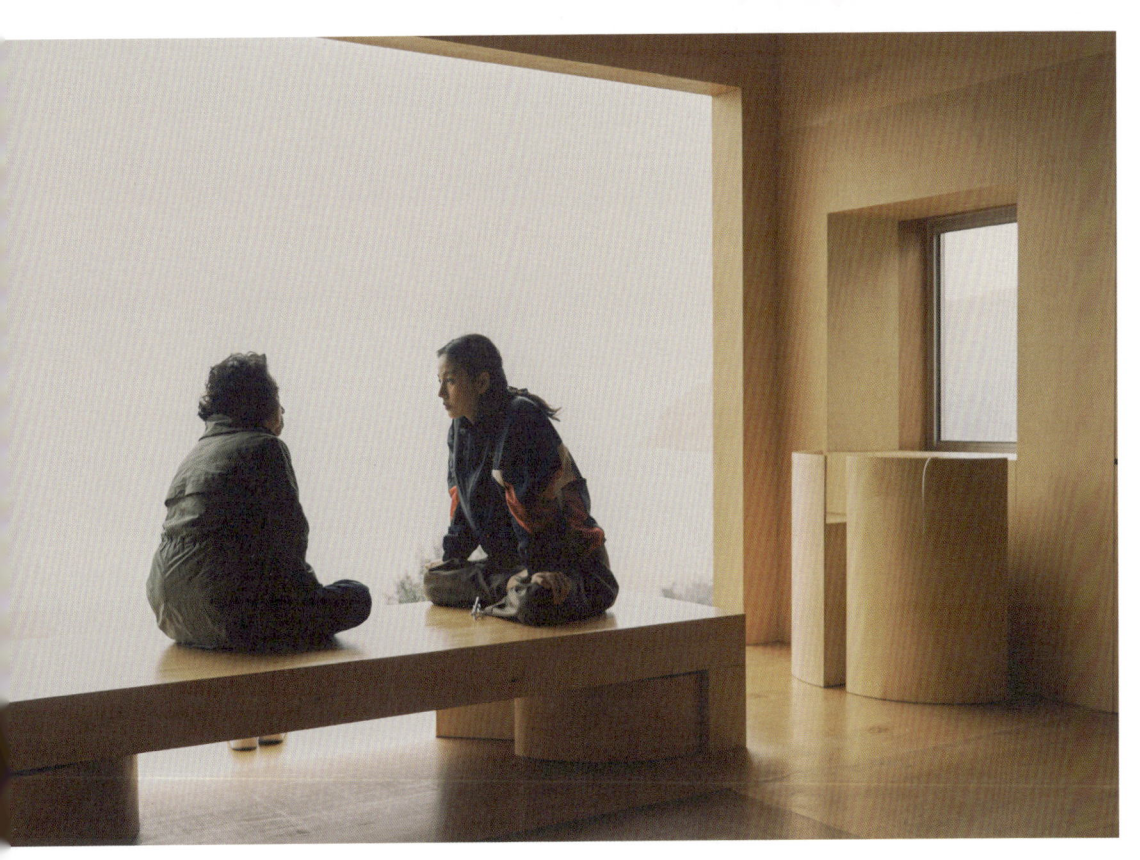

내가 생각했던 것보다 훨씬 더,
내가 받았던 상처보다 훨씬 큰 아픔을
묵묵히 잘 감추고 살아왔겠구나.

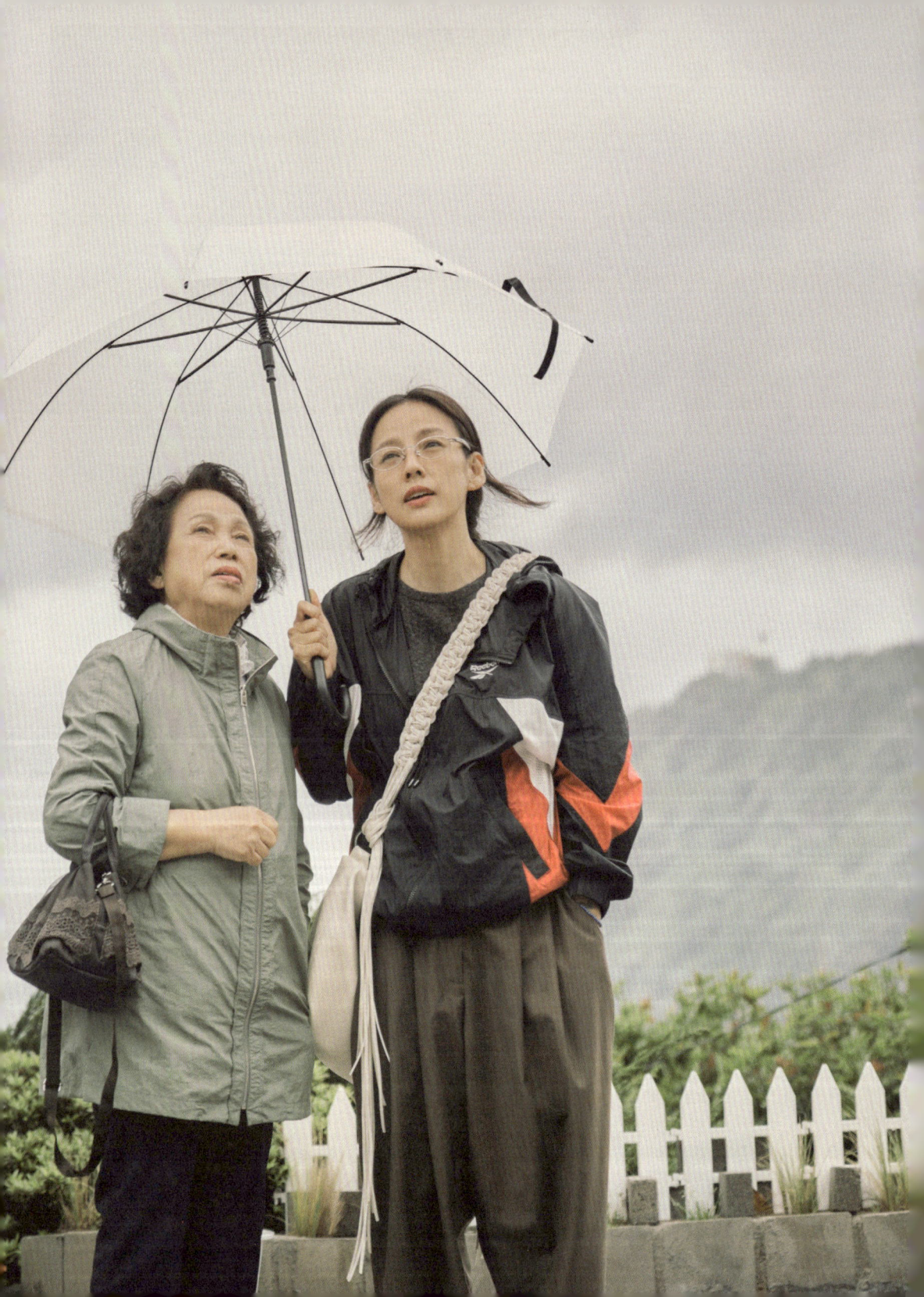

엄마는 귀엽고 순수한 사람.

호기심 많고 경험해 보고 싶은 거 많고.

그랬던 사람이 기회가 많이 없으니까

그런 걸 다 펼치지 못했겠죠.

동시대에 태어났으면

나랑 비슷했을 거 같아요.

장난 좋아하고 호기심 많고

도전하는 거 좋아하고.

힘이 없고 나약한 게 아니라

그 시대가 그랬던 거 같아요, 시대가.

엄마가 날 안 구출해 준 게 아니라

구출할 수가 없었겠구나.

안 한 게 아니라 못 한 거구나.

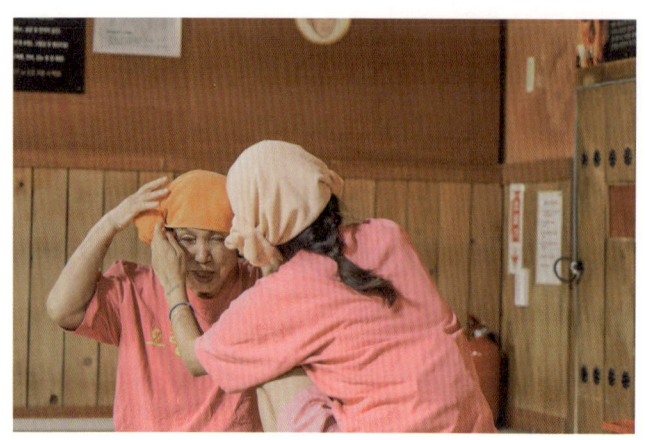

"딸과의 여행은?"
"길었다, 지루했다."
"둘 다 똑같은 말이잖아."
"아. 즐거웠다, 지루했다."

"실수했네."
"실수하면 어떻게 해야 돼, 엄마?"
"미안하다."
"달라졌는데? 기순 씨 달라졌어."

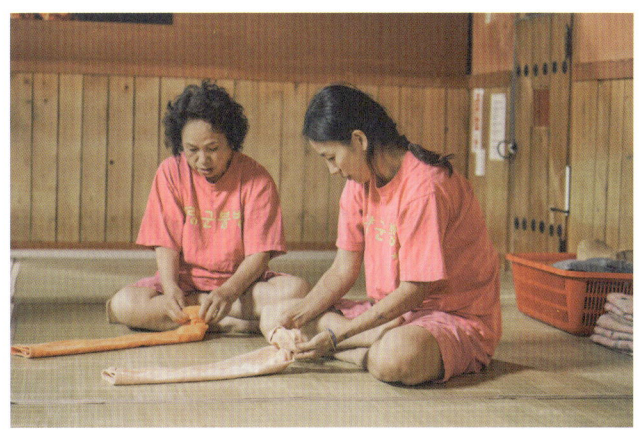

"근데 누구한테 진짜 미안하단 말 하기 싫어, 엄마는."

"나한텐 해."

"지금 미안하다고 했잖아."

"그거 말고 딴 건 미안한 거 없어?"

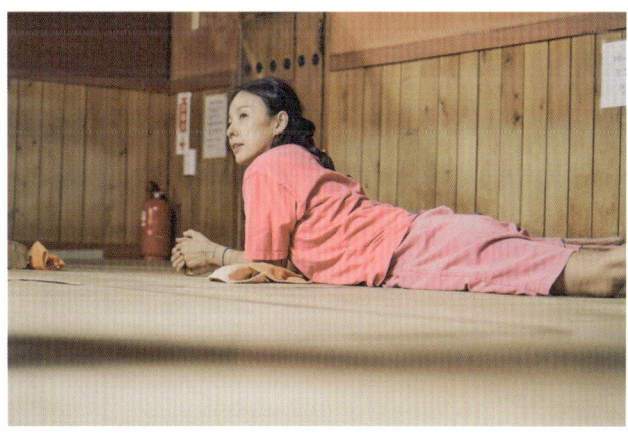

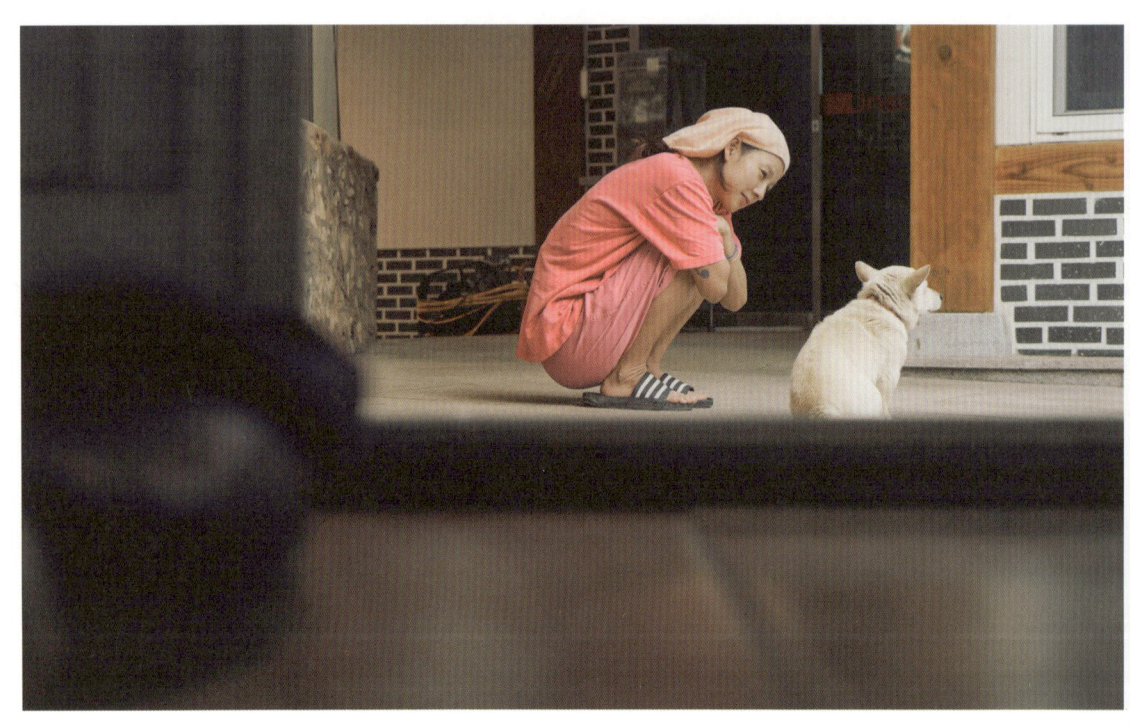

사랑을 못 줘서 미안하다, 효리야.
앞으로 사랑 많이 줄게.

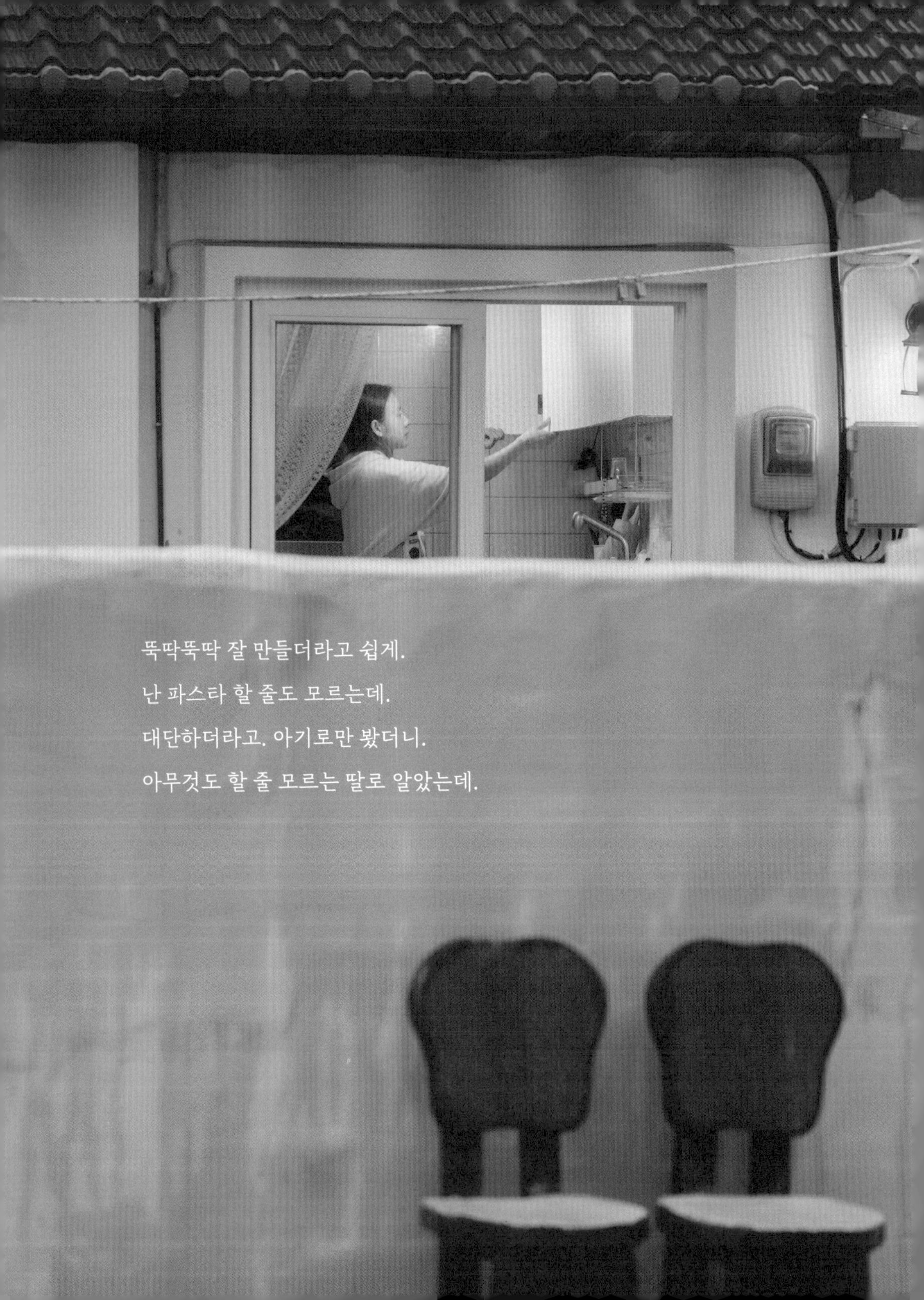

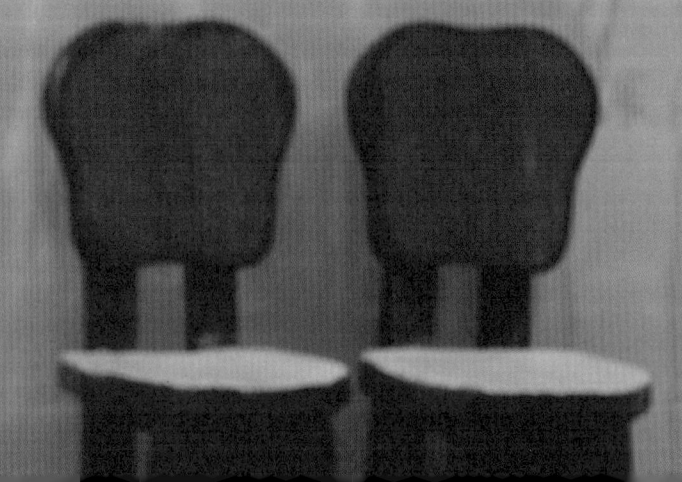

뚝딱뚝딱 잘 만들더라고 쉽게.
난 파스타 할 줄도 모르는데.
대단하더라고. 아기로만 봤더니.
아무것도 할 줄 모르는 딸로 알았는데.

"그래 뭐, 별일 없고?"

"효리가 제주도에서 고사리 꺾은 거 가져와가지고
고사리 파스타 맛있게 해줘서 먹었어.
어, 좋아.
아니, 부엌에서 설거지해.
자기가 저녁 해서 엄마를 차려줬어.
딸이 해주는 거 받아먹으니까 너무 좋네, 편안하고.
얼마나 고마운지 몰라, 엄마로서.
여행 중에 최고야."

엄마 나름대로 최선을 다했다고 생각해요.
서로 힘은 별로 없었지만 어렵고 힘든 세월 속에서
그래도 엄마가 나를 지켜줬고
나도 엄마를 지켜줬구나.

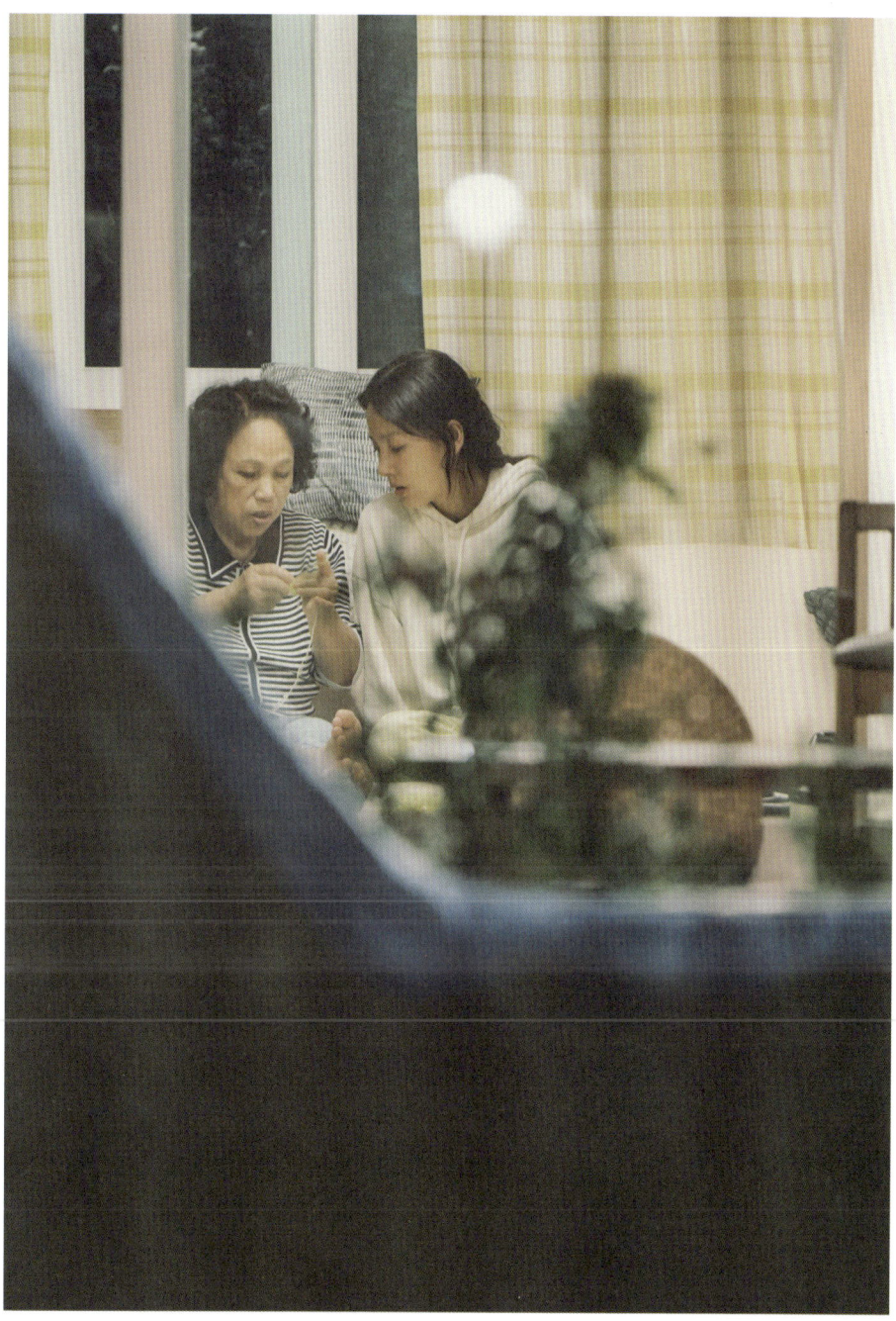

나라면 못 했을 인생을 해낸

나보다 어렸을 엄마에게

기순아,
그냥 애들이고 뭐고 나랑 같이
도망가자.
여행 가자.

나의 힘든 감정들, 엄마와 소통하지 못했던 아픔들,
굳이 그 사실관계와 상관없이 그냥 지금 이 순간…

존재 자체가 나를 사랑할 수밖에 없는 한 인간이
내 옆에 있다는 것.

아무것도 중요하지가 않아, 그거 말고는.

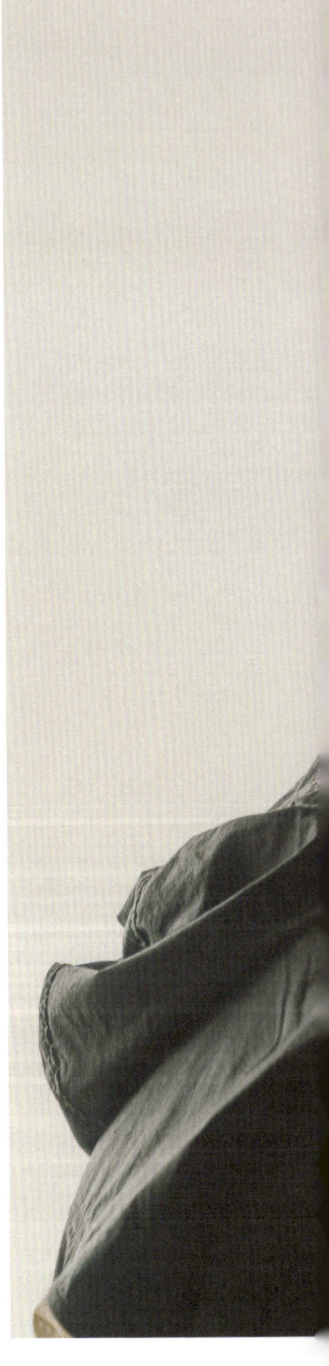

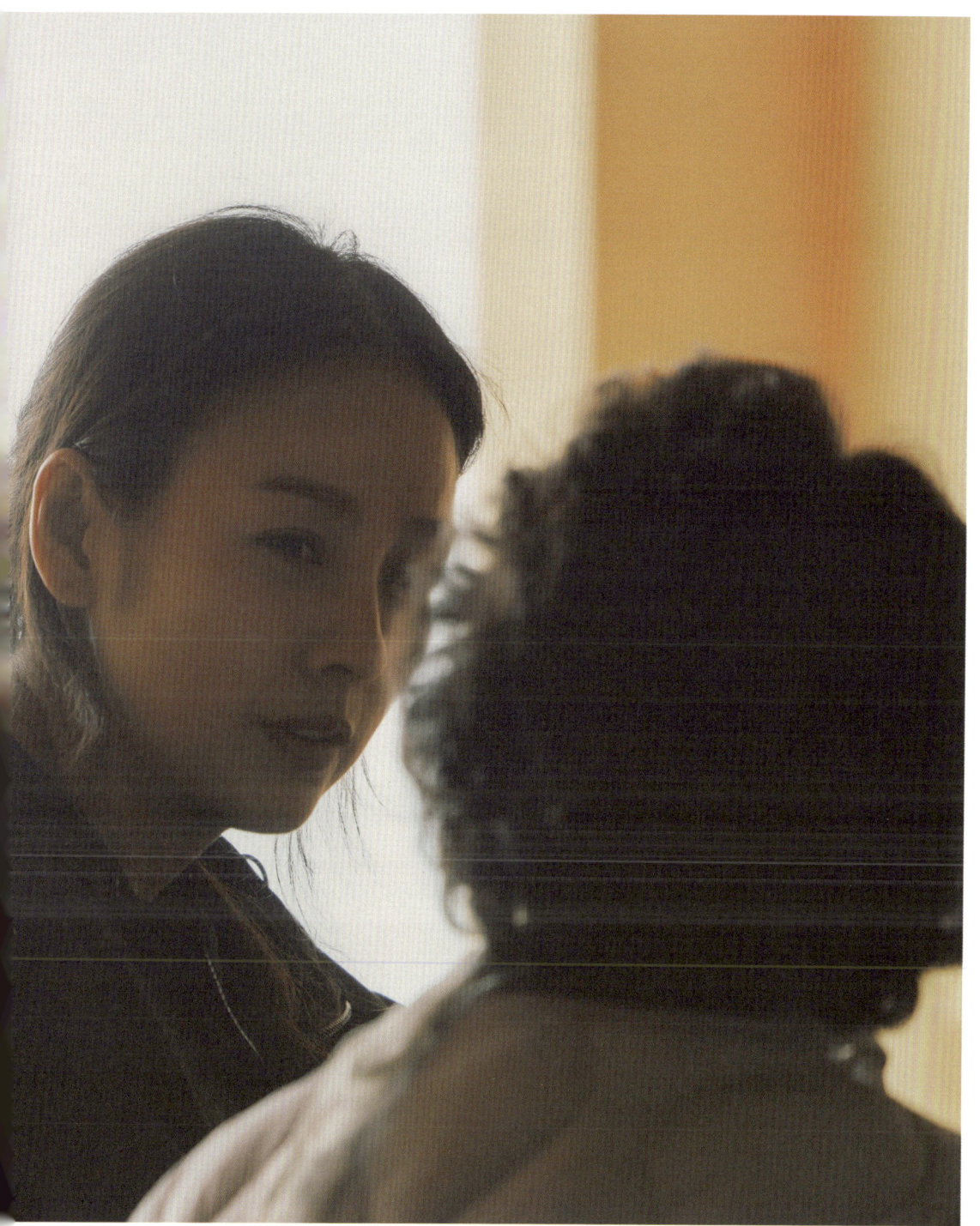

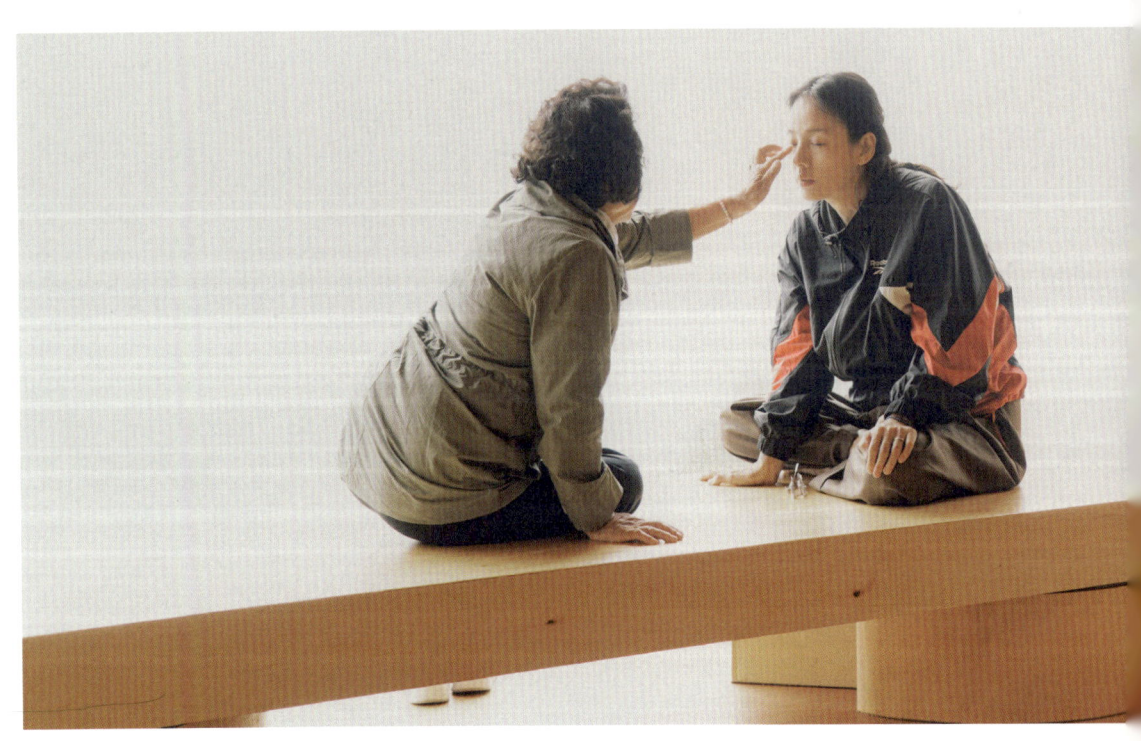

엄마가 아빠 몫까지 사과할게.

내 딸로 태어나서, 효리야 고맙다.

너 아니었으면 엄마는 아무 의미 없었어.

이 세상 사는 재미가.

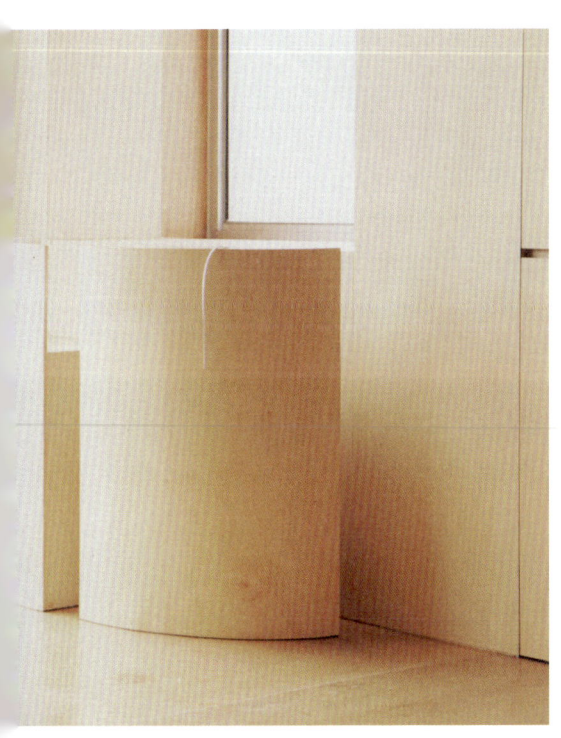

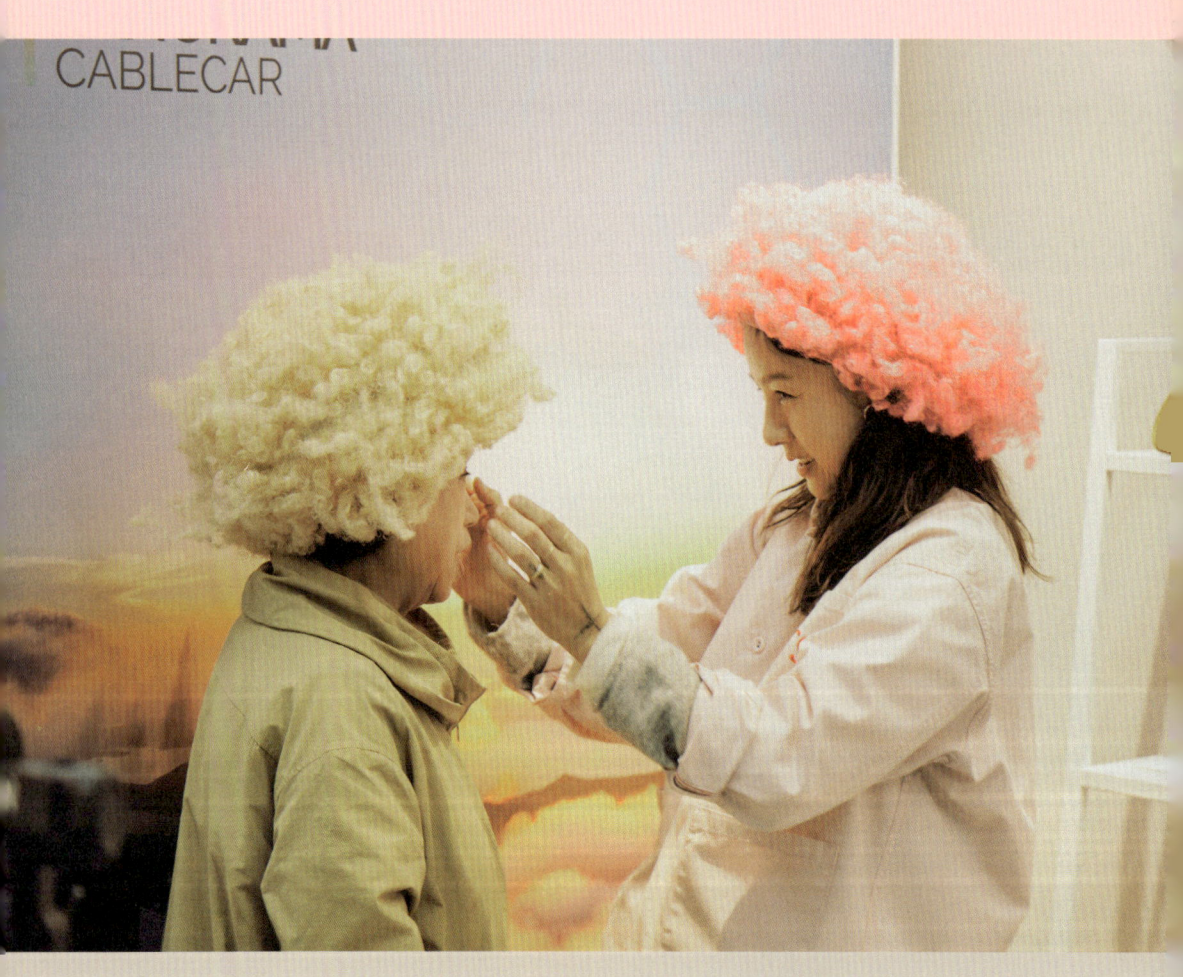

CABLECAR

Part 4

엄마, 또 단둘이

여행 갈래?

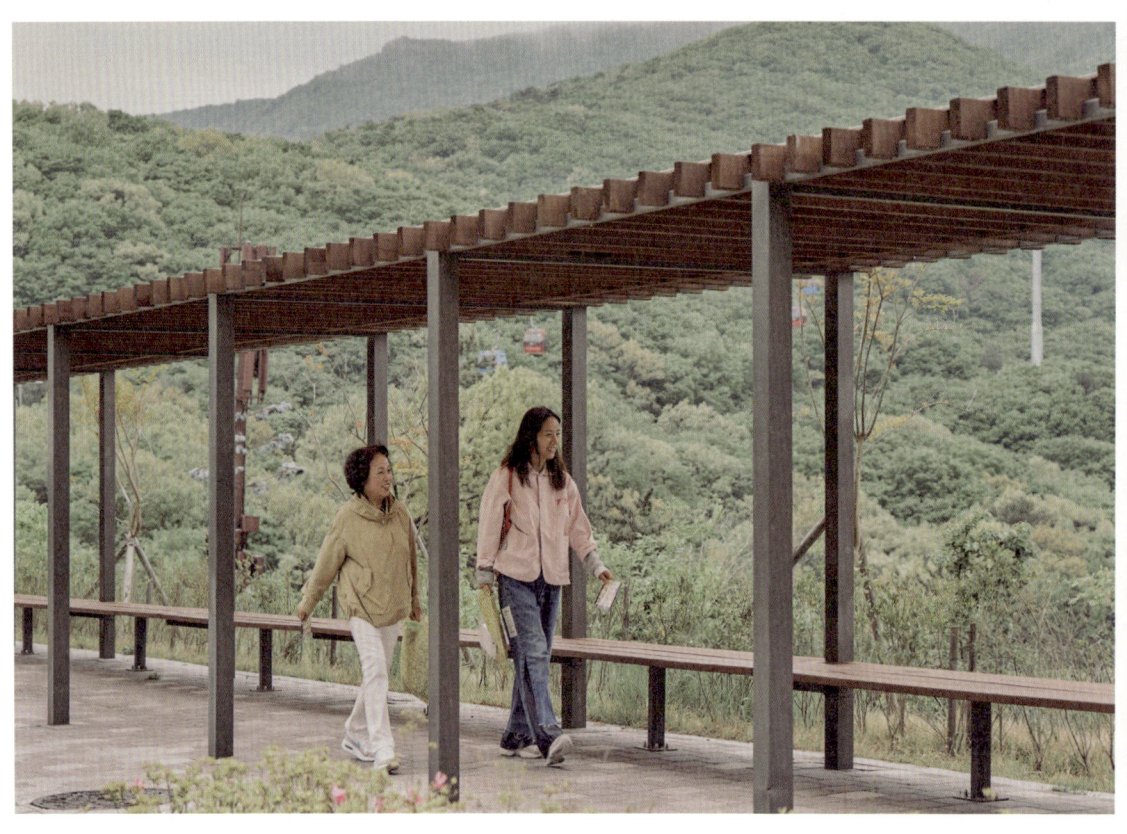

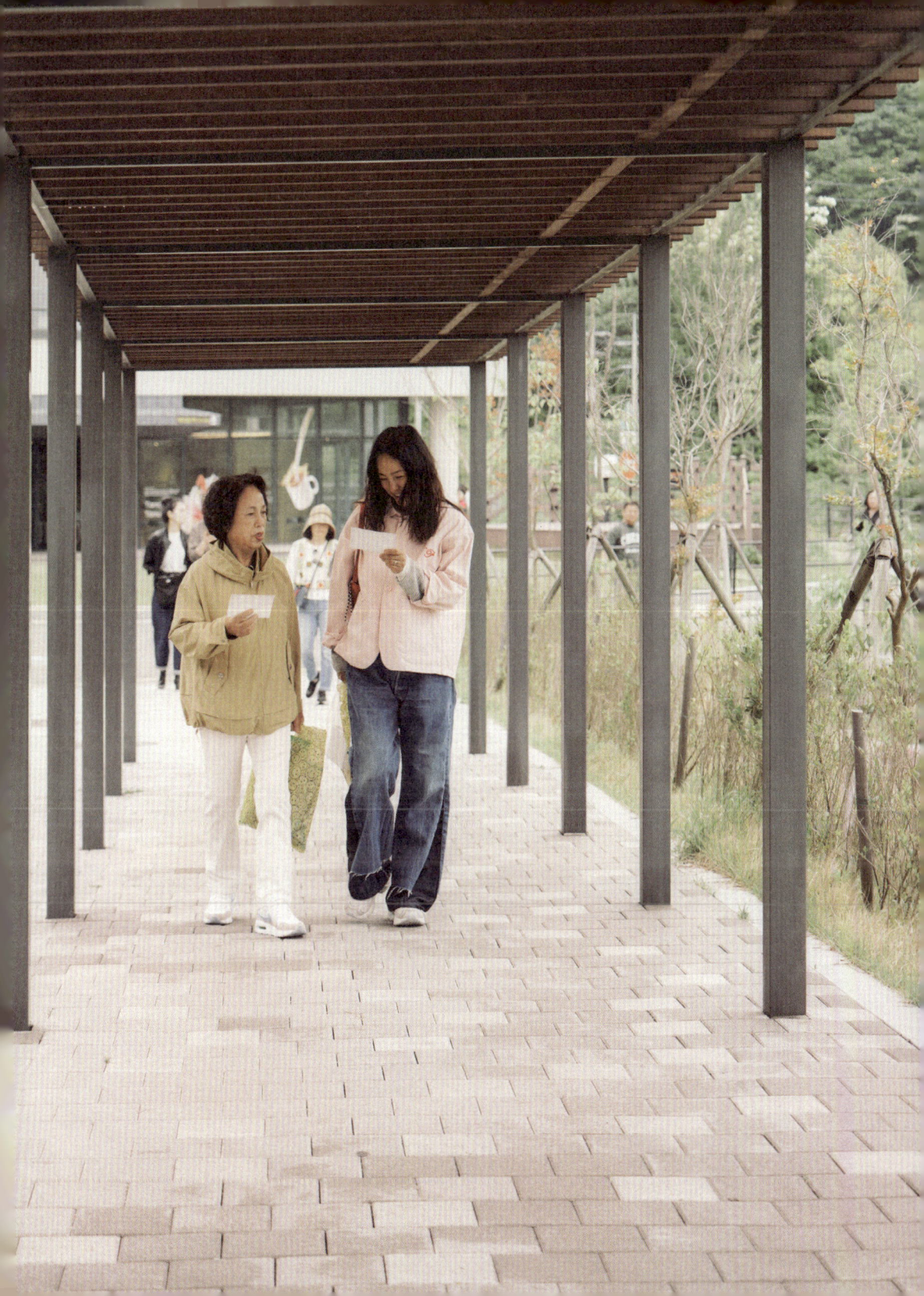

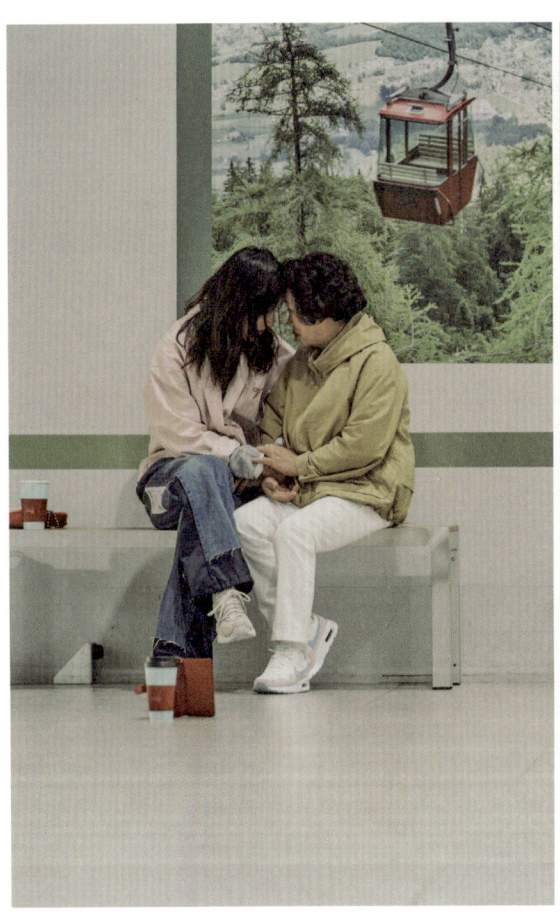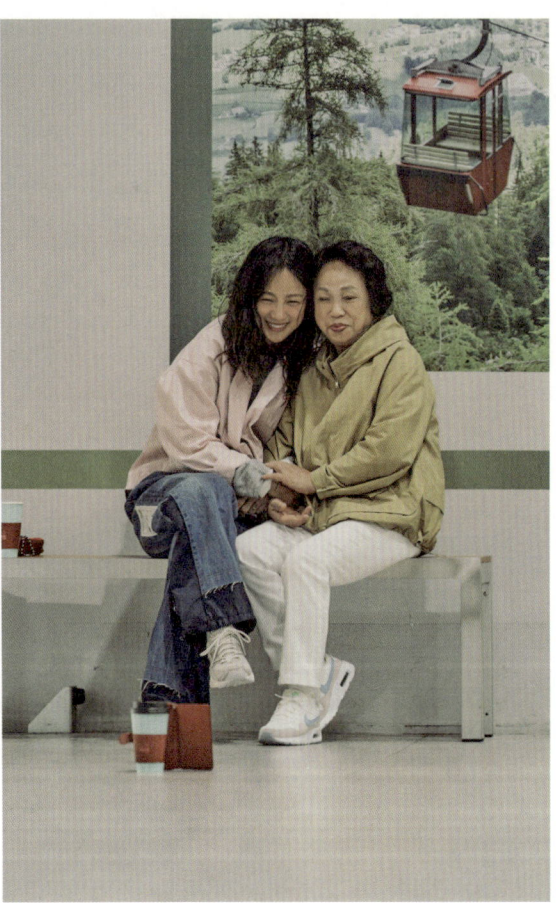

"코! 코코!"

"앙드레 김이야?"

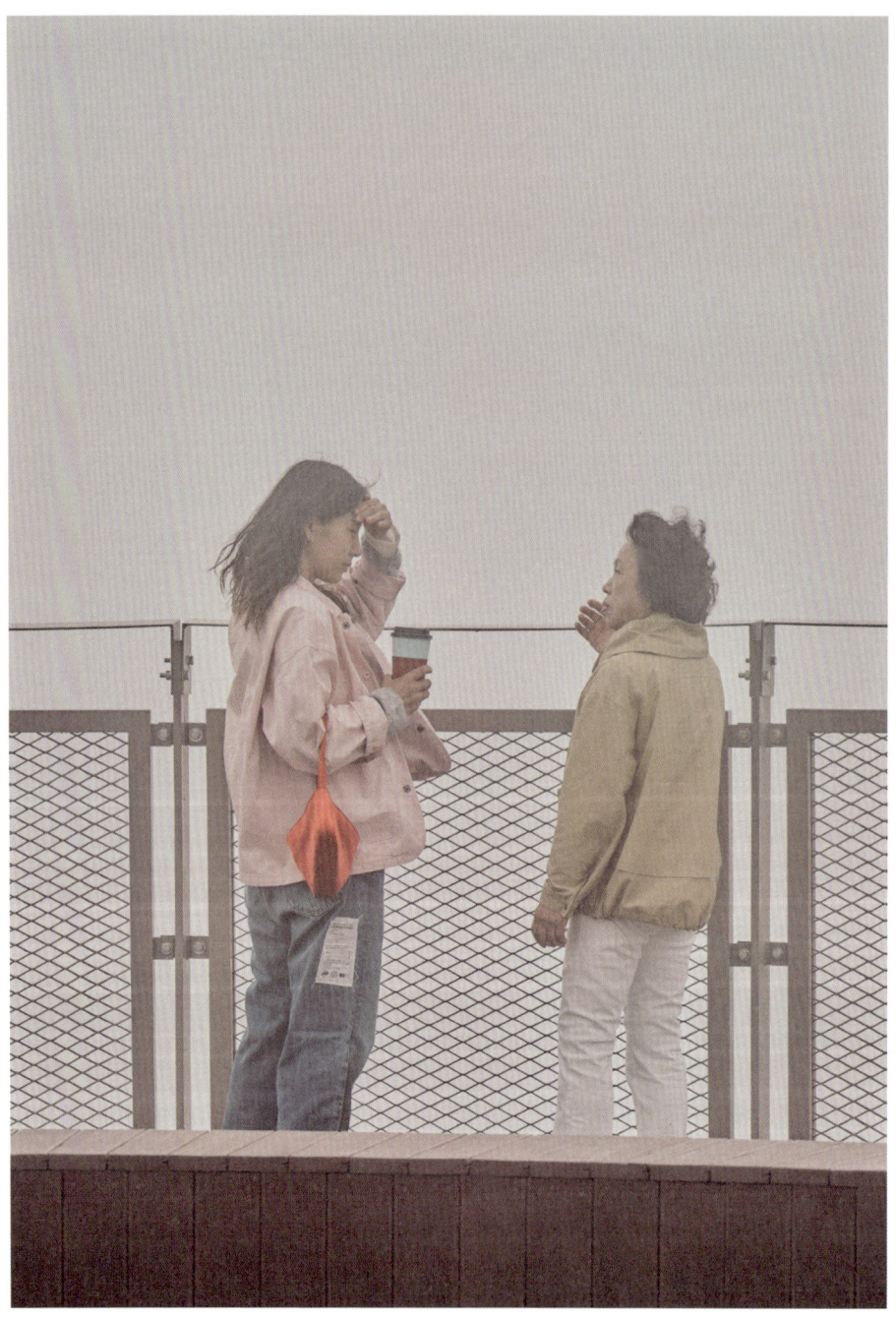

"여기서 사진 한번 찍어줘."

"웬일이야? 처음이네."

스스로의 모습에 자신감이 없었던 엄마

그랬던 엄마의 첫 사진 요청

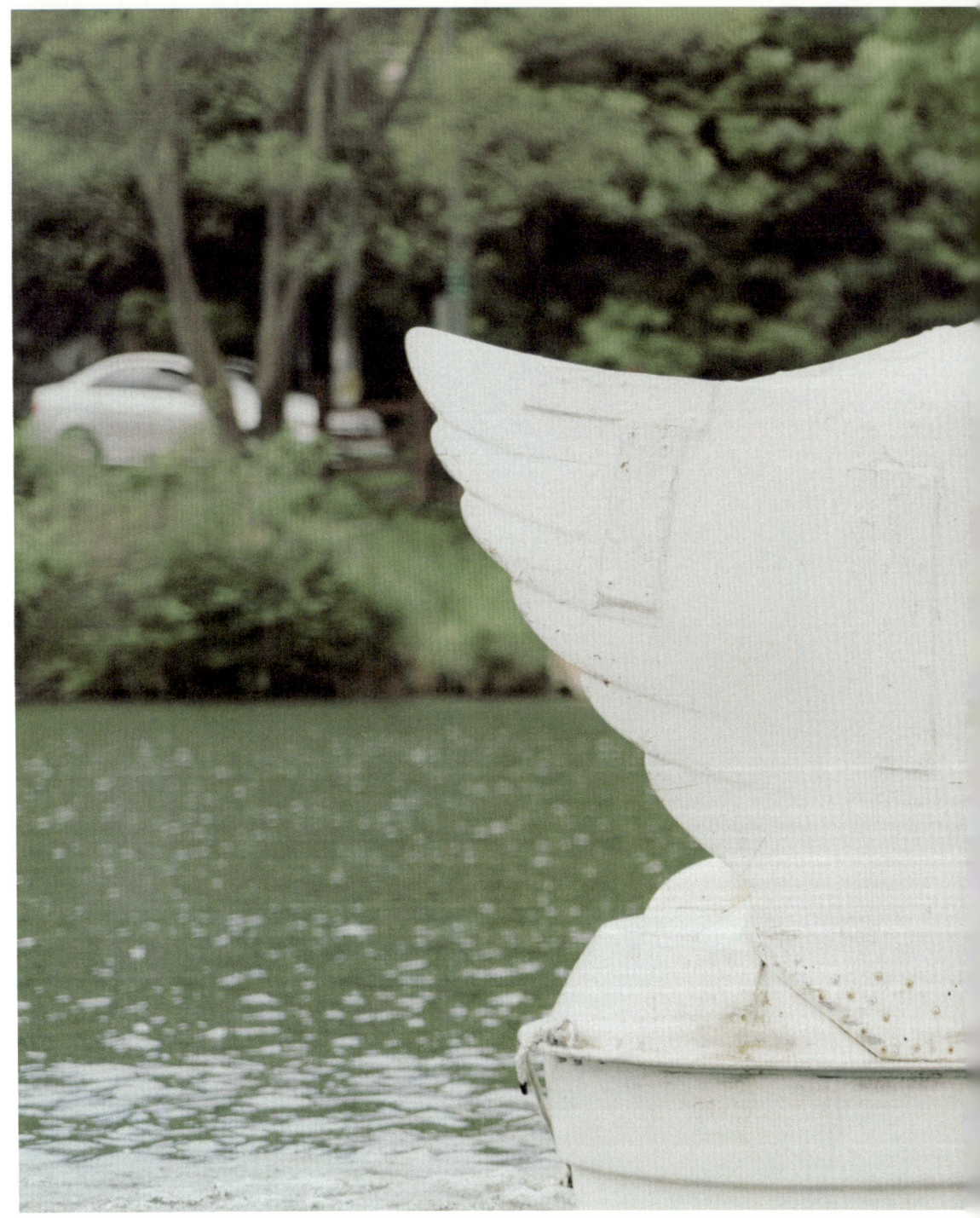

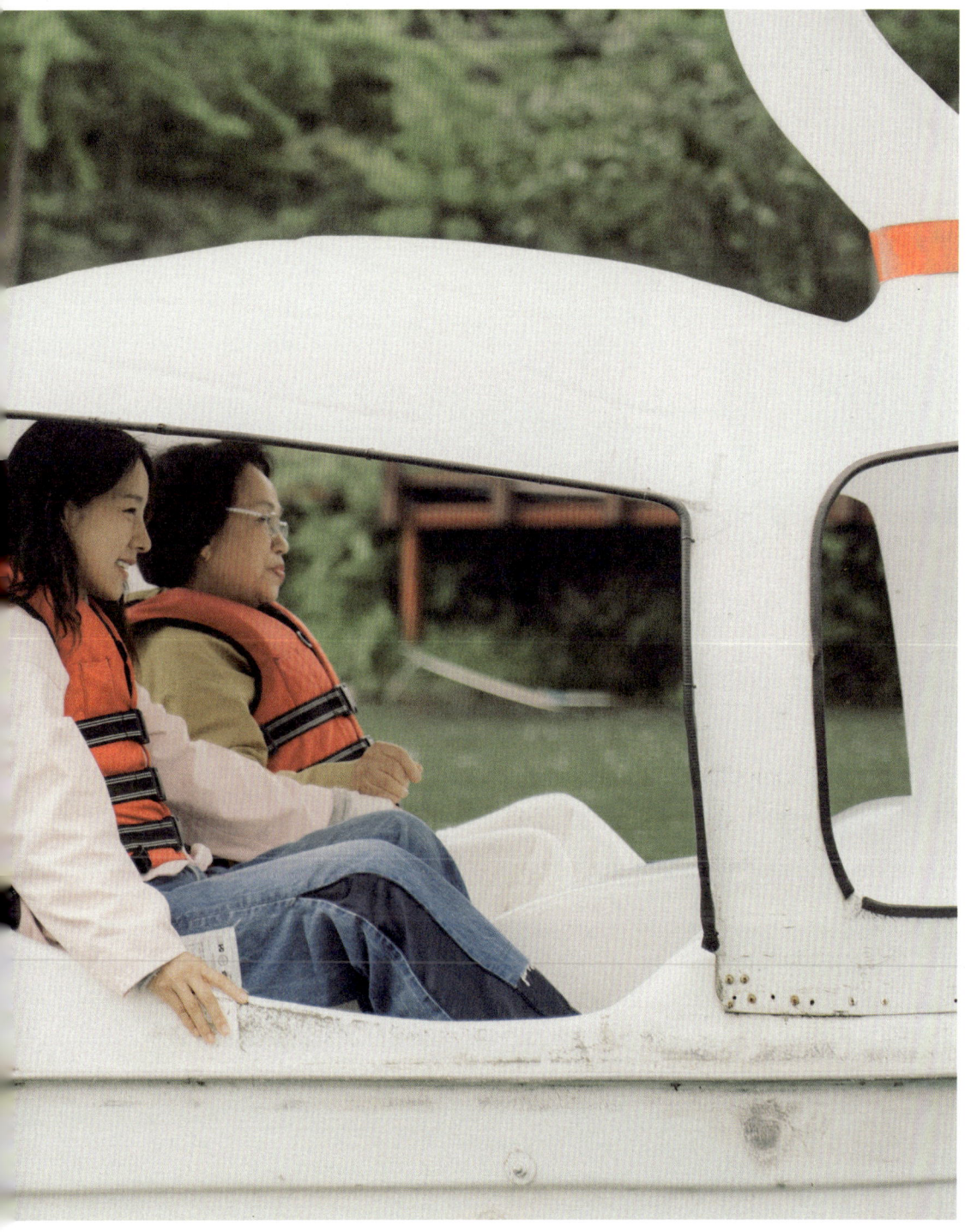

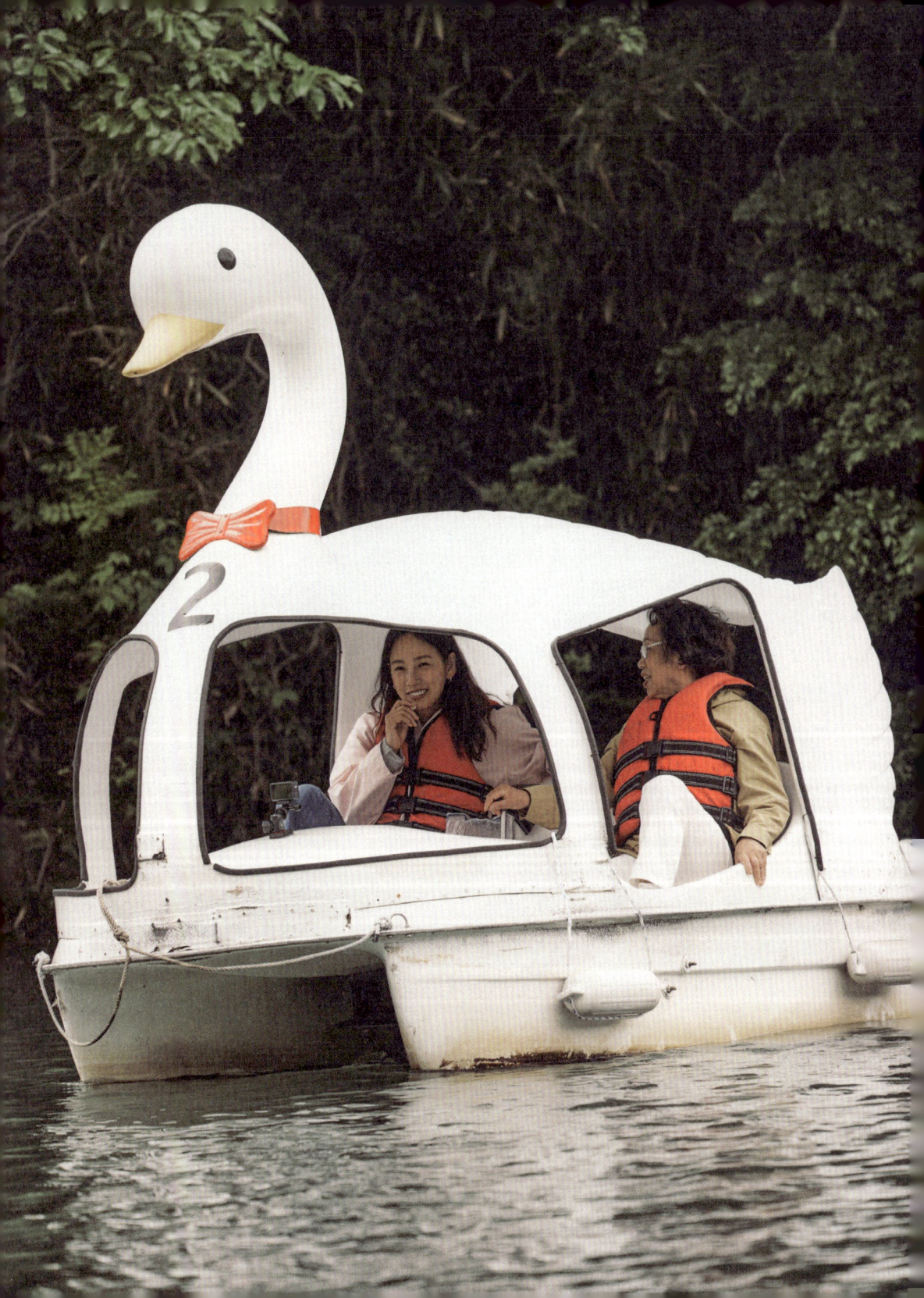

"나무가 건강하고 윤기가 나잖아.

 사람으로 말하면 너 같은."

"엄마 같은."

"너 같은."

"엄마 같은."

"엄마는 아니지…."

"내가 봤을 때 엄만 너무 충분하고 너무 젊고
뭐든지 잘 배우고 무궁무진한 게 보이는데
엄마는 자꾸 이젠 늦었어, 이런 얘기 많이 하잖아.
근데 나도 지금 그렇거든."

"늦었다고 생각할 때가 제일 빠를 때래.
네 마음껏 나래를 펼치고 해보고 싶은 거 다 해보고 살아."

"그걸 엄마한테도 대입시켜 봐.
엄만 지금이라도 어디 할리우드 가서 활동을 하라고 해도 할 사람이야.
건강하지, 자유롭지, 잘 걸어 다니지, 센스 있지….
그런 사람이라니까, 엄마는."

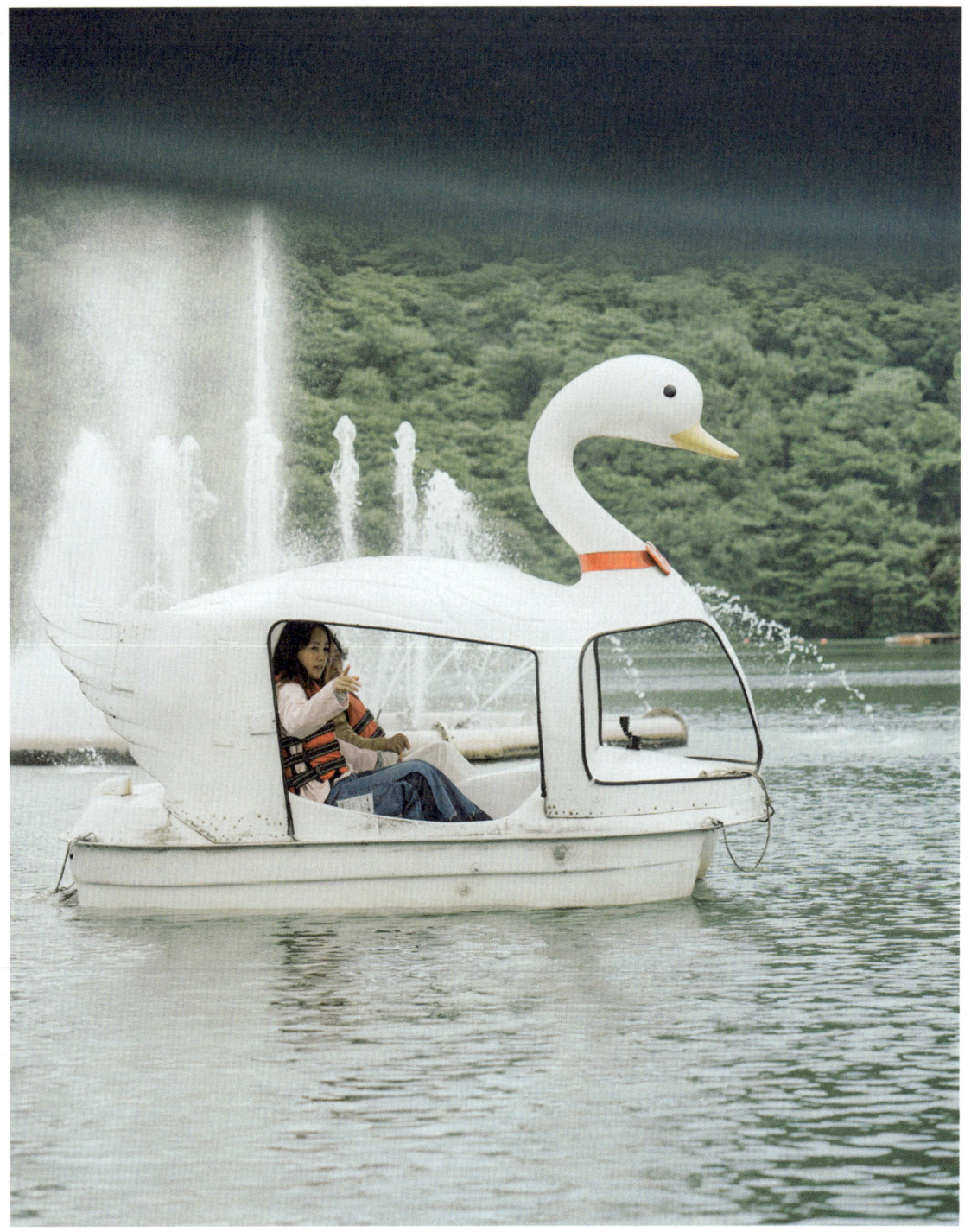

너무 좋다, 이번 여행.

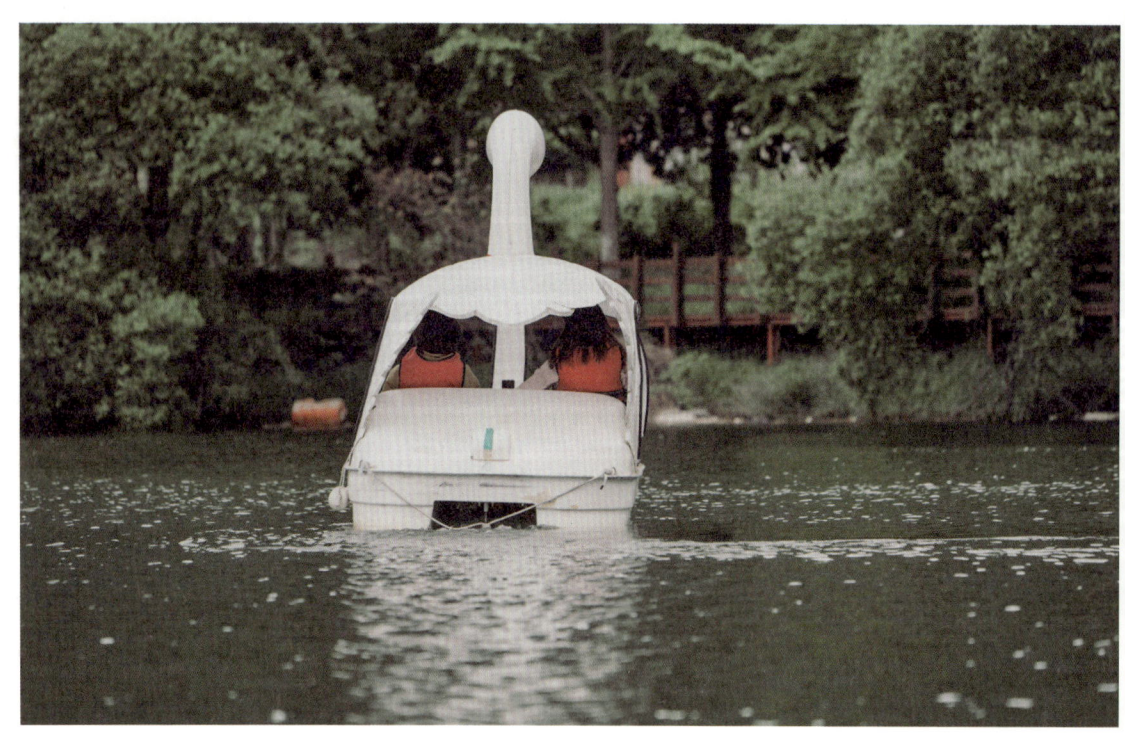

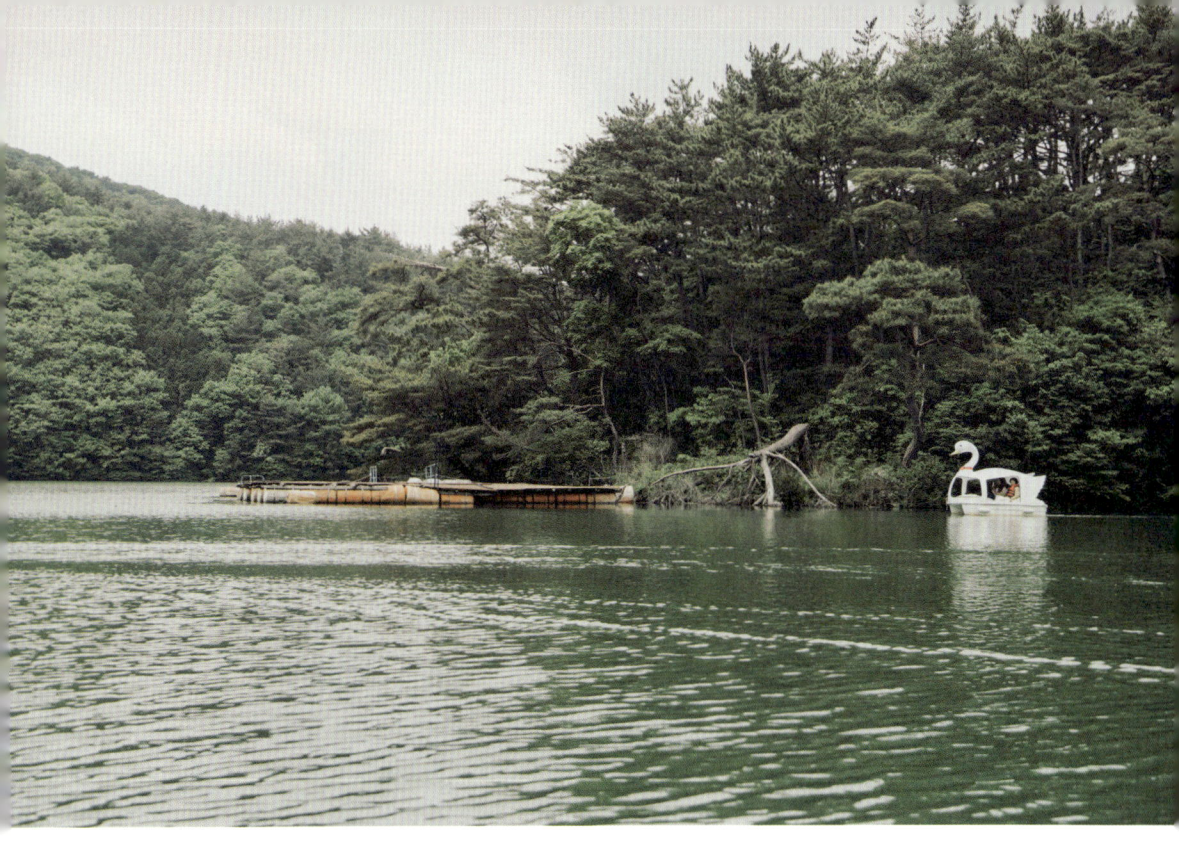

"되도록이면 반경을 넓게 잡아서
　오래 타고 싶어. 너하고 얘기하고 싶고.
　이제 기회가 없잖아."
"기회가 왜 없어. 이제 자주 볼 건데."

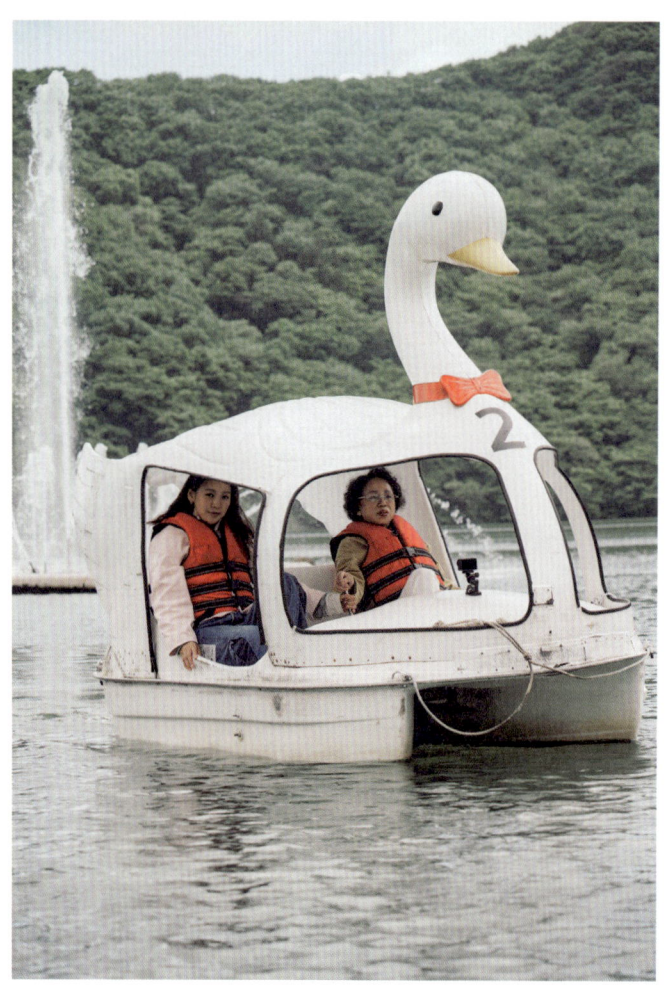

"딸과의 여행은 뭐다?"

"서로의 마음을 확인하고
유리알처럼 속마음까지 내보이는 여행이다."

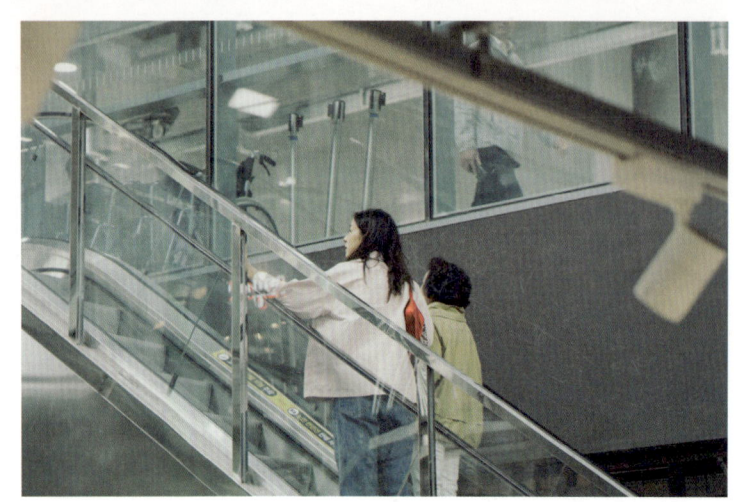

"엄마를 제가 잘 몰라가지고…."

그러나 막상 여행을 와보니

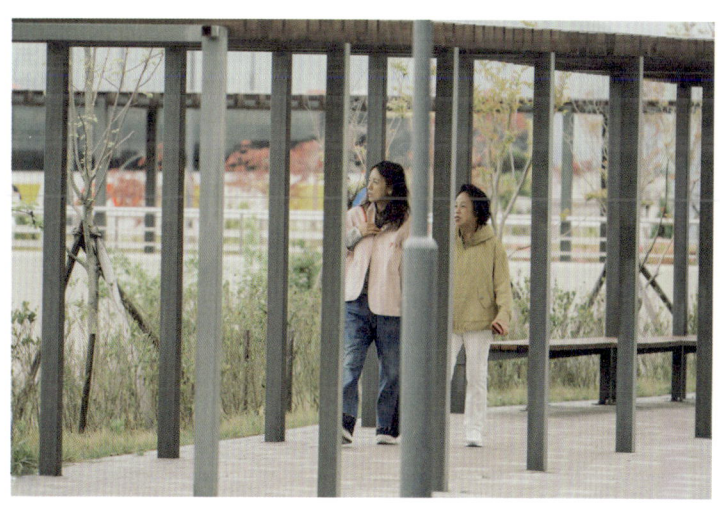

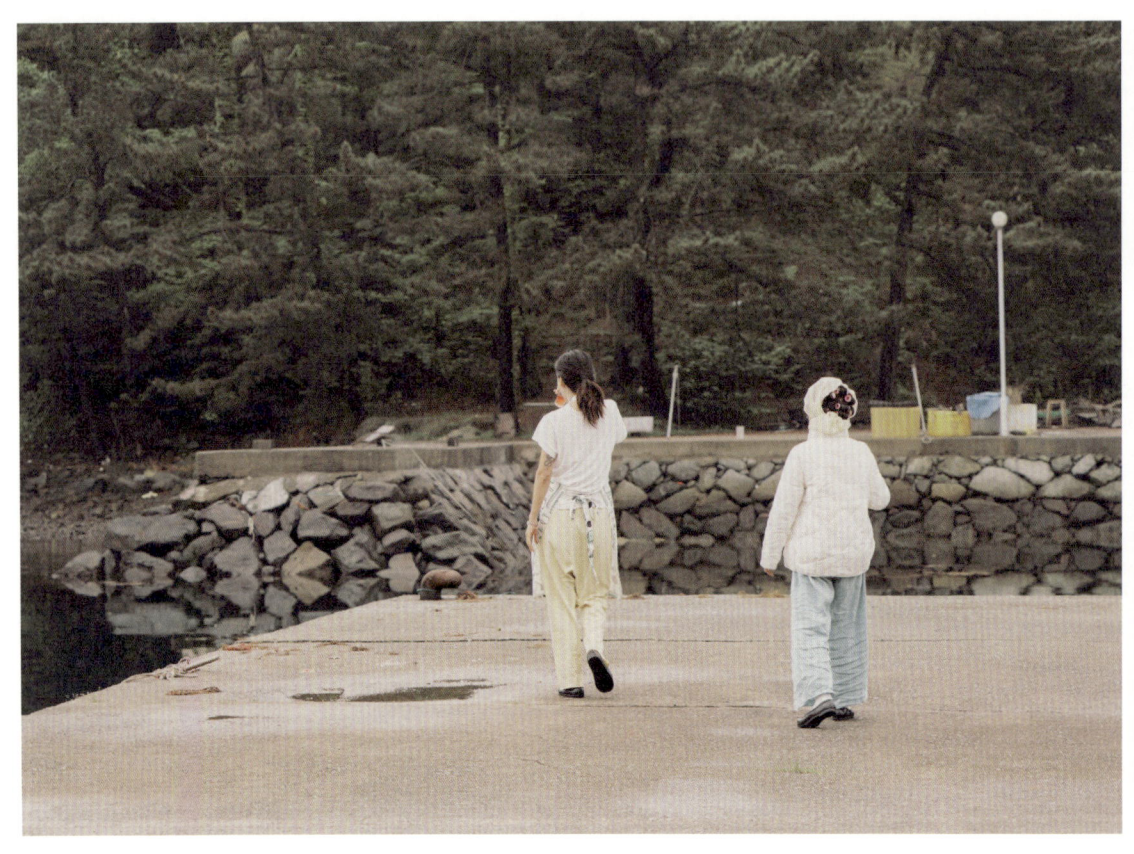

자잘한 취향부터 쿨한 성격,
걸음걸이도 판박이

눕는 자세와 코 고는 타이밍까지
거울을 보는 듯한 엄마와 딸

엄마에 대해서 모르고 알려고 하지도 않았던
내 마음이 많이 바뀐 것 같아요.
내가 엄마를 부정적으로 봤구나. 엄마는 그대로였는데.

엄마 눈썹을 그려주던 순간,
연등의 빨간빛이 엄마 얼굴에 비치던 순간,
엄마가 안아줬을 때 엄마한테서 나던 냄새,
엄마 심장이 잘 뛰고 있는 느낌.
살면서 처음으로 그 모든 순간들이 자세하게 느껴졌어요.

엄마처럼 안 살고 싶다는 생각을 많이 했는데
이번 여행으로 엄마를 알게 되면서
엄마처럼 살고 싶다.

내가 도와줘야 되는 사람으로 생각했다는 게 부끄러울 정도로
닮고 싶은 사람 같다는 생각이 많이 들었어요.

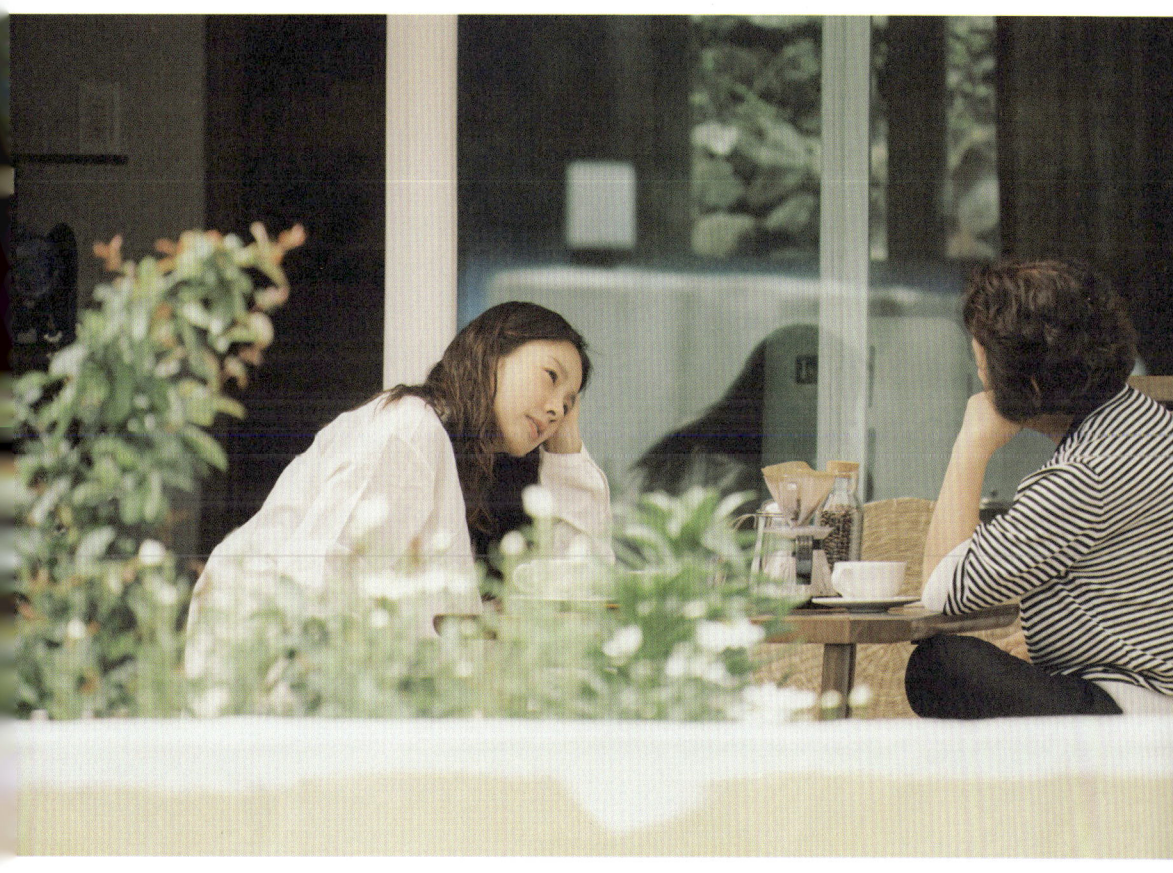

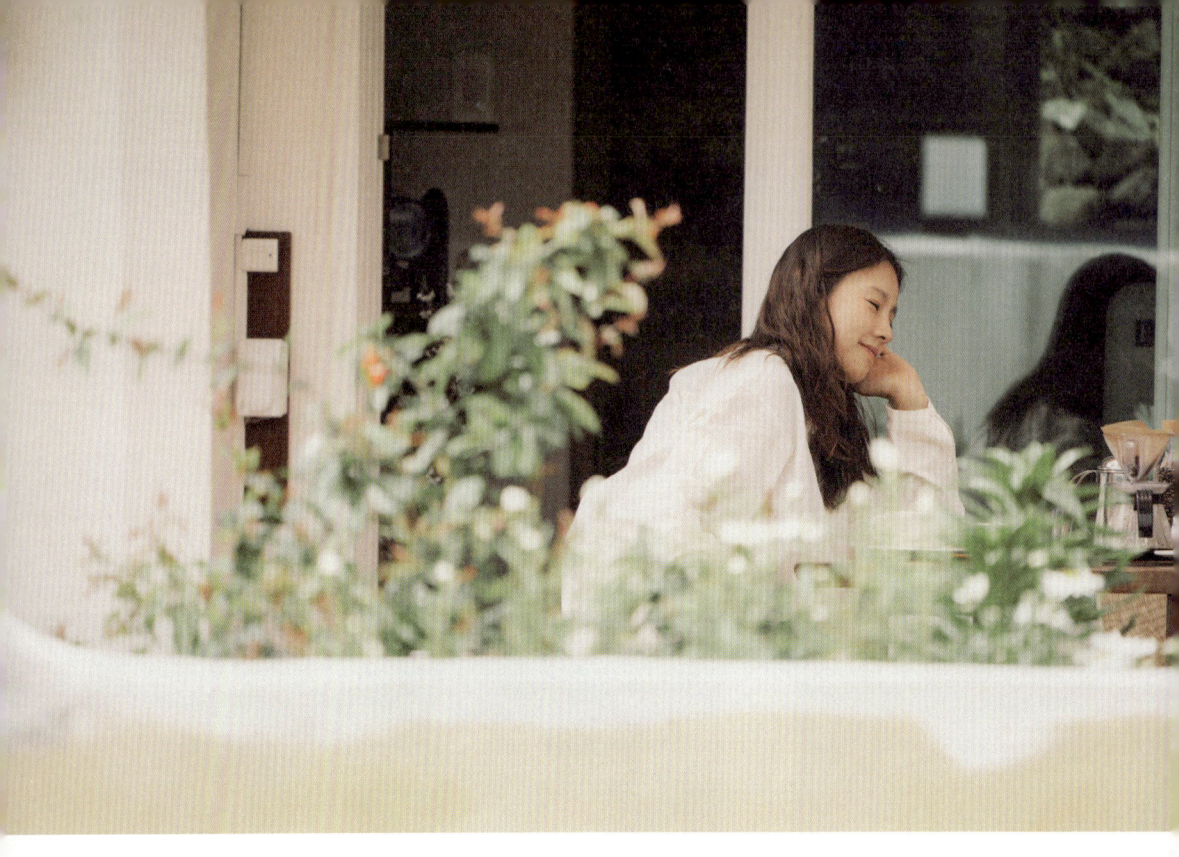

헤어지기 싫다.

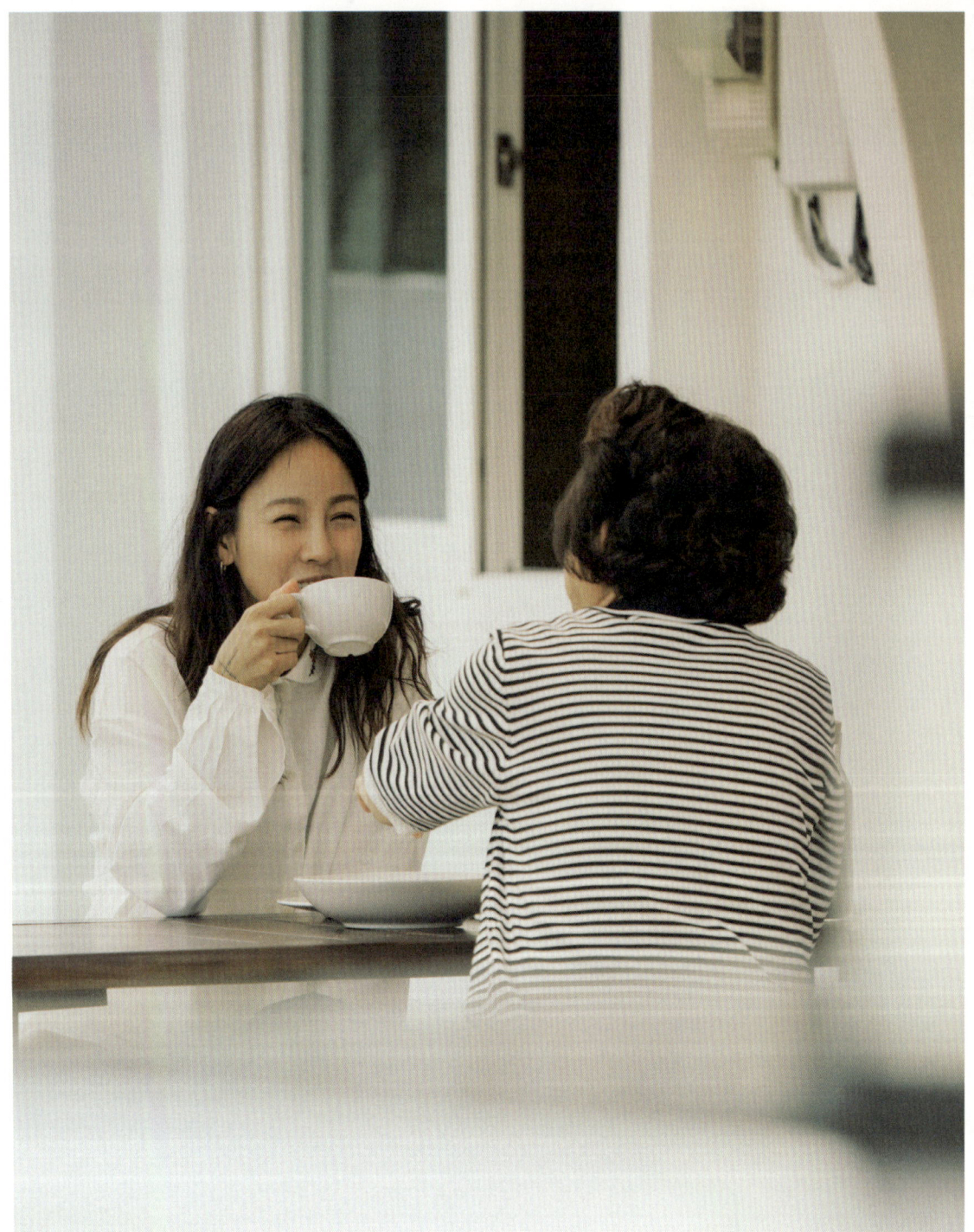

여행 오기 전에는
엄마 마음속 비밀의 창고를 들춰내서
뭐가 있는지 되게 알고 싶었거든.
근데 여행하고 나서는
엄마가 비밀로 하고 싶은 걸 굳이 내가 알아야 되나?
이런 생각이 들더라.

기억이 다 살아 있으면 참 좋을 텐데. 세세하게.

엄마 기억도 내 기억도.

그럼 분명 좋았던 기억이 더 많았을 거야.

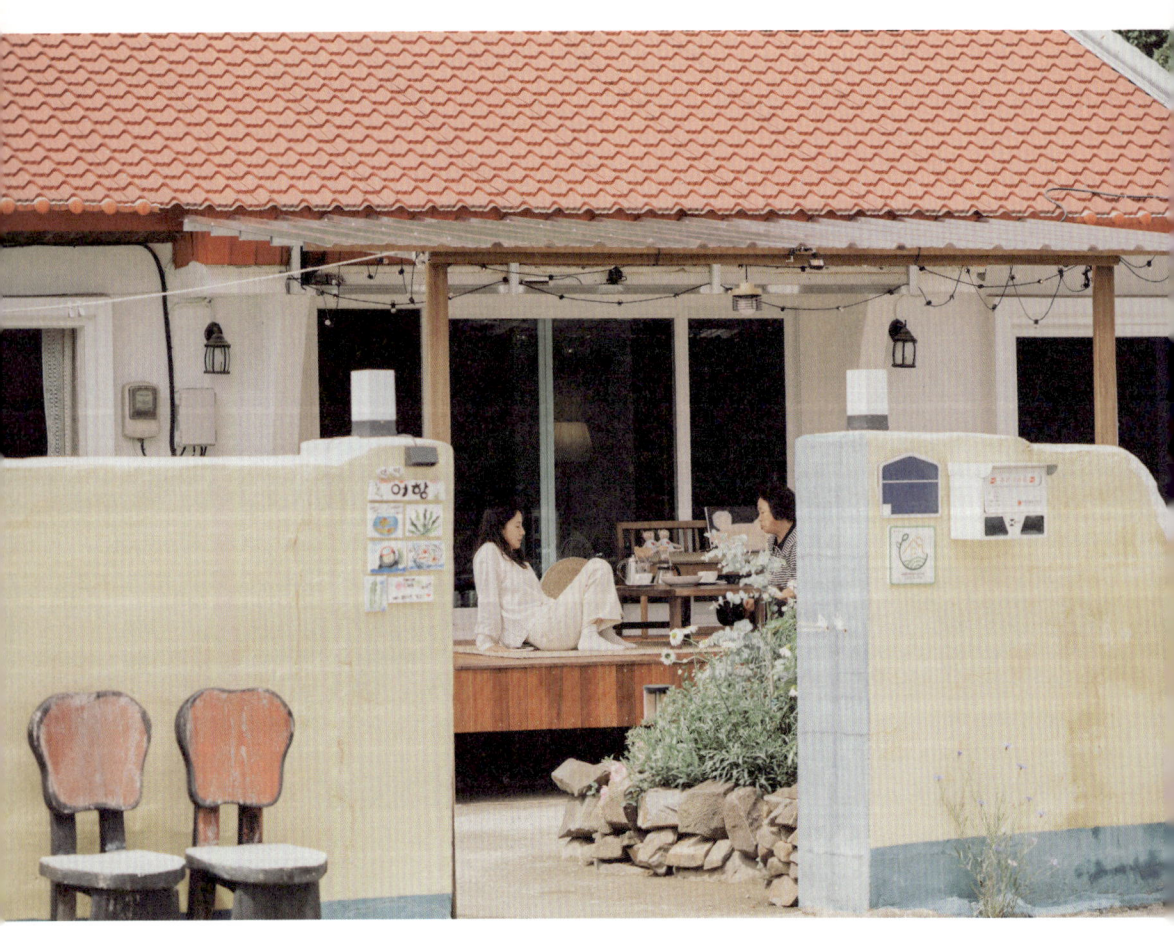

이제 각자의 삶으로 돌아가는 거야.

엄마 뭐 해?

오늘 경로당에서 마사지 받는 날. 점심은 먹었니

아~ 방금 먹음. 마사지 시원하게 받아

응

이게 뜨면 켜졌잖아. 이게 뜨면 한 일주일 동안 붙어 있었던 거는 다 보고 싶다.

ㅋㅋ그게 뭔 말이야. 뭐가 뜨면?

효리야 지금 엄마가 말로 보내는 메시지를 보내는 중이다. 재밌어.

ㅋㅋ누가 가르쳐줬어?

우리 옆집에 사는 친구가.

ㅋㅋ잘 배워서 문자 많이 해

엄마 단양 언제 갈까?

곧 어버이날이니까 그쯤 가자

ㅋㅋ응 데리러 갈게

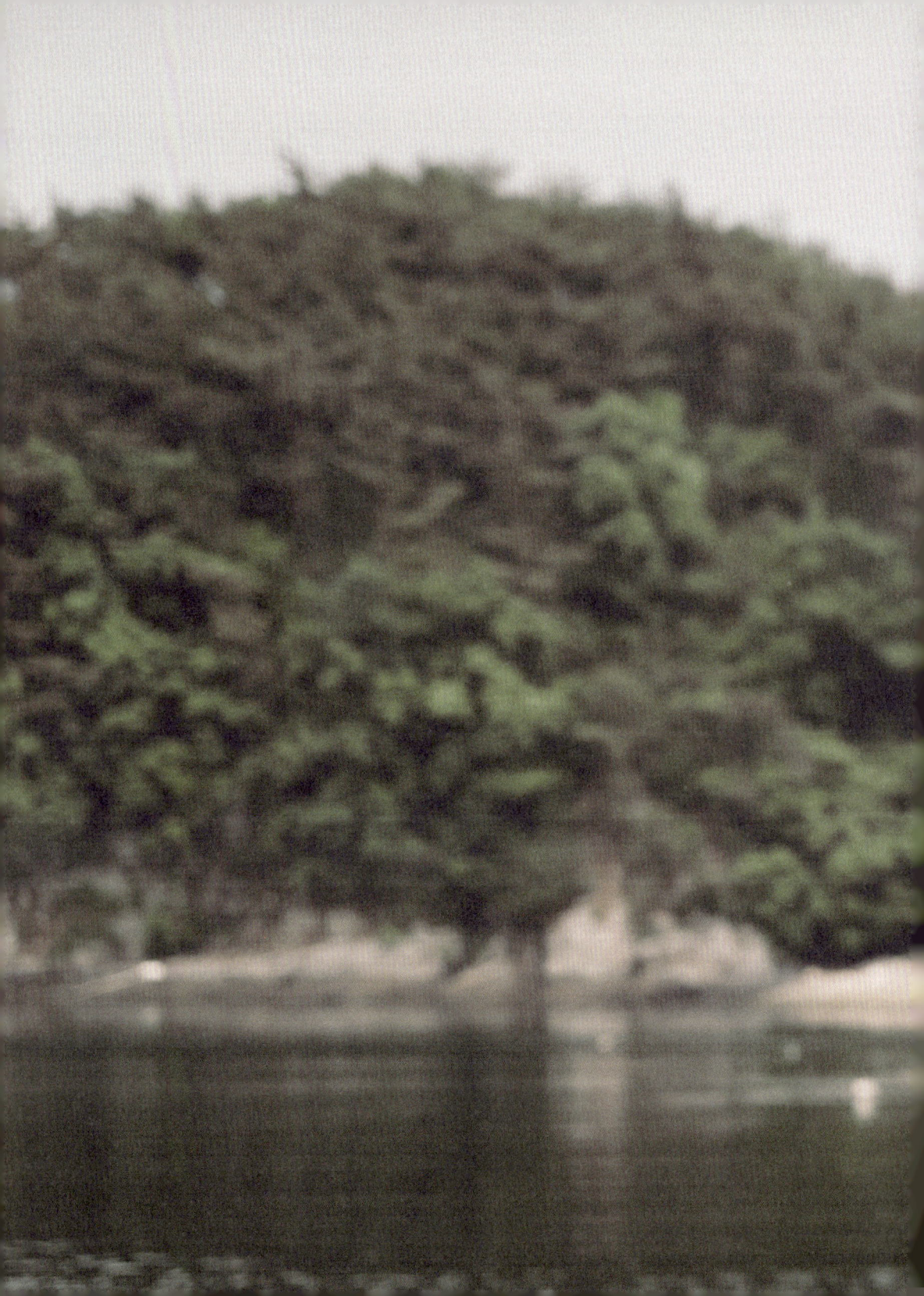

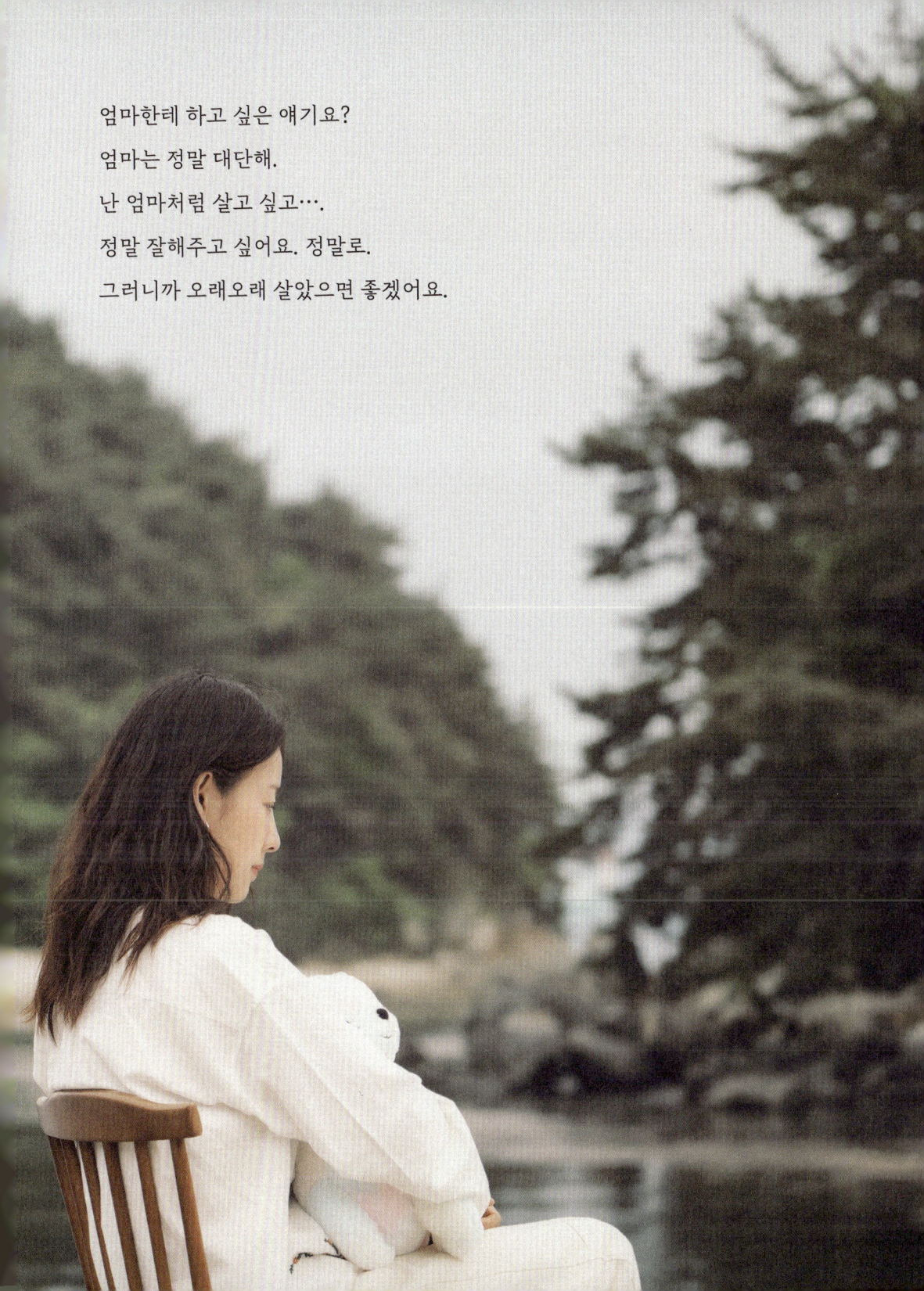

엄마한테 하고 싶은 얘기요?
엄마는 정말 대단해.
난 엄마처럼 살고 싶고….
정말 잘해주고 싶어요. 정말로.
그러니까 오래오래 살았으면 좋겠어요.

너는 뭐든지 해낼 수 있다.
내가 봐도 멋있는 여자다.
꽃보다도 아름답고
이슬보다도 영롱한 효리야.
사랑한다.

비하인드

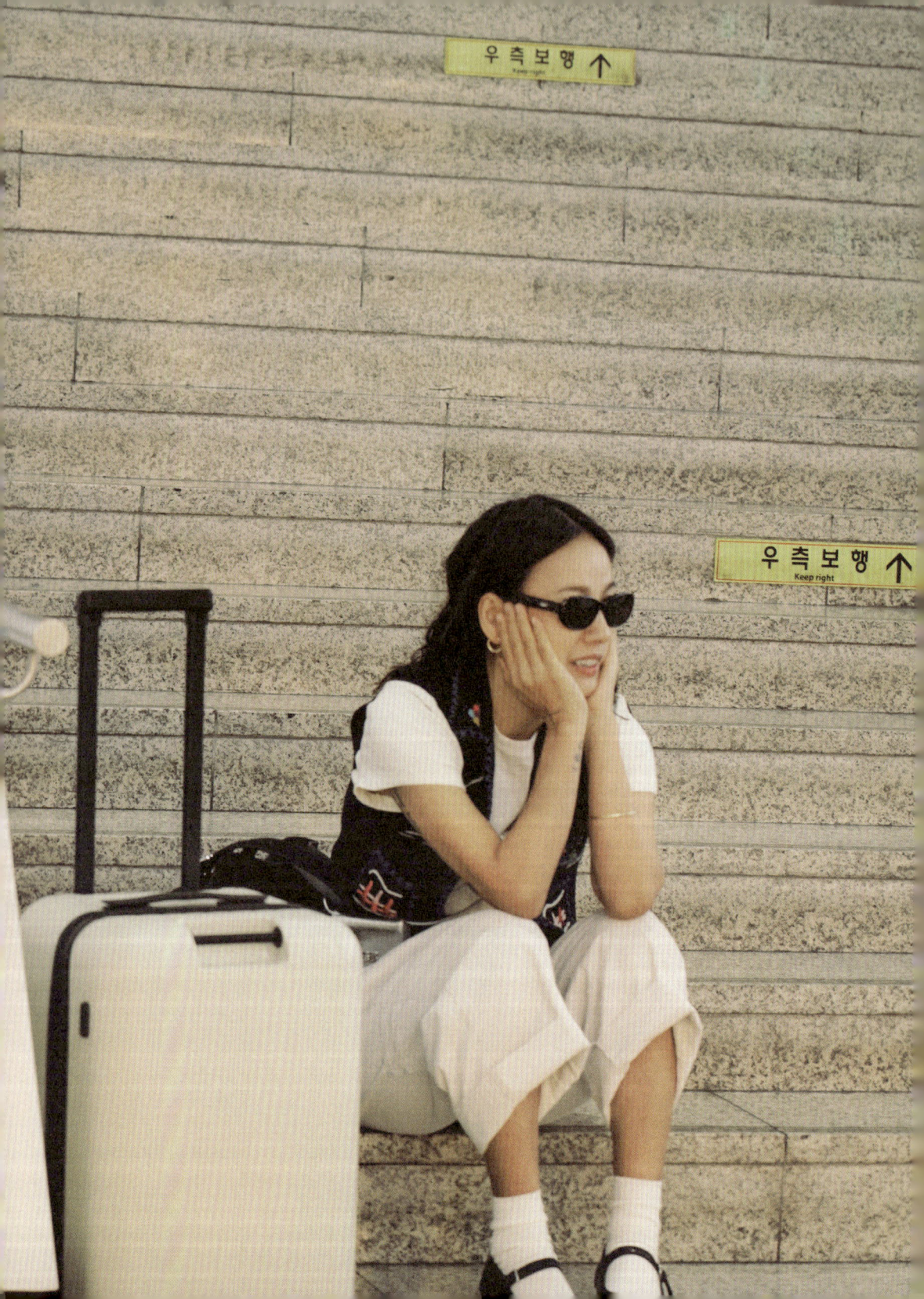

가슴설레 떠나 발장설치고

경주가는 열차을 타고 효외의 여행이 시작되었다

첫코스로 천마총 천성대 둘러보고

식전과에서 추억의 사진도 찍고
즐거운 여행이 되었다

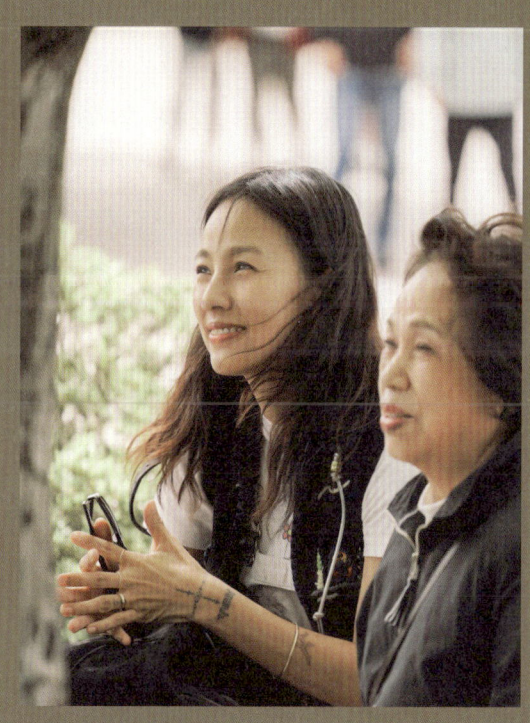

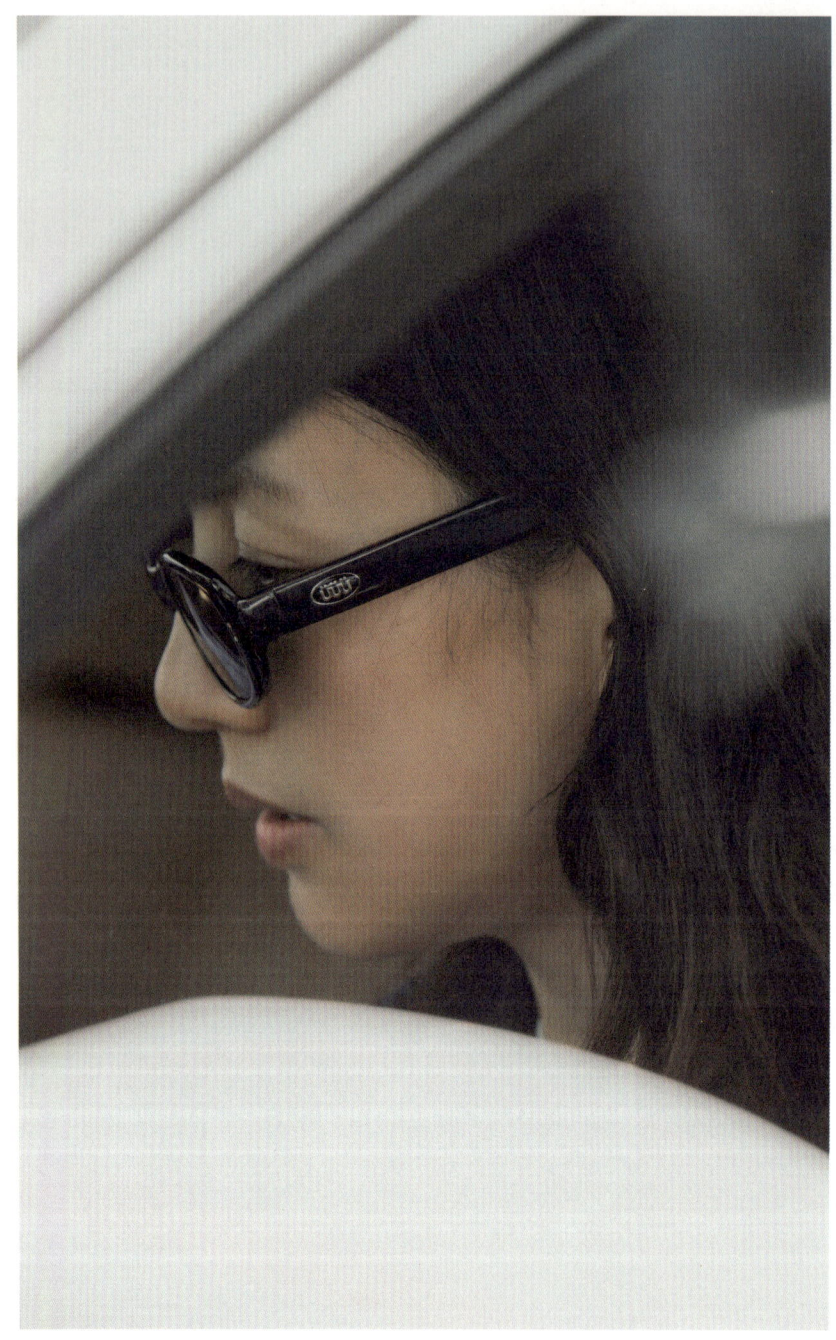

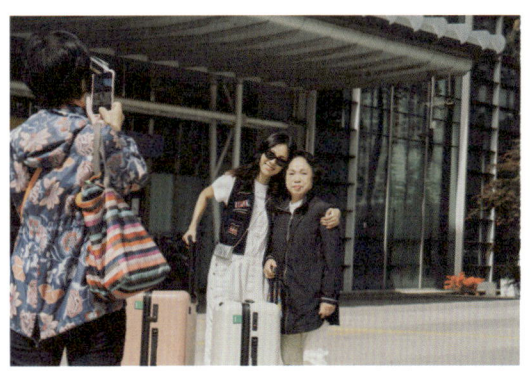

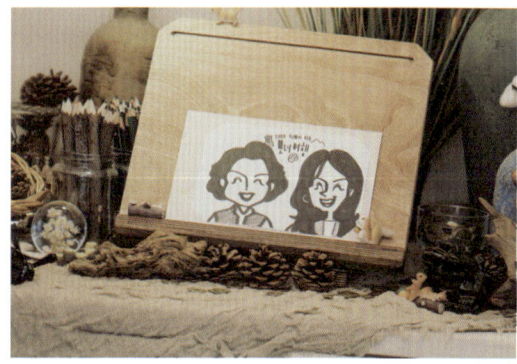

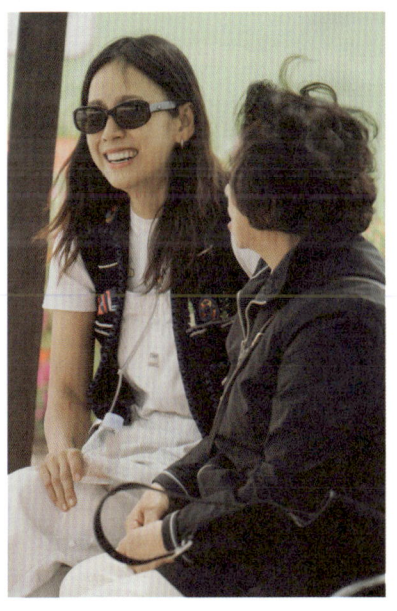

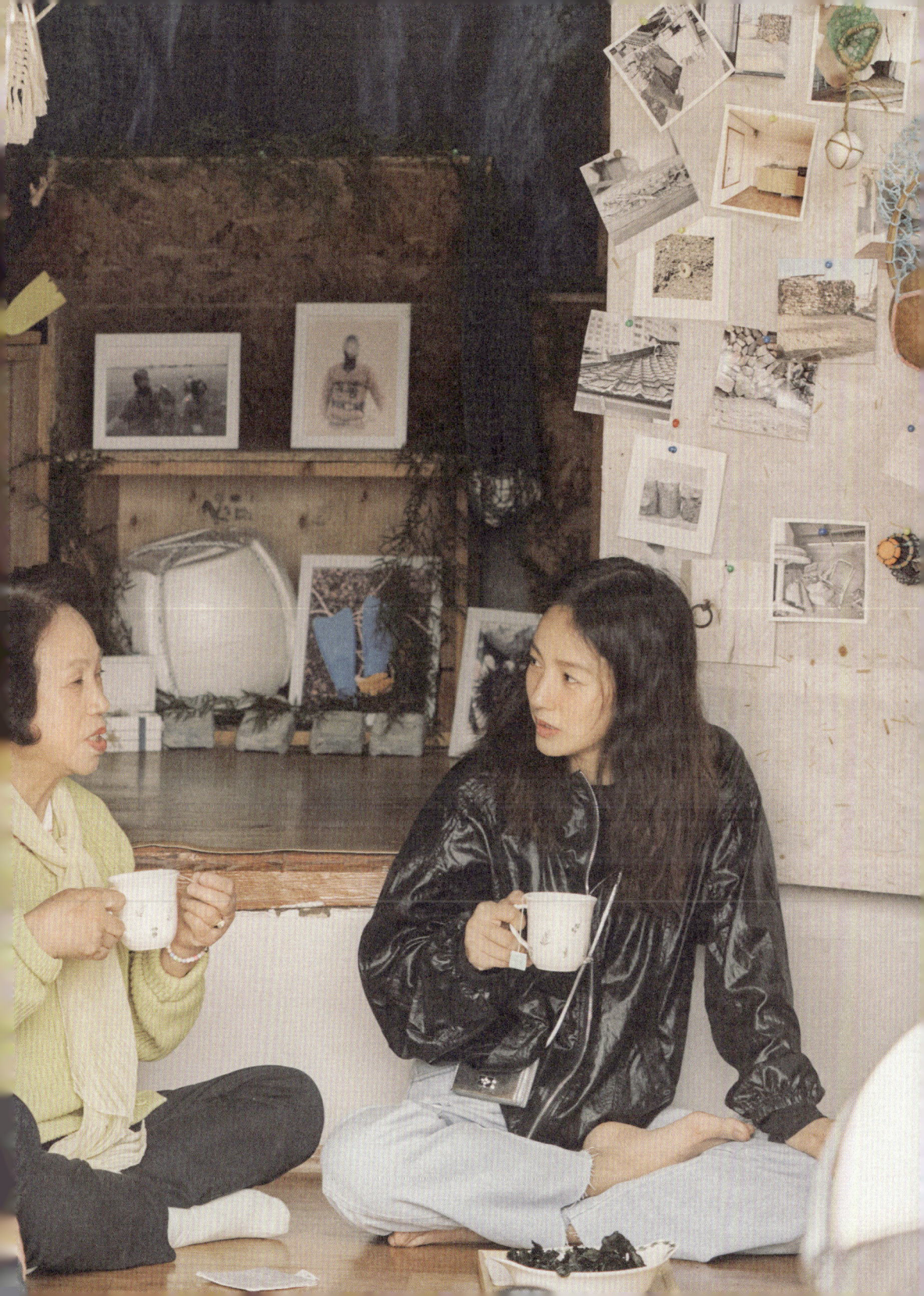

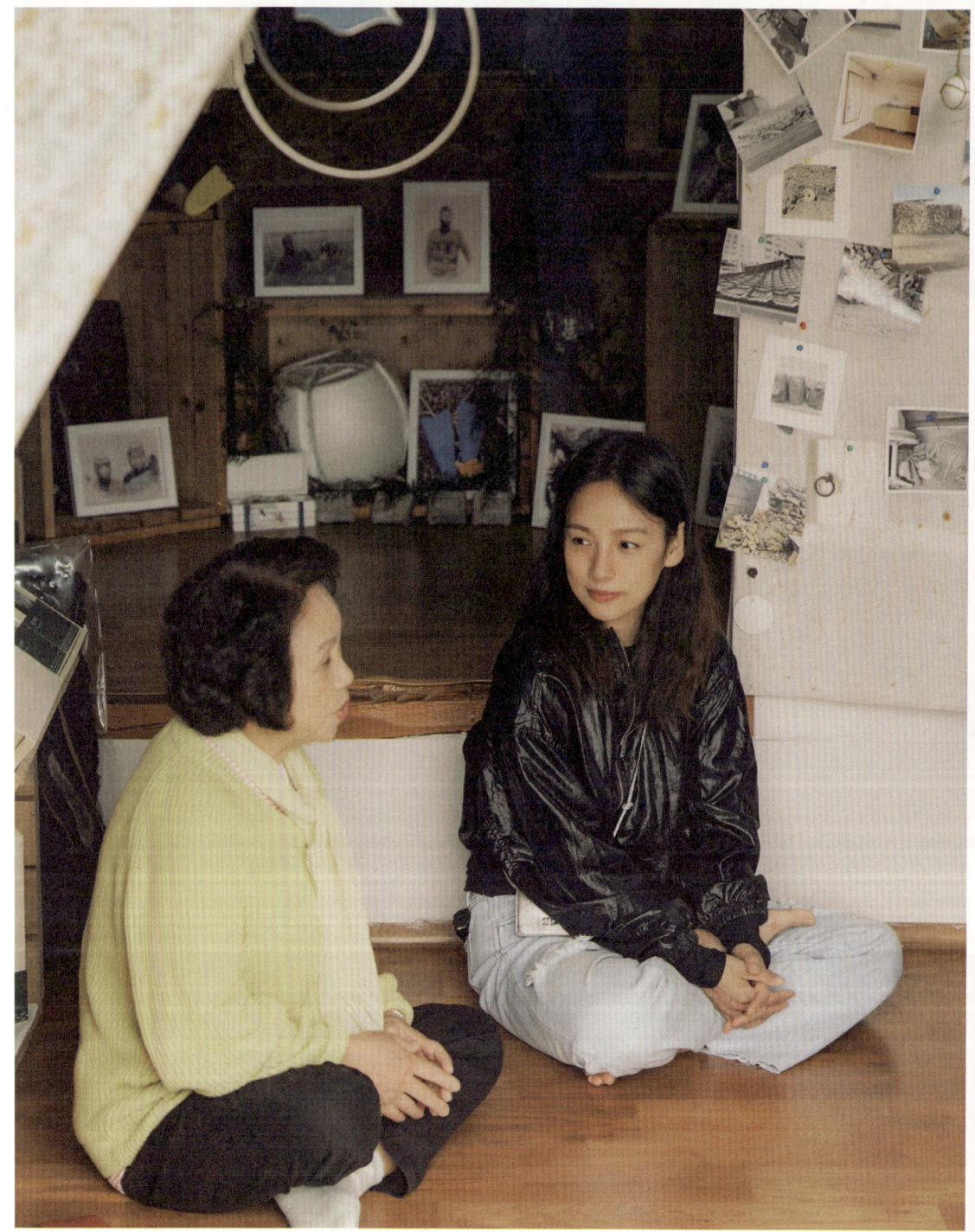

효리 요가 다생긴 같대 모처럼 요가 수양 친구

바닷가 둥어구경하구
절벽 구경도하고

들어 동산에   가서 희견육마로 타고
바이킹   비슷한거 우섭다는 것도 탔다

효리군 그글이가구타구
깍 크함려구 해서

지금은 구위서 쉬는중이다

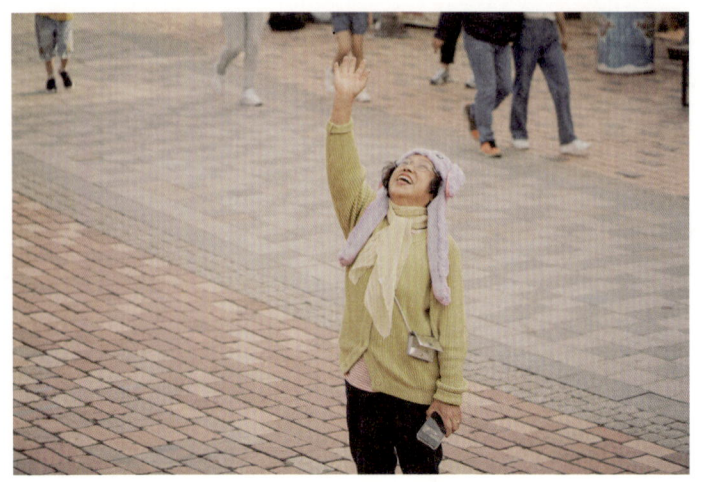

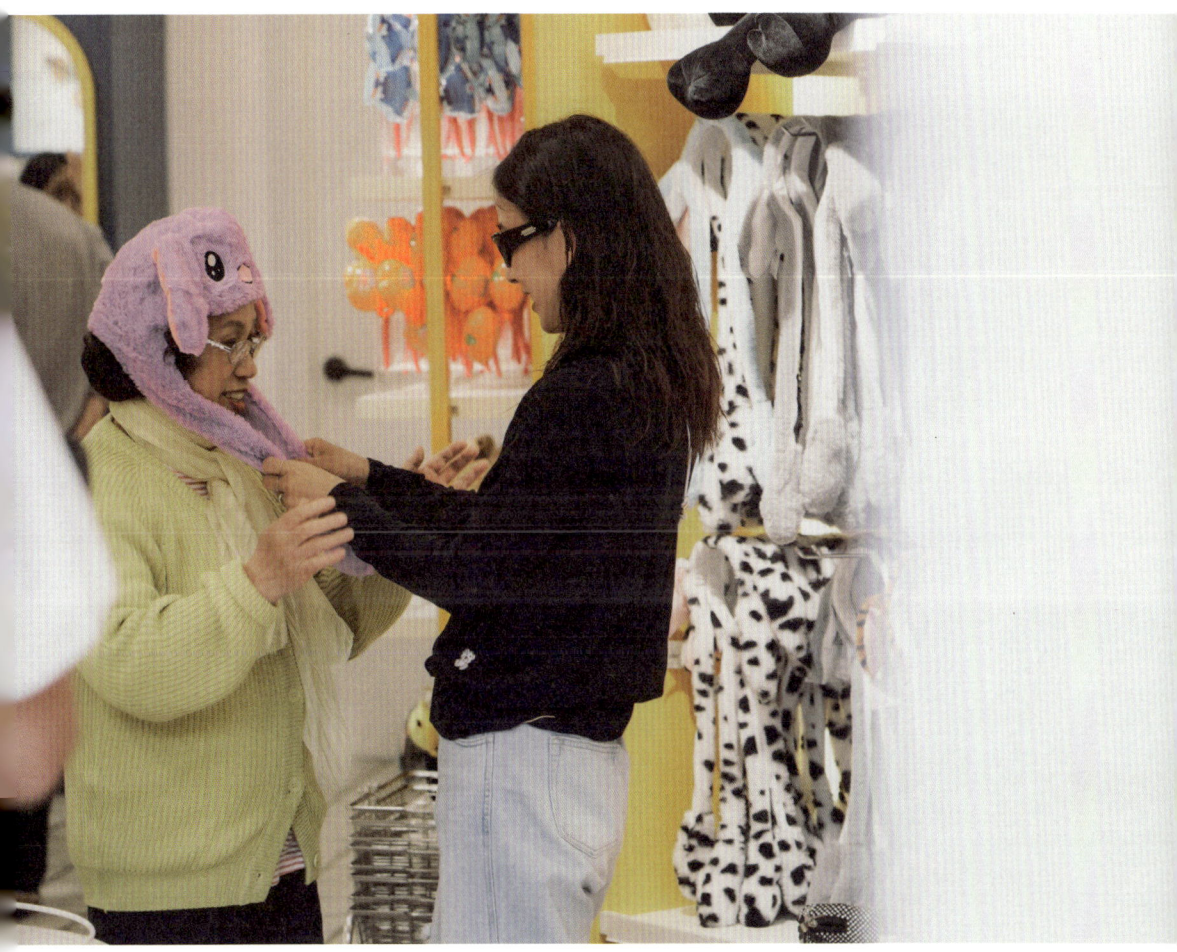

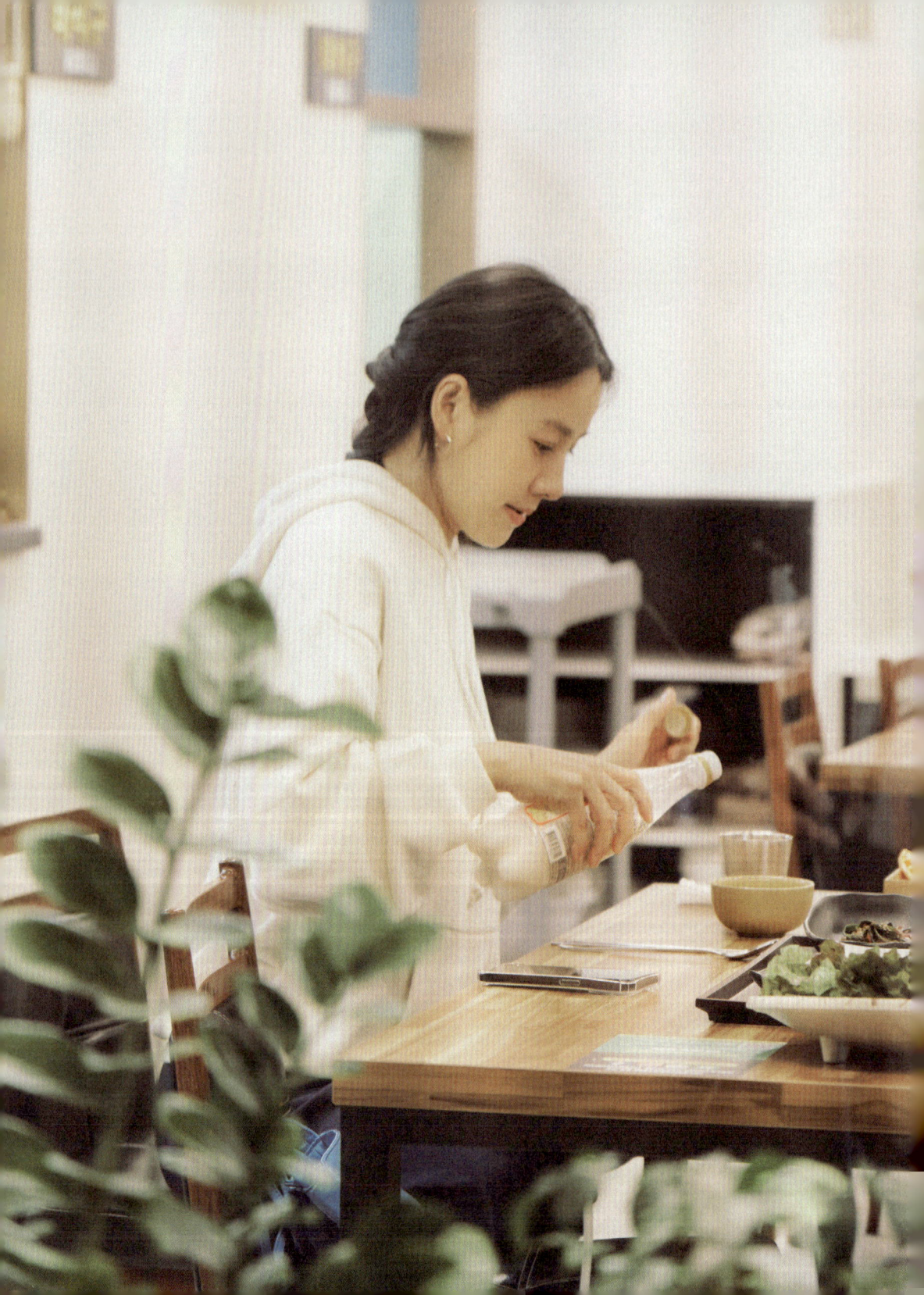

오늘은 주일이라 교회 에서 효리와 예배를 보고
와고 관광 배를 타고 해군강 절경을 구경했다
막내딸 효리가 연애을 해주는 효도로 빵왕다
행복하다 고맙다 악게 달아 사랑한다

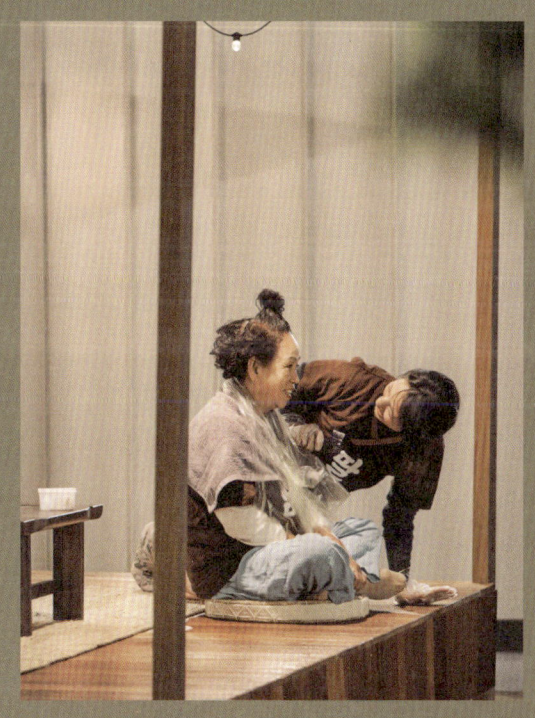

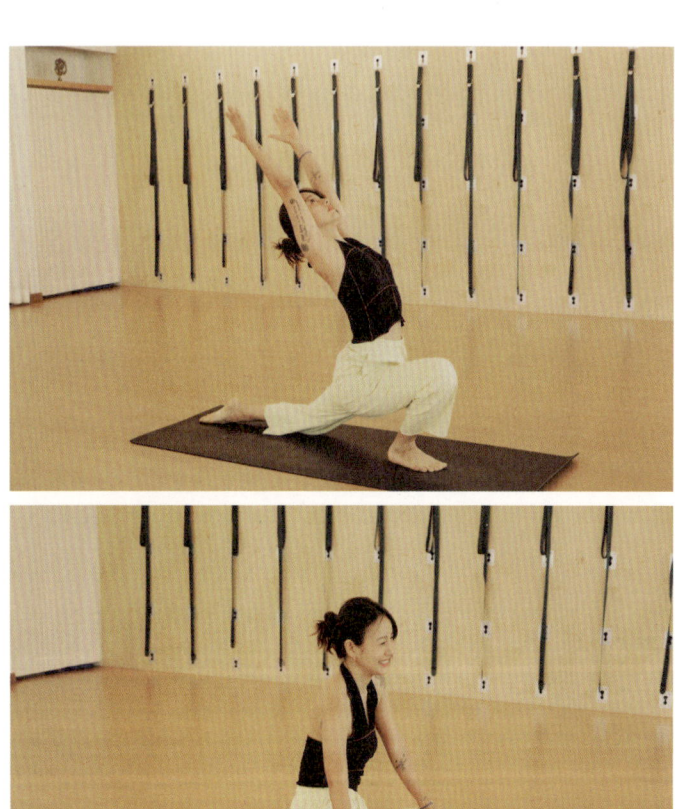

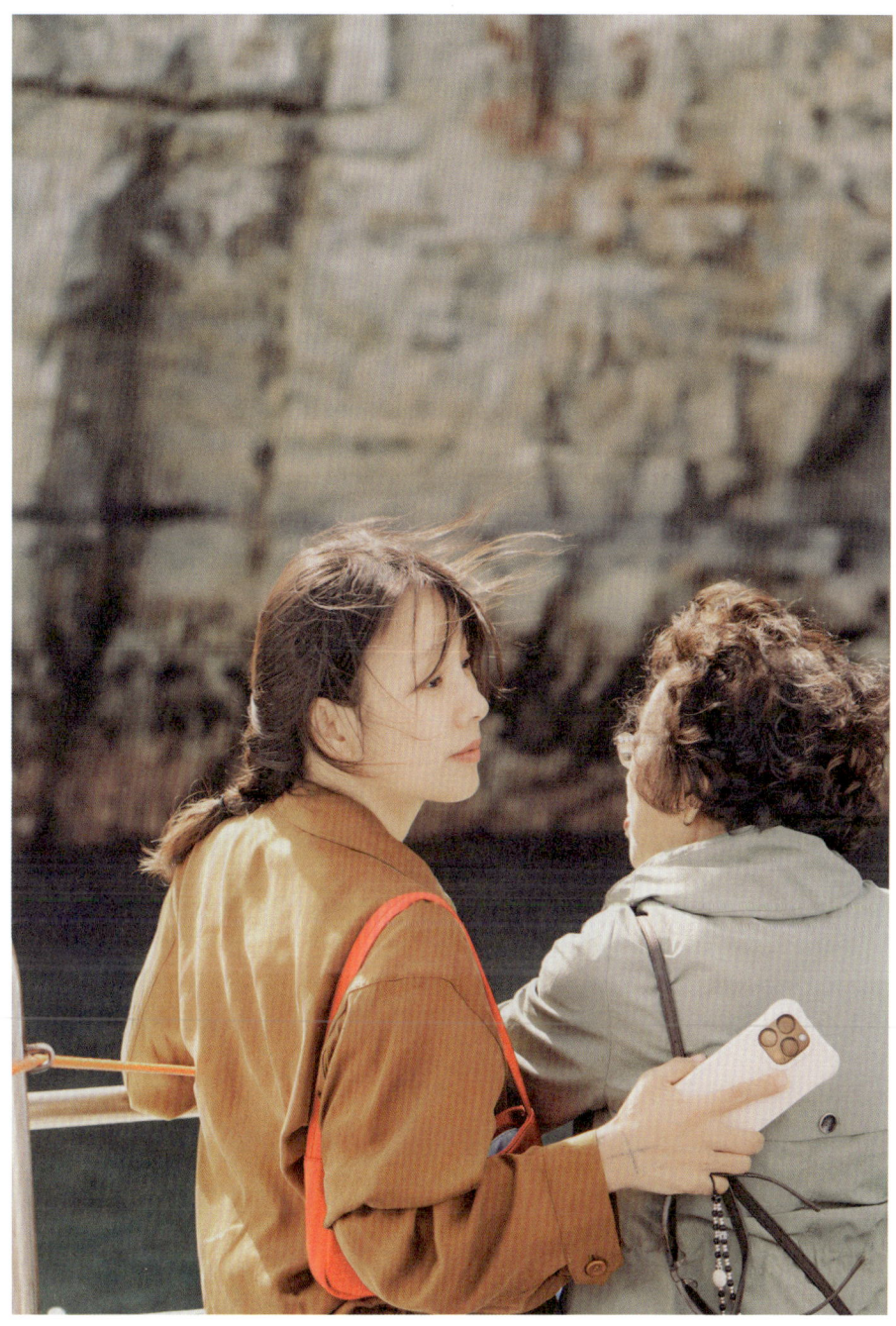

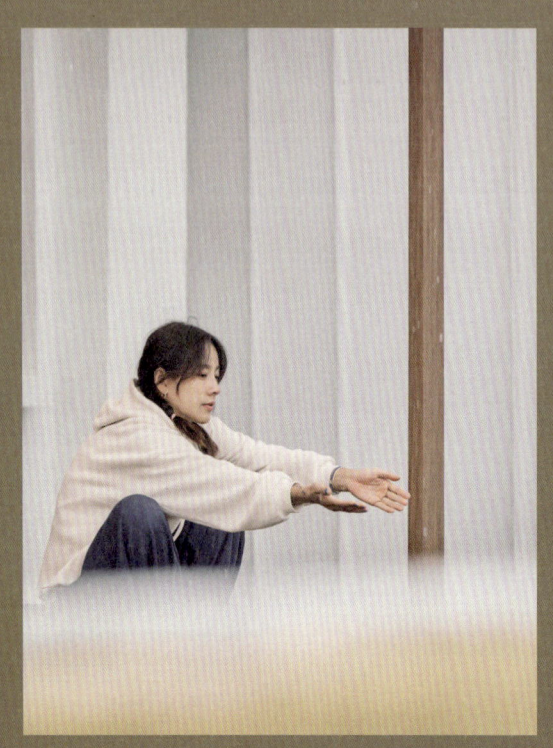

비가오고 바람불고 너무 심심해서
5일장가서 장회다가

우중에 연인들처럼 뜰마루에 앉아서
부침개에 막걸리한잔 이것또 좋있다

맛있는 카페에서 인생상담주하고
이런 저런 살아온 이야기주하구

친절조하고 기분텐도 좋은하루
알찬여행중 한폐지를 장식 했다

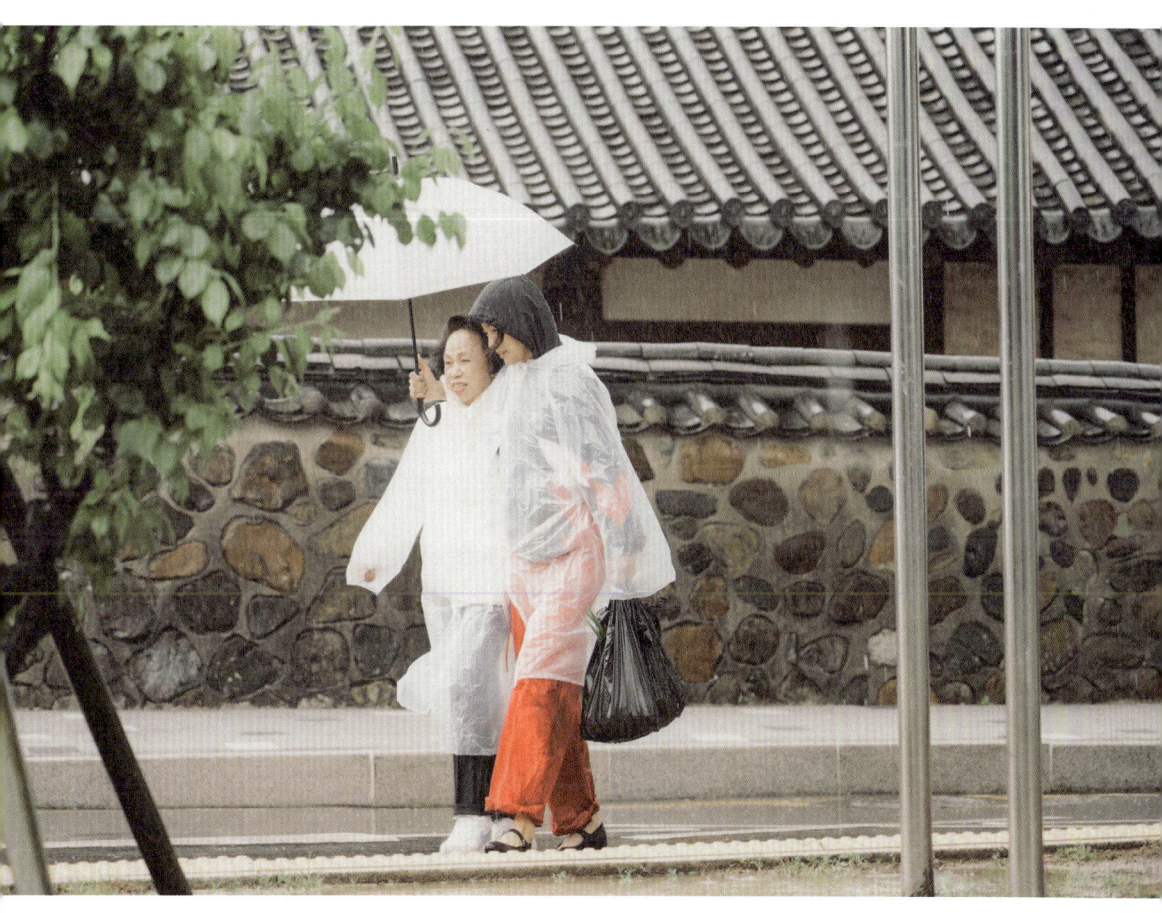

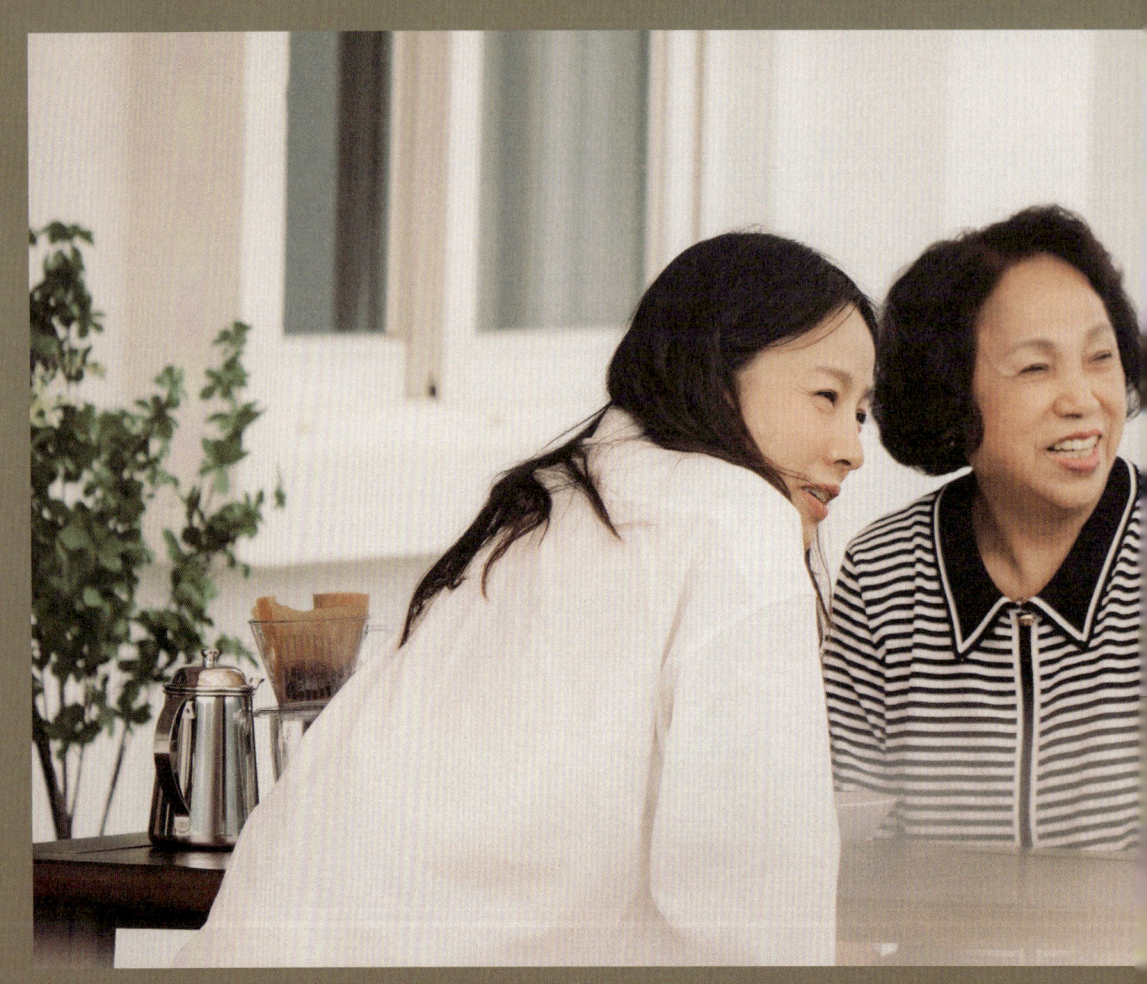

효리표 된장찌게
그어찌 해서도 맛볼수없는 나장에 특권

매일 새손으로 해뜩다가
그것주 깍께딸 효리 찬테
손수 차려준 그리한밥상 맘아보니

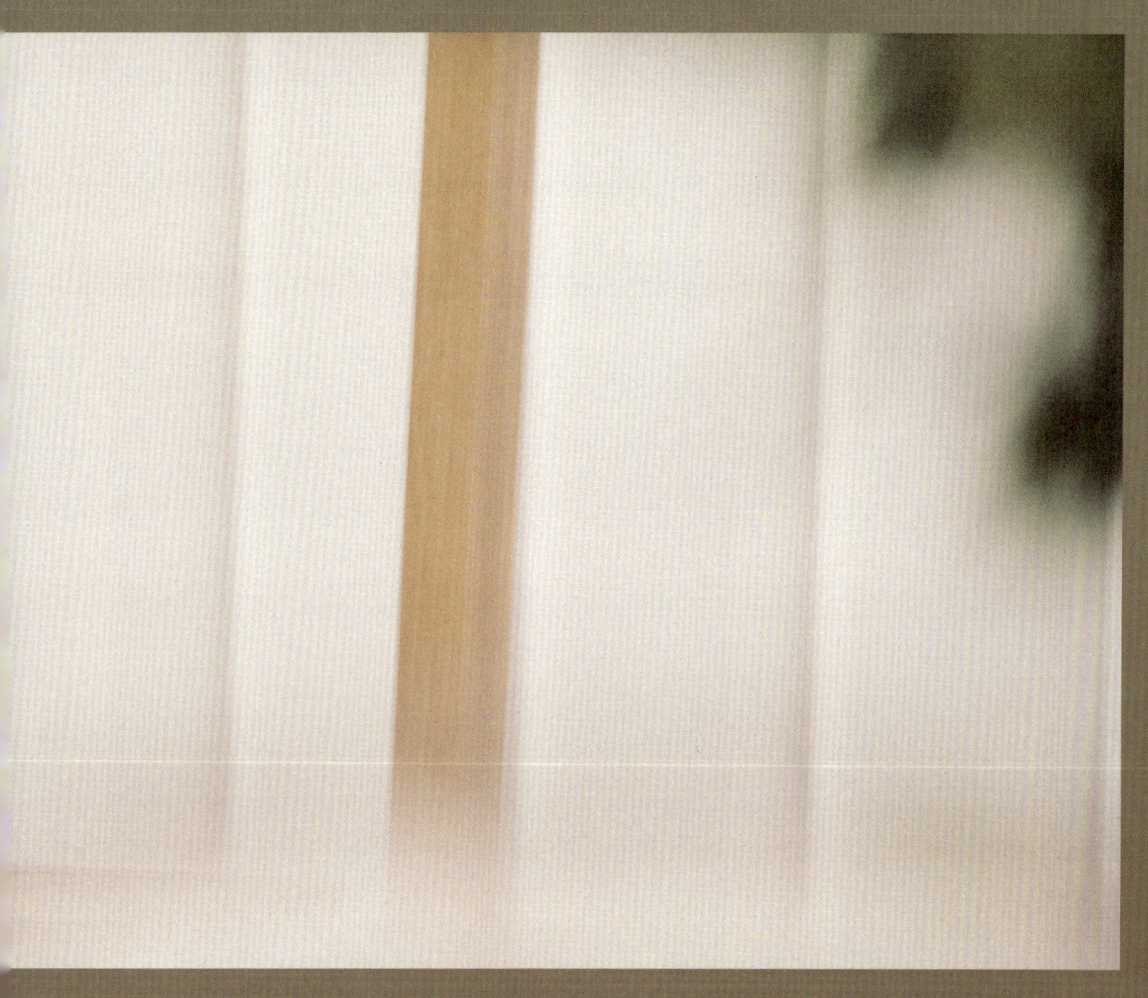

겨우 한층 방왔다 만겁이 고처혀온 방상

효리즈 장따라 킬고
최선을 다하른 요승이 겨우좋왔다
효리야 고맙구 사랑한다 ♡

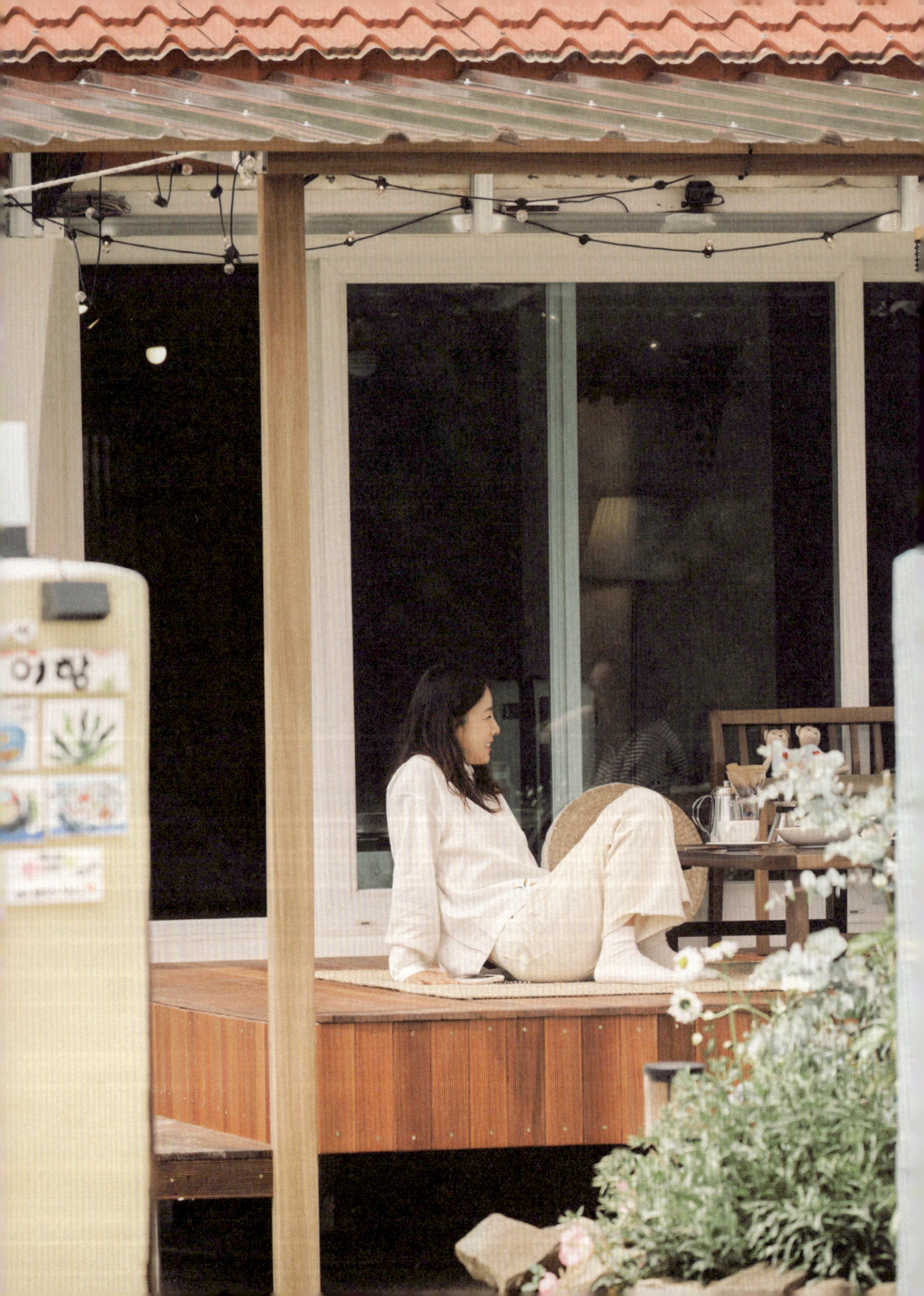

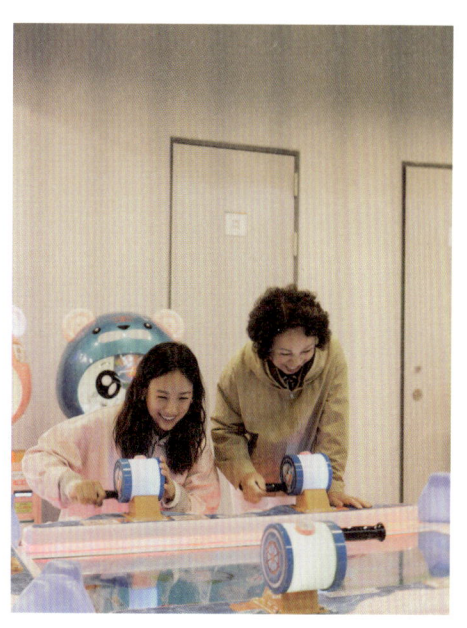

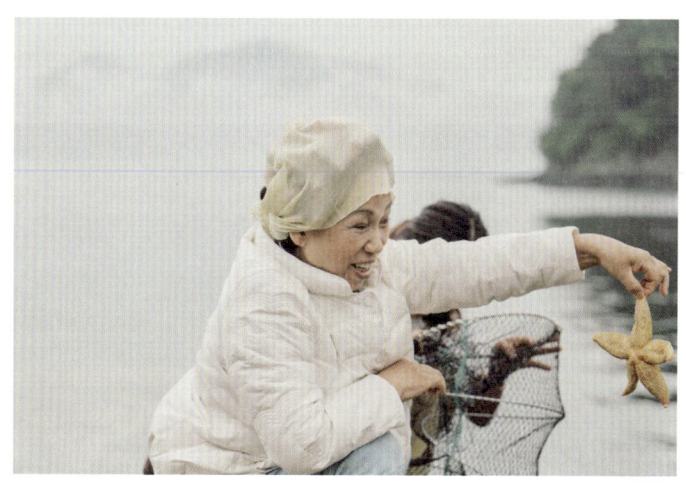

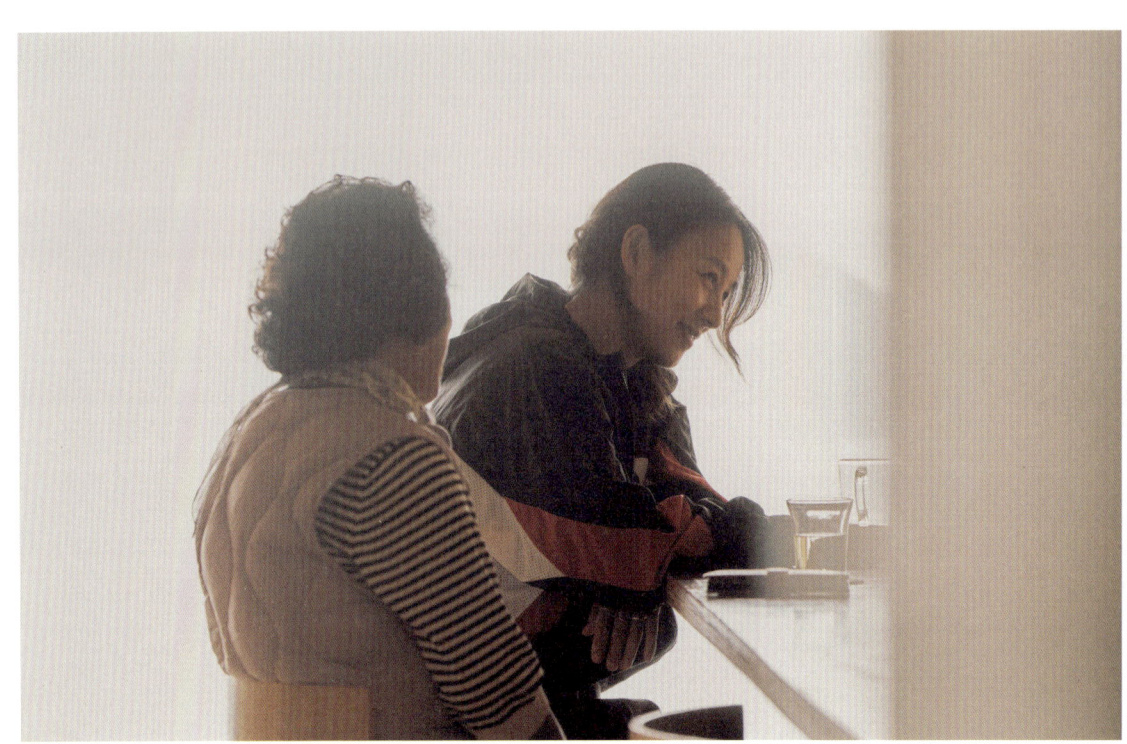

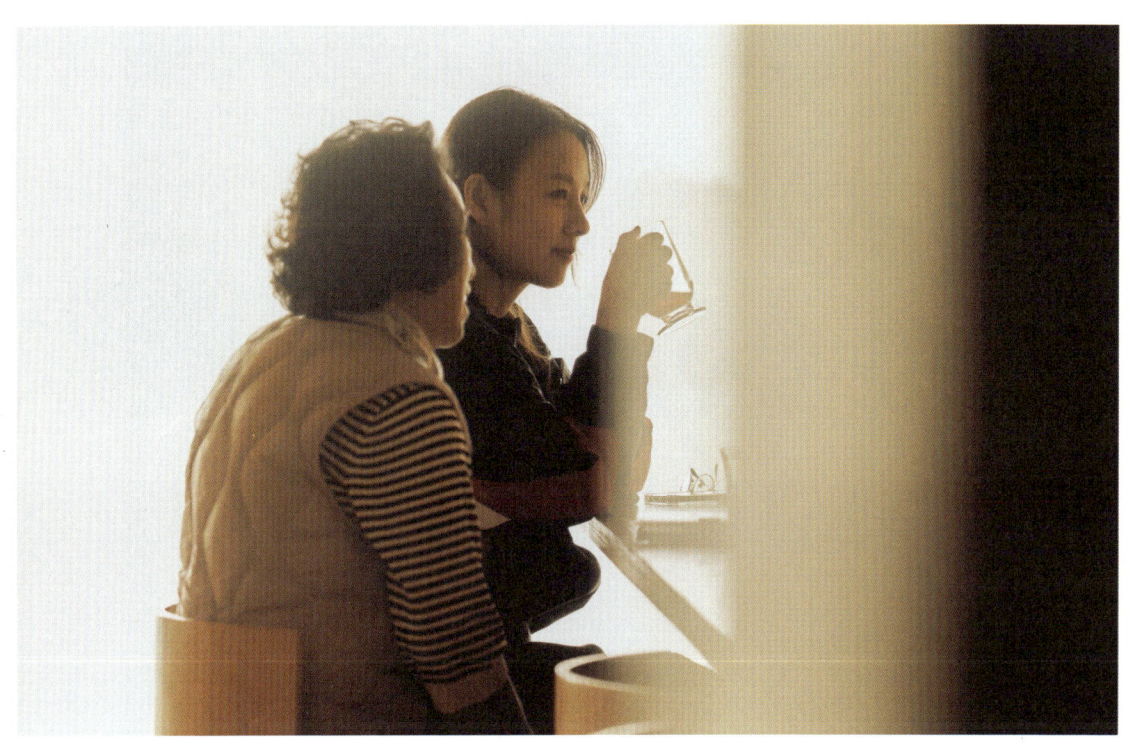

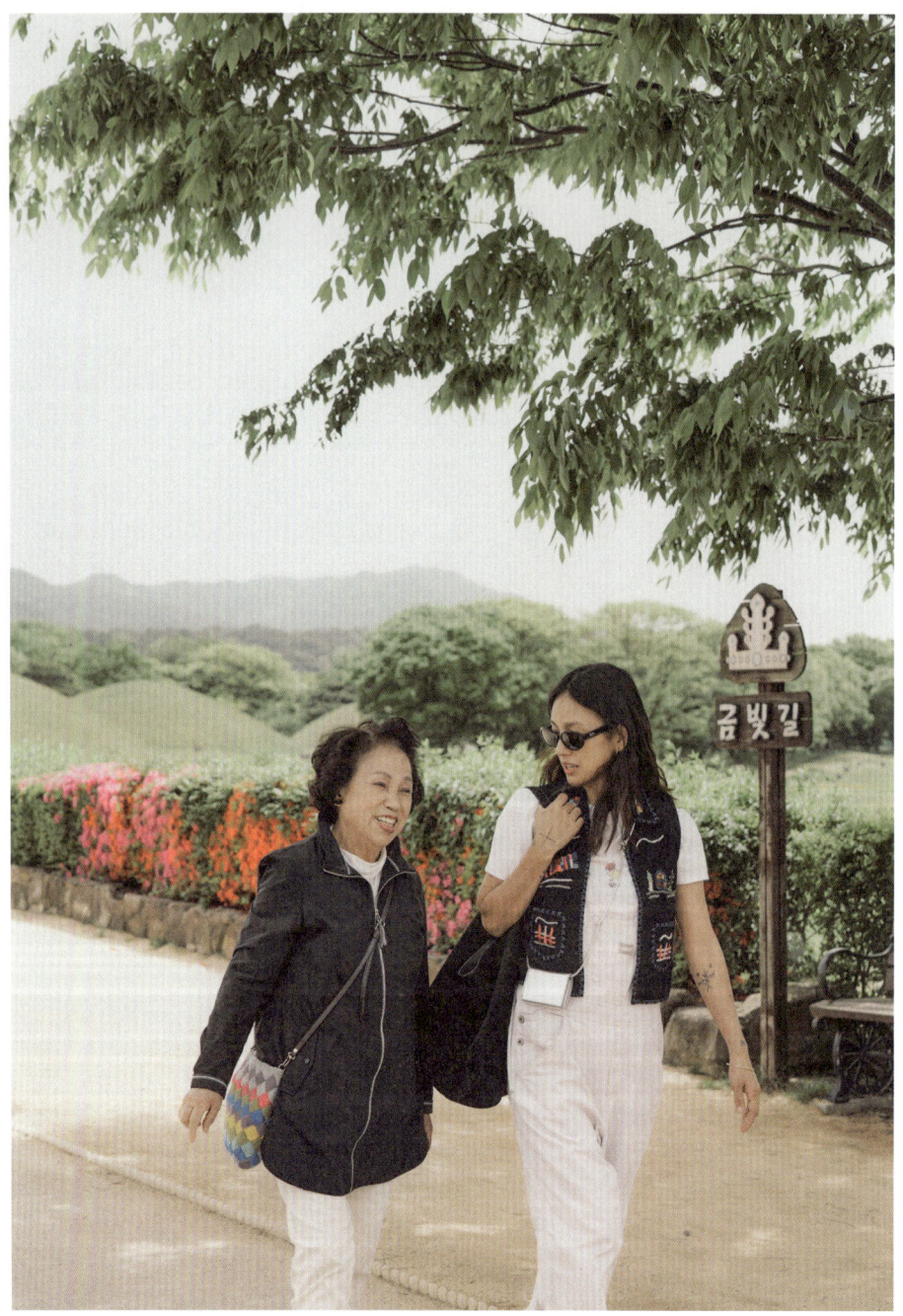

"엄마, 또 단둘이 여행 갈 거야?"

"언제든지 콜!"

먼 훗날 더 젊은 우릴 그리워 말아요.

언젠가 또다시 만날 테니까.

만든 사람들

기획/제작	Studio SLAM, SLL
출연	이효리, 전기순
제작진	연출: 마건영, 박성환, 황슬우, 김규리, 김다영글, 이건준, 김서현, 장제인 작가: 윤신혜, 이경희, 이지영, 강효경, 정주현, 장유미, 최지인, 박선영
사진	스튜디오밥 박진호
SLL	박창성, 이아름, 이철원, 천단비, 김주리, 심효식, 윤승열, 김사무엘, 박수진, 김채은, 소현지, 김하늘, 최인혁, 현향단, 조재현, 신정원, 변은혜, 김정우

엄마, 단둘이 여행 갈래? 포토에세이

초판 1쇄 인쇄	2024년 7월 24일
초판 1쇄 발행	2024년 8월 5일
지은이	Studio SLAM, SLL
책임편집	홍은선
디자인	MALLYBOOK 최윤선, 오미인, 조여름
책임마케팅	김서연, 김예진, 김소희, 김찬빈, 박상은, 이서윤, 최혜연, 노진현, 최지현
마케팅	유인철
경영지원	백선희, 권영환, 이기경
제작	제이오
펴낸이	서현동
펴낸곳	㈜오팬하우스
출판등록	2024년 5월 16일 제2024-000141호
주소	서울시 강남구 테헤란로 419, 11층 (삼성동, 강남파이낸스플라자)
이메일	info@ofh.co.kr

© Studio SLAM · SLL 2024

ISBN 979-11-988393-0-5 (03810)

스튜디오오드리는 ㈜오팬하우스의 출판브랜드입니다.